금수회의록

여러분은 금수라, 초목이라 하여 사람보다 천하다 하나 하나님이 정하신 법대로 행하여 기는 자는 기고, 나는 자는 날고, 굴에서 사는 자는 깃들임을 침노치 아니하며, 깃들인 자는 굴을 빼앗지 아니하고, 봄에 생겨서 가을에 죽으며, 여름에 나와서 겨울에 들어가니 하나님의 법을 지키고 천지 이치대로 행하여 정도에 어김이 없은즉, 지금 여러분 금수 · 초목과 사람을 비교하여 보면 사람이 도리어 낮고 천하며, 여러분이 도리어 귀하고 높은 지위에 있다 할 수 있소.

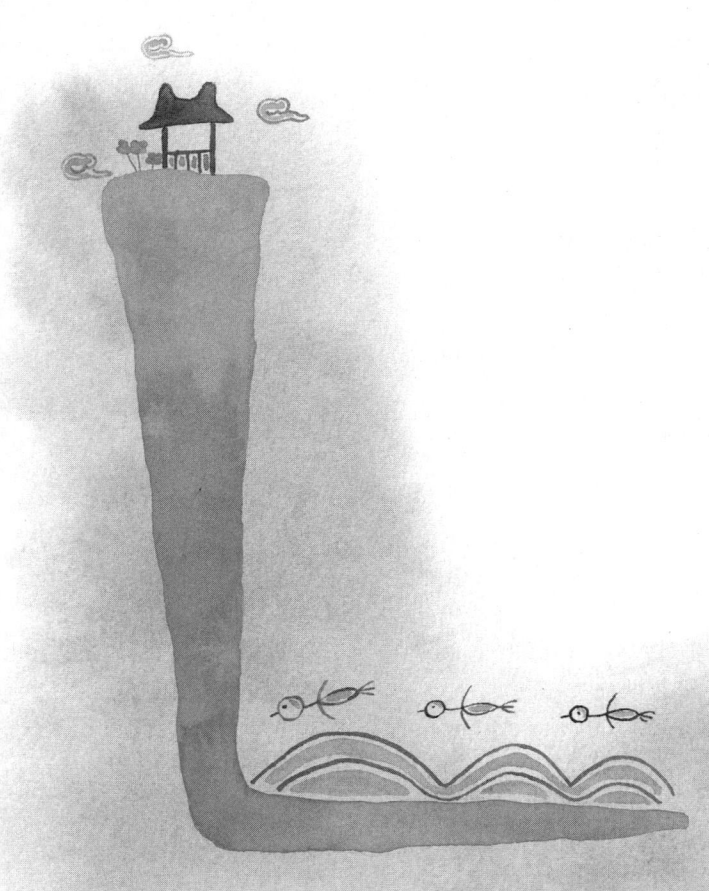

sodampublishingcompany

베스트셀러 한국문학선 19

금수회의록 (외)

펴낸날 | 2002년 12월 10일 초판 1쇄
2012년 1월 10일 초판 10쇄

지은이 | 안국선 이해조 최찬식 구연학
펴낸이 | 이태권
펴낸곳 | (주)태일소담
서울시 성북구 성북동 178-2 (우)136-020
전화 | 745-8566~7 팩스 | 747-3238
e-mail | sodam@dreamsodam.co.kr
등록번호 | 제2-42호(1979년 11월 14일)
홈페이지 | www.dreamsodam.co.kr

ISBN 978-89-7381-712-2 03810

베스트셀러한국문학선 19

금수회의록 (외)

안국선 · 이해조 · 최찬식 · 구연학

소담출판사

책을 펴내며

문학작품이란 한 시대의 삶의 모습이자 당대인의 정신 기록이다. 가장 대표적인 것이 산문과 서사장르라 할 수 있는 바, 이번에 새로운 기획과 편집으로 엮은 〈베스트셀러 한국문학선〉은 오늘의 우리가 읽어야 할 한국의 주요 작품들을 골라 한데 모아본 것이다.

〈베스트셀러 한국문학선〉은 그 분량이나 작품 수준에서나 한국 소설의 어제와 오늘을 함께 아우르고 내일의 우리 소설이 가야 할 길을 모색해 보는 뜻깊은 여행이 될 것이다. 또한 이 전집은 지난 한 세기 동안의 우리 소설의 아름다움은 물론 그 사회적 의미를 함께 생각하게 하는, 이른바 읽는 재미와 생각할 수 있는 기회를 함께 제공하는 진정한 독서체험이 될 것이다.

이 전집에는 개화기에서 현대에 이르기까지의 다양한 주제와 형태의 작품들이 수록되어 있으며, 작품의 문학적·시대적 가치는 물론 새로이 읽혀져야 할 작품들의 소개에도 또한 유의하였다. 〈베스트셀러 한국문학선〉이 우리 독자들에게 사고력을 키워주고 정서를 풍부하게 해 줄 뿐만 아니라 우리가 살고 있는 사회, 우리가 참여하지 않으면 안 될 역사에 대한 새로운 자질과 안목을 갖추는 데 유익한 길잡이가 되기를 바란다.

서 종 택

일러두기

1. 선정된 작품은 1920년부터 현대에 이르기까지 한국 근·현대 소설사의 대표적 작품들로서 현행 고등학교 검인정 문학 8종 교과서에 실린 작품 외 개별 작가의 대표적 작품을 중심으로 엮었다.
2. 표기는 원문의 효과를 고려하여 발표 당시의 표기를 중시했으나, 방언은 살리되 의미 전달을 위해 되도록 현대표기법을 따랐으며, 한자어나 인명, 지명 등은 독자의 이해를 돕기 위해 각주를 달아 설명했다.
3. 띄어쓰기는 개정된 한글맞춤법에 따랐다.
4. 외래어는 외래어 표기법을 따랐다.
5. 대화나 인용은 " "로, 생각이나 독백 및 강조하는 말은 ' '로 표시하였다.
6. 본 도서는 대입수능시험은 물론 중·고교생의 문학적 소양 및 교양의 함양을 위해 참고서식 발췌 수록이 아닌 모든 작품의 전문을 수록하였음을 밝혀둔다.

차례

안국선

금수회의록

슬프다! 착한 사람과 악한 사람이 거꾸로 되고 충신과 역적이 바뀌었도다.
이같이 천리가 어기어지고 덕의가 없어서 더럽고, 어둡고, 어리석고,
악독하여 금수(禽獸)만도 못한 이 세상을 장차 어찌하면 좋을꼬?
나도 또한 인간의 한사람이라, 우리 인류사회가 이같이 악하게
됨을 근심하여 매양 성현의 글을 읽어 성현의 마음을
본받으려 하더니…….
(금수회의록 중에서)

금수회의록 禽獸會議錄

서언 序言

머리를 들어 하늘을 우러러보니 일월과 성신이 천추의 빛을 잃지 아니하고, 눈을 떠서 땅을 굽어보니 강해와 산악이 만고의 형상을 변치 아니하도다. 어느 봄에 꽃이 피지 아니하며, 어느 가을에 잎이 떨어지지 아니하리오.

우주는 의연히 백대(百代)에 한결같거늘, 사람의 일은 어찌하여 고금이 다르뇨? 지금 세상 사람을 살펴보니 애달프고, 불쌍하고, 탄식하고, 통곡할 만하도다.

전인의 말씀을 듣든지 역사를 보든지 옛적 사람은 양심이 있어 천리(天理)를 순종하여 하나님께 가까웠거늘, 지금 세상은 인문이 결딴나서 도덕도 없어지고, 염치도 없어지고, 의리도 없어지고, 절개도 없어져서 사람마다 더럽고 흐린 풍랑에 빠지고 헤어나올 줄 몰라서 온 세상이 다 악한 고로, 그름·옳음을 분별치 못하여 악독하기로 유명한 도척(盜蹠)[1]이 같은 도적놈은 청천백일에 사마(士馬)를 달려 왕궁 극도에 횡행하되 사람이 보고 이상히 여기지 아니하고, 안자(顔子)[2]같이 착한 사람이 누항(陋巷)에 있어서 한 도시락 밥을 먹고 한 표주박 물을 마시며 간난을 견디지 못하되 한 사람도 불쌍히 여기지 아니하니, 슬프다! 착한 사람과 악한 사람이 거꾸로 되고 충신과 역적이 바뀌었도다. 이같이 천리가 어기어지고 덕의가 없어서 더럽고, 어둡고, 어리석고, 악독하여 금수(禽獸)만도 못한 이 세상을 장차 어찌하면 좋을꼬? 나도 또한 인간의 한사람이라, 우리 인류사회가 이같이 악하게 됨을 근심하여 매양 성현의 글을 읽어 성현의 마음을 본받으려 하더니, 마침 서창에 곤히 든 잠이 춘풍에 이익한 바 되매 유흥을 금치 못하여 죽장망혜(竹杖芒鞋)로 녹수를 따르고 청산을 찾아서 한곳에 다다르니, 사면에 기화요초는 우거졌고 시냇물 소리는 종종하며 인적이 고요한데, 흰 구름 푸른 수풀 사이에 현판(懸板) 하나가 달렸거늘, 자세히 보니 다섯 글자를 크게 썼으되 '금수회의소'라 하고 그 옆에 문제를 걸었는데, '인류를 논박할 일'이라 하였고, 또 광고를 붙였는데 '하늘과 땅 사이에 무슨 물건이든지 의견이 있거든 의견을 말하고 방청을 하려거든 방청하되 각기 자유로 하라'

---

1) 도척 : 중국 춘추시대(春秋時代)의 전설적인 대도적. 사람의 간을 생으로 먹었다고 함.

2) 안자 : 안회(顔回). 춘추시대 노(魯)나라의 현인. 공자(孔子)의 수제자로서 청빈낙도의 삶을 살았음.

하였는데, 그곳에 모인 물건은 길짐승·날짐승·버러지·물고기·풀·나무·돌 등물(等物)이 다 모였더라. 혼자 마음으로 가만히 생각하여 보니, 대저 사람은 만물 중에 가장 귀하고 제일 신령하여 천지의 화육(化育)을 도우며 하나님을 대신하여 세상 만물의 금수·초목까지라도 다 맡아 다스리는 권능이 있고, 또 사람이 만일 패악(悖惡)한 일이 있으면 천히 여겨 금수 같은 행위라 하며, 사람이 만일 어리석고 하는 일이 없으면 초목같이 아무 생각도 없는 물건이라고 욕하나니, 그러면 금수·초목은 천하고 사람은 귀하며 금수·초목은 아무것도 모르고 사람은 신령하거늘, 지금 세상은 바뀌어서 금수·초목이 도리어 사람의 무도패덕함을 공격하려 하니 괴상하고 부끄럽고 절통(切痛) 분하여 열었던 입을 다물지도 못하고 정신없이 섰더라.

개회 취지 ^{開會趣旨}

별안간 뒤에서 무엇이 와락 떠다밀며,

"어서 들어갑시다. 시간 되었소."

하고 바삐 들어가는 서슬에 나도 따라 들어가서 방청석에 앉아 보니, 각색 길짐승·날짐승·모든 버러지·물고기 등물이 꾸역꾸역 들어와서 그 안에 빽빽하게 서고 앉았는데 모인 물건은 형형색색이나 좌석은 제제창창(濟濟蹌蹌)한데, 장차 개회하려는지 규칙 방망이 소리가 똑똑 나더니, 회장인 듯한 한 물건이 머리에는 금색이 찬란한 큰 관을 쓰고, 몸에는 오색이 영롱한 의복을 입은 이상한 태도로 회장석에 올라서서 한 번 읍하고, 위의(威儀)가 엄숙하고 형용이 단정하게 딱 서서 여러 회원을 대하여 하는 말이,

"여러분이여, 내가 지금 여러분을 청하여 만고에 없던 일대 회의를 열 때에 한 마디 말씀으로 개회 취지를 베풀려 하오니 재미있게 들어 주시기를 바라오.

대저 우리들이 거주하여 사는 이 세상은 당초부터 있던 것이 아니라, 지극히 거룩하시고 지극히 전능하신 하나님께서 조화로 만드신 것이라. 세계 만물을 창조하신 조화주를 곧 하나님이라 하나니, 일만 이치의 주인 되시는 하나님께서 세계를 만드시고 또 만물을 만들어 각색 물건이 세상에 생기게 하셨으니, 이같이 만드신 목적은 그 영광을 나타내어 모든 생물로 하여금 인자한 은덕을 베풀어 영원한 행복을 받게 하려 함이라. 그런 고로 세상에 있는 모든 물건은 사람이든지 짐승이든지 초목이든지 무슨 물건이든지 다 귀하고 천한 분별이 없은즉, 어떤 것은 높고 어떤 것은 낮다 할 이치가 있으리오. 다 각각 천지의 기운을 타고 생겨서 이 세상에 사는 것인즉, 다 각기 천지 본래의 이치만 좇아서 하나님의 뜻대로 본분을 지키고, 한편으로는 제 몸의 행복을 누리고, 한편으로는 하나님의 영광을 나타낼지니, 그 중에도 사람이라 하는 물건은 당초에 하나님이 만드실 때에 특별히 영혼과 도덕심을 넣어서 다른 물건과 다르게 하셨은즉, 사람들은 더욱 하나님의 뜻을 순종하여 천리정도(天理正道)를 지키고 착한 행실과 아름다운 일로 하나님의 영광을 나타내어야 할 터인데,

지금 세상 사람의 하는 행위를 보니 그 하는 일이 모두 악하고 부정하여 하나님의 영광을 나타내기는 고사하고 도리어 하나님의 영광을 더럽게 하며 은혜를 배반하여 제반 악증이 많도다.

외국 사람에게 아첨하여 벼슬만 하려 하고, 제 나라가 다 망하든지 제 동포가 다 죽든지 불고(不顧)하는 역적놈도 있으며, 임금을 속이고 백성을 해롭게 하여 나라 일을 결단내는 소인놈도 있으며, 부모는 자식을 사랑치 아니하고 자식은 부모를 효도로 섬기지 아니하며, 형제간에 재물로 인연하여 골육상잔(骨肉相殘)하기로 일삼고, 부부간에 음란한 생각으로 화목치 아니한 사람이 많으니, 이 같은 인류에게 좋은 영혼과 제일 귀하다 하는 특권을 줄 것이 무엇이오. 하나님을 섬기던 천사도 악한 행실을 하다가 떨어져서 마귀가 된 일이 있거든 하물며 사람이야 더 말할 것 있소.

태곳적 맨 처음에 사람을 내실 적에는 영혼과 덕의심을 주셔서 만물 중에 제일 귀하다 하는 특권을 주셨으되 저희들이 그 권리를 내어버리고 그 성품을 잃어버리니, 몸은 비록 사람의 형상이 그대로 있을지라도 만물 중에 가장 귀하다 하는 인류의 자격은 있다 할 수가 없소.

여러분은 금수라, 초목이라 하여 사람보다 천하다 하나 하나님이 정하신 법대로 행하여 기는 자는 기고, 나는 자는 날고, 굴에서 사는 자는 깃들임을 침노치 아니하며, 깃들인 자는 굴을 빼앗지 아니하고, 봄에 생겨서 가을에 죽으며, 여름에 나와서 겨울에 들어가니 하나님의 법을 지키고 천지 이치대로 행하여 정도에 어김이 없은즉, 지금 여러분 금수·초목과 사람을 비교하여 보면 사람이 도리어 낮고 천하며, 여러분이 도리어 귀하고 높은 지위에 있다 할 수 있소. 사람들이 이같이 제 자격을 잃고도 거만한 마음으로 오히려 만물 중에 제가 가장 귀하다, 높다, 신령하다 하여 우리 족속 여러분을 멸시하니 우리가 어찌 그 횡포를 받으리오.

내가 여러분의 마음을 찬성하여 하나님께 아뢰고 본 회의를 소집하였는데, 이 회의에서 결의한 안건은 세 가지 문제가 있소.

제1, 사람된 자의 책임을 의논하여 분명히 할 일.

제2, 사람의 행위를 들어서 옳고 그름을 의논할 일.

제3, 지금 세상 사람 중에 인류 자격이 있는 자와 없는 자를 조사할 일.

이 세 가지 문제를 토론하여 여러분과 사람의 관계를 분명히 하고, 사람들이 여전히 악한 행위를 하여 회개치 아니하면 그 동물의 사람이라 하는 이름을 빼앗고 이등 마귀라 하는 이름을 주기로 하나님께 상주(上奏)할 터이니 여러분은 이 뜻을 본받아 이 회의에서 결의한 일을 진행하시기를 바라옵나이다.”

회장이 개회 취지를 연설하고 회장석에 앉으니 한모퉁이에서 우렁찬 소리로 회장을 부르고 일어서서 연단으로 올라간다.

제1석 반포지효 ^{反哺之孝};까마귀

프록코트[3]를 입어서 전신이 새까맣고 똥그란 눈이 말똥말똥한데, 물 한 잔 조금 마시고 연설을 시작한다.

"나는 까마귀올시다. 지금 인류에 대하여 소회(所懷)를 진술할 터인데 반포의 효라 하는 문제를 가지고 잠깐 말씀하겠소.

사람들은 만물 중에 제일이라 하지마는, 그 행실을 살펴볼 지경이면 다 천리(天理)에 어기어져서 하나도 그 취할 것이 없소. 사람들의 옳지 못한 일을 모두 다 들어 말씀하려면 너무 지루하겠기에 다만 사람들의 불효한 것을 가지고 말씀할 터인데, 옛날 동양 성인들이 말씀하기를 효도는 덕의 근본이라, 효도는 일백 행실의 근원이라, 효도는 천하를 다스린다 하였고, 예수교 계명에도 부모를 효도로 섬기라 하였으니, 효도라 하는 것은 자식 된 자가 고연(固然)한 직분으로 당연히 행할 일이올시다.

우리 까마귀의 족속은 먹을 것을 물고 돌아와서 어버이를 기르며 효성을 극진히 하여 망극한 은혜를 갚아서 하나님이 정하신 본분을 지키어 자자손손이 천만대를 내려가도록 가법(家法)을 변치 아니하는 고로 옛적에 백낙천[4]이라 하는 분이 우리를 가리켜 새 중의 증

---

3) 프록코트 : 서양식 신사용 예복.
4) 백낙천 : 중국 당나라 때의 시인. 「장한몽(長恨夢)」·「비파행(琵琶行)」 등이 유명하며 널리 애송되었음.

자5)라 하였고, 『본초강목』6)에는 자조(慈鳥)라 일컬었으니, 증자라 하는 양반은 부모에게 효도 잘하기로 유명한 사람이요, 자조라 하는 뜻은 사랑하는 새라 함이니, 부모는 자식을 사랑하고 자식은 부모에게 효도함이 하나님의 법이라.

우리는 그 법을 지키고 어기지 아니하거늘, 지금 세상 사람들은 말하는 것을 보면 낱낱이 효자 같으되, 실상 하는 행실을 보면 주색잡기(酒色雜技)에 침혹하여 부모의 뜻을 어기며, 형제간에 재물로 다투어 부모의 마음을 상케 하며, 제 한 몸만 생각하고 부모가 주리되 돌아보지 아니하고, 여편네는 학식이라고 조금 있으면 주제넘은 마음이 생겨서 온화 유순한 부덕을 잊어버리고 시집가서는 시부모 보기를 아무것도 모르는 어리석은 물건같이 대접하고, 심하면 원수같이 미워하기도 하니, 인류사회에 효도 없어짐이 지금 세상보다 더 심함이 없도다. 사람들이 일백 행실의 근본 되는 효도를 알지 못하니 다른 것은 더 말할 것 무엇 있소. 우리는 천성이 효도를 주장하는 고로 출천지효성(出天之孝誠) 있는 사람이면 우리가 감동하여 노래자7)를 도와서 종일토록 그 부모를 즐겁게 하여 주며, 증자의 갓 위에

---

5) 증자 : 증삼(曾參). 춘추시대 노나라 사람. 공자의 제자로 효행으로 이름남.
6) 본초강목 : 중국 명나라 이시진(李時珍)이 지은 본초학(本草學)의 연구서. 흙·옥(玉)·돌·초목·금수·충어(蟲魚) 등 1,892종을 7항목에 걸쳐 해설하였음.
7) 노래자 : 중국 춘추시대 초(楚)나라의 현인. 중국 24효자의 한 사람. 난을 피해 몽산(蒙山) 남쪽에서 농사를 짓고 살았는데, 70세에 아동복을 입고 어린애 장난을 해서 노부모를 위안하였고, 「노래자」 15편을 지었음.

모여서 효자의 아름다운 이름을 천추에 전케 하였고, 또 우리가 효도만 극진할 뿐 아니라 자고 이래로『사기』[8])에 빛난 일이 한두 가지가 아니오니 대강 말씀하오리다.

우리가 떼를 지어 논밭으로 내려갈 때 곡식을 해하는 버러지를 없애려고 가건마는 사람들은 미련한 생각에 그 곡식을 파먹는 줄로 아는도다! 서양책력 1874년의 미국 조류학사 뻬이루라 하는 사람이 우리 까마귀 족속 2,258마리를 잡아다가 배를 가르고 오장을 꺼내어 해부하여 보고 말하기를, 까마귀는 곡식을 해하지 아니하고 곡식에 해 되는 버러지를 잡아먹는다 하였으니, 우리가 곡식 밭에 가는 것은 곡식에 이가 되고 해가 되지 아니하는 것은 분명하고, 또 우리가 밤중에 우는 것은 공연히 우는 것이 아니요, 나라에서 법령이 아름답지 못하여 백성이 도탄에 침륜(沈淪)하여 천하에 큰 병화가 일어날 징조가 있으면 우리가 아니 울 때에 울어서 사람들이 깨닫고 허물을 고쳐서 세상이 태평 무사하기를 희망하고 권고함이요, 강소성(江蘇省) 한산사(寒山寺)에서 달은 넘어가고 서리친 밤에 쇠북을 주둥이로 쪼아 소리를 내서 대망에게 죽을 것을 살려준 은혜를 갚았고, 한나라 효문제(孝文帝)가 아홉 살 되었을 때에 그 부모는 왕망(王莽)[9])의 난리에 죽고 효문제 혼자 달아날 새 날이 저물어 길을 잃었거늘 우리

___

8) 사기 : 중국 한나라 사마천(司馬遷)이 지은 역사책. 황제부터 한나라 무제(武帝)까지의 역대 왕조의 사적을 기전체(紀傳體)로 기술.
9) 왕망 : 중국 전한 말기의 정치가. 자기가 세운 평제(平帝)를 독살하고 제위를 빼앗아 국호를 신(新)이라 함.

들이 가서 인도하였고, 연(燕)태사 단이 진(秦)나라에 볼모잡혀 있을 때에 우리가 머리를 희게 하여 그 나라로 돌아가게 하였고, 진문공 (晉文公)이 개자추(介子推)10)를 찾으려고 면산(綿山)에 불을 놓으매 우리가 연기를 에워싸고 타지 못하게 하였더니, 그 후에 진나라 사람이 그 산에 '은연대'라 하는 집을 짓고 우리의 은덕을 기념하였으며, 당나라 이의부는 글을 짓되 상림에 나무를 심어 우리를 준다 하였었고, 또 물병에 돌을 던지니 이솝11)이 상을 주고 탁자의 포도주를 다 먹어도 프랭클린이 사랑하도다.

우리 까마귀의 사적(事跡)이 이러하거늘 사람들은 우리 소리를 듣고 흉한 징조라 길한 징조라 함은 저희들 마음대로 하는 말이요, 우리에게는 상관없는 일이라. 사람의 일이 흉하든지 길하든지 우리가 울 일이 무엇 있소? 그것은 사람들이 무식하고 어리석어서 저희들이 좋지 아니한 때에 흉하게 듣고 하는 말이로다. 사람이 염병이니 괴질이니 앓아서 죽게 된 때에 우리가 어찌하여 그 근처에 가서 울면, 사람들은 못생겨서 저희들이 약도 잘못 쓰고 위생도 잘못하여 죽는 줄은 알지 못하고 우리가 울어서 죽는 줄로만 알고, 저희끼리 욕설 하려면 염병에 까마귀 소리라 하니 아, 어리석기는 사람같이 어리석은 것은 세상에 또 없도다.

---

10) 개자추 : 중국 춘추시대의 은사. 진문공(晉文公)이 공자로서 망명할 때 줄곧 모셨는데, 문공이 귀국 후 봉록을 주지 않아 면산에 숨으니, 문공이 뉘우치고 면산을 불질러 그를 나오도록 하려 하였으나 자추는 나오지 않고 타죽 었다고 함.
11) 이솝 : 그리스의 우화 작가. 이솝 이야기의 작가.

요(堯)·순(舜) 적에도 봉황이 나왔고, 왕망이 때도 봉황이 나오매 요·순 적 봉황은 상서라 하고 왕망 때 봉황은 흉조처럼 알았으니, 물론 무슨 소리든지 사람이 근심 있을 때에 들으면 흉조로 듣고 좋은 일 있을 때에 들으면 상서롭게 듣는 것이라. 무엇을 알고 하는 말은 아니요, 길하다 흉하다 하는 것은 듣는 저희에게 있는 것이요, 하는 우리에게 있는 것이 아니거늘, 사람들은 말하기를, 까마귀는 흉한 일이 생길 때에 와서 우는 것이라 하여 듣기 싫어하니, 사람들은 이렇듯 이치를 알지 못하는 어리석은 동물이라, 책망하여 무엇하겠소. 또 우리는 아침에 일찍 해뜨기 전에 집을 떠나서 사방으로 날아다니며 먹을 것을 구하여 부모 봉양도 하고, 나뭇가지를 물어다가 집도 짓고, 곡식에 해 되는 버러지도 잡아서 하나님 뜻을 받들다가 저녁이 되면 반드시 내 집으로 돌아가되 나가고 돌아올 때에 일정한 시간을 어기지 않건마는, 사람들은 점심때까지 자빠져서 잠을 자고 한번 집을 떠나서 나가면 혹은 협잡질하기, 혹은 술장보기, 혹은 계집의 집 뒤지기, 혹은 노름하기, 세월이 가는 줄을 모르고 저희 부모가 진지를 잡수었는지, 처자가 기다리는지 모르고 쏘다니는 사람들이 어찌 우리 까마귀의 족속만 하리오.

사람은 일 아니하고 놀면서 잘 입고 잘 먹기를 좋아하되, 우리는 제가 벌어 제가 먹는 것이 옳은 줄 아는 고로 결단코 우리는 사람들 하는 행위는 아니하오. 여러분도 다 아시거니와 우리가 사람에게 업수이 여김을 받을 까닭이 없음을 살피시오."

손뼉 소리에 연단에서 내려가니, 또 한편에서 아리땁고도 밉살스러운 소리로 회장을 부르면서 강똥강똥 연설단을 향하여 올라가니, 어여쁜 태도는 남을 가히 호릴 만하고 갸웃거리는 모양은 본색이 드러나더라.

제2석 호가호위 狐假虎威;여우

여우가 연설단에 올라서서 기생이 시조를 부르려고 목을 가다듬는 것처럼 기침 한 번 캑 하더니 간사한 목소리로 연설을 시작한다.

"나는 여우올시다. 점잖으신 여러분이 모이신 데 감히 나와서 연설하옵기는 방자한 듯하오나, 저 인류에게 대하여 소회가 있삽기 호가호위라 하는 문제를 가지고 두어 마디 말씀을 하려 하오니, 비록 학문은 없는 말이나 용서하여 들어 주시기를 바라옵니다.

사람들이 옛적부터 우리 여우를 가리켜 말하기를 요망한 것이라, 간사한 것이라 하여 저희들 중에도 요망하든지 간사한 자를 보면 여우 같은 사람이라 하니, 우리가 그 더럽고 괴악(怪惡)한 이름을 듣고 있으나 우리는 참 요망하고 간사한 것이 아니요, 정말 요망하고 간사한 것은 사람이오. 지금 우리와 사람의 행위를 비교하여 보면 사람과 우리와 명칭을 바꾸었으면 옳겠소.

사람들이 우리를 간교하다 하는 것은 다름아니라 『전국책(戰國策)』[12]이라 하는 책에 기록하기를, 호랑이가 일백 짐승을 잡아먹으려고 구할 새 먼저 여우를 얻은지라, 여우가 호랑이더러 말하되, 하나님이 나로 하여금 모든 짐승의 어른이 되게 하였으니 지금 자네가 나의 말을 믿지 아니하거든 내 뒤를 따라와 보라. 모든 짐승이 나를 보면 다 두려워하느니라. 호랑이가 여우의 뒤를 따라가니, 과연 모든 짐승이 보고 벌벌 떨며 두려워하거늘 호랑이가 여우의 말을 정말로 알고 잡아먹지 못한지라. 이는 저들이 여우를 보고 두려워한 것이 아니라 여우 뒤의 호랑이를 보고 두려워한 것이니, 여우가 호랑이의 위엄을 빌려서 모든 짐승으로 하여금 두렵게 함인데, 사람들은 이것을 빙자하여 우리 여우더러 간사하니 교활하니 하되, 남이 나를 죽이려 하면 어떻게 하든지 죽지 않도록 주선하는 것은 당연한 일이라. 호랑이가 아무리 산 중 영웅이라 하지마는 우리에게 속은 것만 어리석은 일이라. 속인 우리야 무슨 불가한 일이 있으리오.

　　지금 세상 사람들은 당당한 하나님의 위엄을 빌려야 할 터인데, 외국의 세력을 빌려 의뢰하여 몸을 보전하고 벼슬을 얻어 하려 하며, 타국 사람을 부동하여 제 나라를 망하고 제 동포를 압박하니 그것이 우리 여우보다 나은 일이오? 결단코 우리 여우만 못한 물건들이라 하옵네다. (손뼉 소리 천지 진동)

---

12) 전국책 : 중국 전국시대의 유세가(遊說家) 소진, 장의 등의 변설(辨說)과 책략을 모아 엮은 책. 작자 미상.

또 나라로 말할지라도 대포와 총의 힘을 빌려서 남의 나라를 위협하여 속국도 만들고 보호국도 만드니, 불한당이 칼이나 육혈포를 가지고 남의 집에 들어가서 재물을 탈취하고 부녀를 겁탈하는 것이나 다를 것이 무엇 있소? 각 국이 평화를 보전한다 하여도 하나님의 위엄을 빌려서 도덕상으로 평화를 유지할 생각은 조금도 없고, 전혀 병장기의 위엄으로 평화를 보전하려 하니 우리 여우가 호랑이의 위엄을 빌려서 제 몸의 죽을 것을 피한 것과 어떤 것이 옳고 어떤 것이 그르오? 또 세상 사람들이 구미호(九尾狐)를 요망하다 하나 그것은 대단히 잘못 아는 것이라. 옛적 책을 볼지라도 꼬리 아홉 있는 여우는 상서라 하였으니, 『잠학거류서』라 하는 책에는 말하였으되 구미호가 도(道) 있으면 나타나고 나올 적에는 글을 물어 상서를 주문에 지었다 하였고, 왕포『사자강덕론』이라 하는 책에는 주(周)나라 문왕(文王)이 구미호를 응하여 동편 오랑캐를 돌아오게 하였다 하였고, 『산해경(山海經)』13)이라 하는 책에는 청구국(靑丘國)에 구미호가 있어서 덕이 있으면 오느니라 하였으니, 이런 책을 볼지라도 우리 여우를 요망한 것이라 할 까닭이 없거늘, 사람들이 무식하여 이런 것은 알지 못하고 여우가 천 년을 묵으면 요사스러운 여편네로 화한다하고, 혹은 말하기를 옛적에 음란한 계집이 죽어서 여우로 태어났다하니, 이런 거짓말이 어디 또 있으리오. 사람들은 음란하여 별일이

---

13) 산해경 : 중국 옛날의 지리책으로, 산맥·하천·이물(異物)·산신(山神)·전설 등이 기록되어 있음. 중국 신화 연구에 귀중한 자료임. 작자 미상.

많으되 우리 여우는 그렇지 않소. 우리는 분수를 지켜서 다른 짐승과 교통하는 일이 없고, 우리뿐 아니라 여러분이 다 그러하시되 사람이라 하는 것들은 음란하기가 짝이 없소. 어떤 나라 계집은 개와 통간한 일도 있고, 말과 통간한 일도 있으니, 이런 일은 천하 만국에 한두 사람뿐이겠지마는, 한 숟가락 국으로 왼 솥의 맛을 알 것이라 근래에 덕의가 끊어지고 인도(人道)가 없어져서 세상이 결단난 일을 이루 다 말할 수 없소. 사람의 행위가 그러하되 오히려 하나님을 두려워하지 아니하며 짐승을 부끄러워하지 아니하고, 대갓집 규중 여자가 논다니14)로 놀아나서 이 사람 저 사람 호리기와 각부 아문(各部衙門) 공청에서 기생 불러 노름 놀기, 전정(前程)15)이 만리 같은 각 학교 학도들이 청루(靑樓)방에 다니기와 제 혈육으로 난 자식을 돈 몇 푼에 욕심나서 논다니로 내어놓기, 이런 행위를 볼작시면 말하는 내 입이 더러워지오. 에, 더러워. 천지간에 더럽고 요망하고 간사한 것은 사람이오. 우리 여우는 그렇지 않소. 저들끼리 간사한 사람을 보면 여우라 하니, 그러한 사람을 여우라 할진대 지금 세상 사람 중에 여우 아닌 사람이 몇몇이나 있겠소?

또 저희들은 서로 여우 같다 하여도 가만히 듣고 있으되 만일 우리더러 사람 같다 하면 우리는 그 이름이 더러워서 아니 받겠소. 내 소견 같으면 이후로는 사람을 사람이라 하지 말고 여우라 하고, 우

---

14) 논다니 : 유녀(遊女). 웃음과 몸을 파는 여자.
15) 전정 : 앞길.

리 여우를 사람이라 하는 것이 옳은 줄로 아나이다."

제 3 석 정와어해^{井蛙語海};개구리

여우가 연설을 그치고 할금할금 돌아보며 제자리로 내려가니, 또 한편에서 회장을 부르고 아장아장 걸어와서 연단 위에 깡충 뛰어올라간다. 눈은 톡 불거지고 배는 뚱뚱하고 키는 작달막한데 눈을 깜작깜작하며 입을 벌죽벌죽하고 연설한다.

"나의 성명은 말씀 아니하여도 여러분이 다 아시리라. 나는 출입이라고는 미나리 논밖에 못 가본 고로 세계 형편도 모르고 또 맹꽁이를 이웃하여 산 고로 구학문의 맹자왈 공자왈은 대강 들었으나 신학문은 아는 것이 변변치 아니하나 지금 정와어해라 하는 문제로 대강 인류사회를 논란코자 하옵네다.

사람들은 거만한 마음이 많아서 저희들이 천하에 제일이라고 만물 중에 저희가 가장 귀하다고 자칭하지마는 제 나라 일도 잘 모르면서 양비대담(攘臂大談)¹⁶⁾하고 큰소리 탕탕 하고 주제넘은 말 하는 것이 우습디다. 우리 개구리를 가리켜 말하기를, 우물 안 개구리와 바다 이야기 할 수 없다 하니, 항상 우물 안에 있는 개구리는 우물이

---

16) 양비대담 : 소매를 걷어올리고 큰소리를 침. 양비대언(攘臂大言).

좁은 줄만 알고 바다에는 가보지 못하여 바다가 큰지 작은지, 긴지 짧은지, 깊은지 얕은지, 알지 못하나 못 본 것을 아는 체는 아니하거늘, 사람들은 좁은 소견을 가지고 외국 형편도 모르고 천하 대세도 살피지 못하고 공연히 떠들며, 무엇을 아는 체하고 나라는 다 망하여 가건마는 썩은 생각으로 갑갑한 말만 하는도다. 또 어떤 사람들은 제 나라 안에 있어서 제 나라 일을 다 알지 못하면서 보도 듣도 못한 다른 나라 일을 다 아노라고 추척대니 가증하고 우습도다. 연전에 어느 나라 어떤 대관이 외국 대관을 만나서 수작할 새 외국 대관이 묻기를,

'대감이 지금 내무대신으로 있으니 전국의 인구와 호수가 얼마나 되는지 아시오?'

한데 그 대관이 묵묵 무언하는지라 또 묻기를,

'대감이 전에 탁지대신[17]을 지내었으니 전국의 결총(結總)과 국고의 세출 세입이 얼마나 되는지 아시오?'

한데 그 대관이 또 아무 말도 못하는지라, 그 외국 대관이 말하기를,

'대감이 이 나라에 나서 이 정부의 대신으로 이같이 모르니 귀국을 위하여 가석하도다.'

하였고, 작년에 어느 나라 내부에서 각 읍에 훈령하고 부동산을 조사하여 보아라 하였더니 어떤 군수는 보하기를,

'이 고을에는 부동산이 없다.'

---

17) 탁지대신 : 구한말 탁지부(度支部)의 장관.

하여 일세의 웃음거리가 되었으니 이같이 제 나라 일도 크나 적으나 도무지 아는 것 없는 것들이 일본이 어떠하니, 러시아가 어떠하니, 유럽이 어떠하니, 아메리카가 어떠하니, 제가 가장 많이 아는 듯이 지껄이니 기가 막히오. 대저 천지의 이치는 무궁무진하여 만물의 주인 되시는 하나님밖에 아는 이가 없는지라 『논어(論語)』에 말하기를, 하나님께 죄를 얻으면 빌 곳이 없다 하였는데, 그 주(註)에 말하기를 하나님은 곧 이치라 하였으니 곧 만물 이치의 주인이라, 그런 고로 하나님은 곧 조화주요, 천지 만물의 대주재시니 천지만물의 이치를 다 아시려니와 사람은 다만 천지간의 한 물건인데 어찌 이치를 알 수 있으리오. 여간 좀 연구하여 아는 것이 있거든 그 아는 대로 세상에 유익하고 사회에 효험 있게 아름다운 사업을 영위할 것이거늘, 조그만치 남보다 먼저 알았다고 그 지식을 이용하여 남의 나라 빼앗기와 남의 백성 학대하기와 군함·대포를 만들어서 악한 일에 종사하니, 그런 나라 사람들은 당초에 사람 되는 영혼을 주지 아니하였다면 도리어 좋을 뻔하였소. 또 더욱 도리에 어기어지는 일이 있으니, 나의 지식이 저 사람보다 조금 낫다고 하면 남을 가르쳐 준다 하고 실상은 해롭게 하며, 남을 인도하여 준다 하고 제 욕심 채우는 일만 하며, 어떤 사람은 제 나라 형편도 모르면서 타국 형편을 아노라고 외국 사람을 부동하여 임금을 속이고 나라를 해치며, 백성을 위협하여 재물을 도둑질하고 벼슬을 도둑질하며, 개화하였다고 자칭하고 양복 입고, 단장 짚고, 궐련 물고, 시계 차고, 살죽경 쓰고, 인력거나 자행거 타고, 제가 외국 사람인 체하여 제 나라 동포를 압제하며, 혹은 외국 사람 상종함을 영광으로 알고 아첨하며, 제 나라 일을 변변히 알지도 못하는 것을 가르쳐주며, 여간 월급량이나 벼슬 낱이나 얻어 하노라고 남의 나라 정탐꾼이 되어 애매한 사람 모함하기, 어리석은 사람 위협하기로 능사를 삼으니, 이런 사람들은 안다 하는 것이 도리어 큰 병통이 아니오?

우리 개구리의 족속은 우물에 있으면 우물에 있는 분수를 지키고, 미나리 논에 있으면 미나리 논에 있는 분수를 지키고, 바다에 있으면 바다에 있는 분수를 지키나니, 그러면 우리는 사람보다 상등이 아니오니까. (손뼉 소리 짤각짤각)

또 무슨 동물이든지 자식이 아비 닮는 것은 하나님의 정하신 뜻이라. 우리 개구리는 대대로 자식이 아비 닮고 손자가 할아비를 닮되 형용도 똑같고 성품도 똑같아서 추호도 틀리지 않거늘, 사람의 자식은 제 아비 닮는 것이 별로 없소. 요 임금의 아들이 요 임금을 닮지 아니하고, 순 임금의 아들이 순 임금과 같지 아니하고, 하우씨와 은왕 성탕(成湯)은 성인이로되, 그 자손 중에 포악하기로 유명한 걸(桀)과 주(紂) 같은 이가 낳고, 왕건 태조는 영웅이로되 왕우(王偶)·왕창(王昌)이가 생겼으니, 일로 보면 개구리 자손은 개구리를 닮되 사람의 새끼는 사람을 닮지 아니하도다. 그러한즉 천지 자연의 이치를 지키는 자는 우리가 사람에게 비교할 것이 아니요, 만일 아비를 닮지 아니한 자식을 마귀의 자식이라 할진대 사람의 자식은 다 마귀의 자식이라 하겠소.

또 우리는 관가 땅에 있으면 관가를 위하여 울고, 사사(私私) 땅에 있으면 사사를 위하여 울거늘, 사람은 한 번만 벼슬자리에 오르면 붕당(朋黨)을 세워서 권리 다툼하기와 권문세가에 아첨하러 다니기와 백성을 잡아다가 주리 틀고 돈 빼앗기와 무슨 일을 당하면 청촉 듣고 뇌물받기와 나랏돈 도적질하기와 인민의 고혈을 빨아먹기로 종사하니 날더러 도적놈 잡으라 하면 벼슬하는 관인들은 거반 다 감옥서감이요, 또 우리들의 우는 것이 울 때에 울고, 길 때에 기고, 잠잘 때에 자는 것이 천지 이치에 합당하거늘 프랑스라는 나라 양반들이 우리 개구리의 우는 소리를 듣기 싫다고 백성들을 불러 개구리를 다 잡으라 하다가, 마침내 혁명당이 일어나서 난리가 되었으니 사람같이 무도한 것이 세상에 또 있으리오? 당나라 때에 한 사람이 우리를 두고 글을 짓되, 개구리가 도의 맛을 아는 것 같아서 연꽃 깊은 곳에서 운다 하였으니, 우리의 도덕심 있는 것은 사람도 아는 것이라. 우리가 어찌 사람에게 굴복하리오.

동양 성인 공자께서 말씀하시기를, 아는 것은 안다 하고 알지 못하는 것은 알지 못한다 하는 것이 정말 아는 것이라 하였으니, 저희들이 천박한 지식으로 남을 속이기를 능사로 알고 천하 만사를 모두 아는 체하니, 우리는 이같이 거짓말은 하지 아니하오. 사람이란 것은 하나님의 이치를 알지 못하고 악한 일만 많이 하니 그대로 둘 수 없으니, 차후는 사람이라 하는 명칭을 주지 않는 것이 대단히 옳은 줄로 생각하오."

넙죽넙죽 하는 말이 소진·장의가 오더라도 당치 못할러라. 말을 그치고 내려오니 또 한편에서 회장을 부르고 나는 듯이 연설단에 올라간다.

제4석 구밀복검^{口蜜腹劍};벌

허리는 잘록하고 체격은 조그마한데 두 어깨를 떡 벌리고 청량한 소리로 머리를 까딱까딱 하면서 연설한다.

"나는 벌이올시다. 지금 구밀복검이라 하는 문제를 가지고 잠깐 두어 마디 말씀할 터인데, 먼저 서양서 들은 이야기를 잠깐 하오리다. 당초에 천지 개벽할 때에 하나님이 에덴 동산을 준비하사 각색 초목과 각색 짐승을 그 안에 두고 사람을 만들어 거기서 살게 하시니 그 사람의 이름은 아담이라 하고 그 아내는 하와라 하였는데, 지금 온 세상 사람들의 조상이라.

사람은 특별히 모양이 하나님과 같고 마음도 하나님과 같게 하였으니 사람은 곧 하나님의 아들이라 하는 뜻을 잊지 말고 하나님의 마음을 본받아 지극히 착하게 되어야 할 터인데, 아담과 하와가 죄를 짓고 에덴 동산에서 쫓겨난지라 우리 벌의 조상은 죄도 아니 짓고 하나님의 뜻대로 순종하여 각색 초목의 꽃으로 우리의 전답을 삼고 꿀을 농사하여 양식을 만들어 복락을 누리니 조상 적부터 우리가 사람보다 나은지라.

세상이 오래 되어 갈수록 사람은 하나님과 더욱 멀어지고 오늘날 와서는 거죽은 사람의 형용이 그대로 있으나 실상은 시랑(豺狼)[18]과 마귀가 되어 서로 싸우고, 서로 죽이고, 서로 잡아먹어서, 약한 자의 고기는 강한 자의 밥이 되고, 큰 것은 작은 것을 압제하여 남의 권리를 늑탈하여 남의 재산을 속여 빼앗으며, 남의 토지를 앗아가며, 남의 나라를 위협하여 망케 하니, 그 흉칙하고 악독함을 무엇이라 이르겠소? 사람들이 우리 벌을 독한 사람에게 비유하여 말하기를, 입에 꿀이 있고 배에 칼이 있다 하나 우리 입의 꿀은 남을 꾀이려 하는 것이 아니라 우리 양식을 만드는 것이요, 우리 배의 칼은 남을 공연히 쏘거나 찌르는 것이 아니라 남이 나를 해치려 하는 때에 정당방위로 쓰는 칼이요, 사람같이 입으로는 꿀같이 말을 달게 하고 배에는 칼 같은 마음을 품은 우리가 아니오.

또 우리의 입은 항상 꿀만 있으되 사람의 입은 변화가 무쌍하여 꿀같이 달 때도 있고, 고추같이 매울 때도 있고, 칼같이 날카로울 때도 있고, 비상같이 독할 때도 있어서, 맞대하였을 때에는 꿀을 들어붓는 것같이 달게 말하다가 돌아서면 흉보고, 욕하고, 노여하고, 악담하며, 좋아지낼 때에는 깨소금 항아리같이 고소하고 맛있게 수작하다가, 조금만 미흡한 일이 있으면 죽일 놈 살릴 놈 하며 무성포(無聲砲)가 있으면 곧 놓아 죽이려 하니 그런 악독한 것이 어디 또 있으리오. 에, 여러분 여보시오. 그래, 우리 짐승 중에 사람들처럼

---

18) 시랑 : 승냥이와 이리. 탐욕이 많고 무자비한 사람을 비유하는 말.

그렇게 악독한 것들이 있단 말이오? (손뼉 소리 귀가 막막)

　사람들이 서로 욕설하는 소리를 들으면 참 귀로 들을 수 없소. 별 흉악망측한 말이 많소. '빠가', '갓댐' 같은 욕설은 오히려 관계치 않소. '네밀 붙을 놈', '염병에 땀을 못 낼 놈' 하는 욕설은 제 입을 더럽히고 제 마음 악한 줄을 모르고 얼씬하면 이런 욕설을 함부로 하니 어떻게 흉악한 소리요. 에, 사람의 입에는 도덕상 좋은 말은 별로 없고 못된 소리만 쓸데없이 지저귀니 그것들을 사람이라고? 그것들을 만물 중에 가장 귀한 것이라고? 우리는 천지간의 미물이로되 그렇지는 않소. 또 우리는 임금을 섬기되 충성을 다하고, 장수를 뫼시되 군령이 분명하며, 제각각 직업을 지켜 일을 부지런히 하여 주리지 아니하거늘, 어떤 나라 사람들은 제 임금을 죽이고 역적의 일을 하며, 제 장수의 명령을 복종치 아니하고 난병도 되며, 백성들은 게을러서 아무 일도 아니하고 공연히 쏘다니며 놀고 먹고 놀고 입기 좋아하며, 술이나 먹고, 노름이나 하고, 계집의 집이나 찾아다니고, 협잡이나 하고, 그렁저렁 세월을 보내어 집이 구차하고 나라가 간난하니 사람으로 생겨나서 우리 벌들보다 낫다 하는 것이 무엇이오? 서양의 어느 학자가 우리를 두고 노래를 하나 지었으되,

　아침 이슬 저녁 볕에
　이 꽃 저 꽃 찾아가서
　부지런히 꿀을 물고
　제 집으로 돌아와서
　반은 먹고 반은 두어

겨울 양식 저축하여

무한복락 누릴 때에

하나님의 은혜라고

빛난 날개 좋은 소리

아름답게 찬미하네

　그래, 사람 중에 사람스러운 것이 몇이나 있소? 우리는 사람들에게 시비 들을 것 조금도 없소. 사람들의 악한 행위를 말하려면 끝이 없겠으나 시간이 부족하여 그만둡네다."

제 5 석 무장공자^{無腸公子;게}

　벌이 연설을 그치고 미처 연설단을 내려서기 전에 또 한편에서 회장을 부르고 나오니, 모양이 기괴하고 눈에 영채(映彩)가 있어 힘센 장수같이 두 팔을 쩍 벌리고 어깨를 추썩추썩하며 하는 말이,

　"나는 게올시다. 지금 무장공자라 하는 문제로 연설할 터인데, 무장공자라 하는 말은 창자 없는 물건이라 하는 말이니, 옛적에 포박자(抱朴子)¹⁹⁾라 하는 사람이 우리 게의 족속을 가리켜 무장공자라 하

---

19) 포박자 : 중국 동진(東晉)의 도인(道人). '포박자'는 그의 호이면서 그가 쓴 책 제목.

였으니 대단히 무례한 말이로다. 그래, 우리는 창자가 없고 사람들은 창자가 있소. 시방 세상 사람 중에 옳은 창자 가진 사람이 몇 명이나 되겠소? 사람의 창자는 참 썩고 흐리고 더럽소. 의복은 능라주의로 지르르 흐르게 잘 입어서 외양은 좋아도 다 가죽만 사람이니 그 속에는 똥밖에 아무것도 없소.

좋은 칼로 배를 가르고 그 속을 보면 구린내가 물큰물큰 나오. 지금 어떤 나라 정부를 보면 깨끗한 창자라고는 아마 몇 개 없으리다. 신문에 그렇게 나무라고, 사회에서 그렇게 시비하고, 백성이 그렇게 원망하고, 외국 사람이 그렇게 욕들을 하여도 모르는 체하니 이것이 창자 있는 사람들이오? 그 정부에 옳은 마음먹고 벼슬하는 사람 누가 있소? 한 사람이라도 있거든 있다고 하시오. 만판 경륜(經綸)이 임금 속일 생각, 백성 잡아먹을 생각, 나라 팔아먹을 생각밖에 아무 생각 없소. 이같이 썩고 더럽고 똥만 들어서 구린내가 물큰물큰 나는 창자보다는 우리의 없는 것이 도리어 낫소. 또 욕을 보아도 성낼 줄도 모르고, 좋은 일을 보아도 기뻐할 줄 알지 못하는 사람이 많이 있소. 남의 압제를 받아 살 수 없는 지경에 이르되 깨닫고 분한 마음 없고, 남에게 그렇게 욕을 보아도 노여할 줄 모르고 종 노릇 하기만 좋게 여기고 달게 여기며, 관리에 무례한 압박을 당하여도 자유를 찾을 생각이 도무지 없으니, 이것이 창자 있는 사람들이라 하겠소?

우리는 창자가 없다 하여도 남이 나를 해치려 하면 죽더라도 가위로 집어 한 놈 물고 죽소. 내가 한 번 어느 나라에 지나다 보니 외국 병정이 지나가는데, 그 나라 부인을 건드려 젖퉁이를 만지려 하매 그 부인이 소리를 지르고 욕을 한즉, 그 병정이 발로 차고 손으로 때려서 행악(行惡)이 무쌍한지라, 그 나라 사람들이 모여 서서 그것을 구경만 하고 한 사람도 대들어 그 부인을 도와주고 구원하여 주는 사람이 없으니 그 사람들은 그 부인이 외국 사람에게 당하는 것을 상관없는 줄로 알아서 그러한지 겁이 나서 그러한지 결단코 남의 일이 아니라 저희 동포가 당하는 일이니 저희들이 당함이거늘, 그것을 보고 분낼 줄 모르고 도리어 웃고 구경만 하니, 그 부인의 오늘날 당하는 욕이 내일 제 어미나 제 아내에게 또 돌아올 줄을 알지 못하는가? 이런 것들이 창자 있다고 사람이라 자긍(自矜)하니 허리가 아파 못 살겠소. 창자 없는 우리 게는 어찌하면 좋겠소? 나라에 경사가 있으되 기뻐할 줄 알지 못하여 국기 하나 내어 꽂을 줄 모르니 그것이 창자 있는 것이오? 그런 창자는 부럽지 않소. 창자 없는 우리 게의 행한 사적을 좀 들어 보시오.

송나라 때 추호라 하는 사람이 채경에서 사로잡혀 소주(蘇州)로 귀양갈 때 우리가 구원하였으며, 산주구세라 하는 때에 한 처녀가 죽게 된 것을 살려내느라고 큰 뱀을 우리 가위로 잘라 죽였으며, 산신과 싸워서 호인의 배를 구원하였고, 객사한 송장을 드러내어 음란한 계집의 죄를 발각하였으니, 우리의 행한 일은 다 옳고 아름다운 일이요, 사람같이 더러운 일은 하지 않소. 또 사람들도 우리의 행위를 자세히 아는 고로 '게도 제 구멍이 아니면 들어가지 아니한다'는 속담이 있소.

참 그러하지요. 우리는 암만 급하더라도 들어갈 구멍이라야 들어

가지 부당한 구멍에는 들어가지 않소. 사람들을 보면 부당한 데로 들어가는 사람이 많소. 부모 처자를 내버리고 중이 되어 산 속으로 들어가는 이도 있고, 여염집 부인네들은 음란한 생각으로 불공한다 핑계하고 절간 초막으로 들어가는 이도 있고, 명예 있는 신사라 자칭하고 쓸데없는 돈 내버리러 기생집에 들어가는 이도 있고, 옳은 길 내버리고 그른 길로 들어가는 사람, 옳은 종교 싫다 하고 이단으로 들어가는 사람, 돌을 안고 못으로 들어가는 사람, 섶을 지고 불로 들어가는 사람 이루 다 말할 수 없소. 당연히 들어갈 데와 못 들어갈 데를 분별치 못하고 못 들어갈 데를 들어가서 화를 당하고 패를 보고 해를 끼치니, 이런 사람들이 무슨 창자 있노라고 우리의 창자 없는 것을 비웃소?

지금 사람들은 보면 그 창자가 다 썩어서 미구(未久)에 창자 있는 사람은 한 개도 없이 다 무장공자가 될 것이니, 이 다음에는 사람더러 무장공자라고 불러야 옳겠소.”

제6석 영영지극^{營營之極;파리}

게가 입에서 거품이 부걱부걱 나오며 수용산출(水湧山出)[20]로 하던 말을 그치고 엉금엉금 기어 내려가니, 파리가 또 회장을 부르고 나

---

20) 수용산출 : 시문(詩文)을 짓는 재주가 뛰어남.

는 듯이 연단에 올라가서 두 손을 싹싹 비비면서 말을 한다.

"나는 파리올시다. 사람들이 우리 파리를 가리켜 말하기를, 파리
는 간사한 소인이라 하니, 대저 사람이라 하는 것들은 저희 흉은 살
피지 못하고 다만 남의 말은 잘하는 것들이오. 간사한 소인의 성품
과 태도를 가진 것들은 사람들이오. 우리는 결단코 소인의 성품과
태도는 가진 것이 아니오. 『시전(詩傳)』21)이라 하는 책에 말하기를
'영영한 푸른 파리가 횃대에 앉았다' 하였으니, 이것은 우리를 가리
켜 한 말이 아니라 사람들을 비유한 말이오. 옛 글에 '방에 가득한
파리를 쫓아도 없어지지 않는다' 하는 말도 우리를 두고 한 말이 아
니라 사람 중의 간사한 소인을 가리켜 한 말이오. 우리는 결코 간사
한 일은 하지 아니하였소마는, 인간에는 참 소인이 많습디다. 사슴을
가리켜 말이라 하여 임금을 속인 것이 비단 조고(趙高) 한 사람뿐 아
니라 지금 망하여 가는 나라 조정을 보면 온 정부가 다 조고 같은
간신이요, 천자를 끼고 제후에게 호령함이 또한 조조(曹操)22) 한 사람
뿐 아니라 지금은 도덕은 떨어지고 효박한 풍기를 보면 온 세계가
다 조조 같은 소인이라 웃음 속에 칼이 있고 말 속에 총이 있어, 친구
라 사귀다가 저 잘 되면 차버리고, 동지라고 상종타가 남 죽이고 저
잘되기, 누구누구는 빈천지교(貧賤之交) 저버리고 조강지처(糟糠之妻)

---

21) 시전 : 『시경(詩經)』의 주해서.
22) 조조 : 중국 삼국시대의 위나라의 왕. 권모술수에 뛰어나서 흔히 간사한
    사람에 비유됨.

내쫓으니 그것이 사람이며, 아무아무 유지지사(有志之士) 고발하여 감옥서에 몰아넣고 저 잘 되기 희망하니, 그것도 사람인가? 쓸개에 가 붙고 간에 가 붙어 요리조리 알씬알씬하는 사람 정말 밉기도 밉습디다. 여러분도 다 아시거니와 그래 공담(公談)으로 말하자면 우리가 소인이오? 사람들이 간물(奸物)이오. 생각들 하여 보시오. 또 우리는 먹을 것을 보면 혼자 먹는 법 없소. 여러 족속을 청하고 여러 친구를 불러서 화락한 마음으로 한 가지로 먹지마는, 사람들은 이(利)만 보면 형제간에도 의가 상하고 일가간에도 정이 없어지며, 심한 자는 서로 골육상쟁하기를 예사로 아니, 참 기가 막히오. 동포끼리 서로 사랑하고, 서로 구제하는 것은 하나님의 이치거늘 사람들은 과연 저의 동포끼리 서로 사랑하는가? 저들끼리 서로 빼앗고, 서로 싸우고, 서로 시기하고, 서로 흉보고, 서로 총을 쏘아 죽이고, 서로 칼로 찔러 죽이고, 서로서로 피를 빨아 마시고, 서로 살을 깎아 먹되 우리는 그렇지 않소. 세상에 제일 더러운 것은 똥이라 하지마는, 우리가 똥을 눌 때 남이 다 보고 알도록 흰 데는 검게 누고 검은 데는 희게 누어서 남을 속일 생각은 하지 않소. 사람들은 똥보다 더 더러운 일을 많이 하지마는 혹 남의 눈에 보일까, 남의 입에 오르내릴까 겁을 내어 은밀히 하되 무소부지(無所不知)하신 하느님은 먼저 아시고 계시오. 옛적에 유행이라 하는 사람은 부채를 들고 참외에 앉은 우리를 쫓고 왕사라 하는 사람은 칼을 빼어 먹일 먹는 우리를 쫓을 새 저 사람들이 그렇게 쫓으되 우리가 가지 아니함을 성내어 하는 말이, 파리는 쫓아도 도로 온다며 미워하니, 저희들이 쫓을 것은 쫓지 아니하고 아니 쫓을 것은 쫓는도다. 사람들은 우리를 쫓으려 할 것이 아니라 불가불 쫓아야 할 것이 있으니, 사람들아, 부채를 놓고 칼을 던지고 잠깐 내 말을 들어라. 너희들이 당연히 쫓을 것은 너희 마음을 수고롭게 하는 마귀니라. 사람들아 사람들아, 너희들은 너희 마음속에 있는 물욕을 쫓아버려라. 너희 머릿속에 있는 썩은 생각을 내어 쫓으라. 너희 조정에 있는 간신들을 쫓아버려라. 너희 세상에 있는 소인들을 내어쫓으라. 참외가 다 무엇이며, 먹이 다 무엇이냐? 사람들아 사람들아, 우리 수십억만 마리가 일제히 손을 비비고 비나니, 우리를 미워하지 말고 하나님이 미워하시는, 너희를 해치는 여러 마귀를 쫓으라. 손으로만 빌어서 아니 들으면 발로라도 빌겠다."

의기가 양양하여 사람을 저희 똥만치도 못하게 나무라고 겸하여 충고의 말로 권고하고 내려간다.

제7석 가정맹어호 苛政猛於虎;호랑이

웅장한 소리로 회장을 부르니 산천이 울린다. 연단에 올라서서 머리를 설레설레 흔들고 좌중을 내려다보니 눈알이 등불 같고 위풍이 늠름한데, 주홍 같은 입을 떡 벌리고 어금니를 부지직 갈며 연설하는데, 좌중이 조용하다.

"본원의 이름은 호랑이인데 별호는 산군이올시다. 여러분 중에도 혹 아시는 이도 있을 듯하오. 지금 가정이 맹어호라 하는 문제를 가지고 두어 마디 할 터인데, 이것은 여러분 아시는 것과 같이 옛적 유명한 성인 공자님이 하신 말씀이라. 가정이 맹어호라 하는 뜻은 까다로운 정사(政事)가 호랑이보다 무섭다 함이니, 양자(楊子)[23]라 하는 사람도 이와 같은 말을 했는데, 혹독한 관리는 날개 있고 뿔 있는 호랑이와 같다 한지라, 세상에 사람들이 말하기를 제일 포악하고 무서운 것은 호랑이라 하였으니 자고이래로 사람들이 우리에게 해를 받은 자가 몇 명이나 되느뇨? 도리어 사람이 사람에게 해를 당하며 살육을 당한 자가 몇억만 명인지 알 수 없소. 우리는 설사 포악한 일을 할지라도 깊은 산과 깊은 골과 깊은 수풀 속에서만 횡행할 뿐이오.

사람처럼 청천백일지하에 왕궁 국도에서는 하지 아니하거늘 사람들은 대낮에 사람을 죽이고 재물을 빼앗으며 죄 없는 백성을 감옥서에 몰아넣어서 돈 바치면 내어놓고 세 없으면 죽이는 것과, 임금은 아무리 인자하여 사전(赦典)을 내리더라도 법관이 용사(用事)하여 공평치 못하게 죄인을 조종하고 돈을 받고 벼슬을 내어서 그 벼슬한 사람이 그 밑천을 뽑으려고 음흉한 수단으로 정사를 까다롭게 하여

---

23) 양자 : 양주(楊朱)의 존칭. 중국 전국시대의 학자. 노자사상의 한 줄기를 이어 자기 중심적 쾌락주의를 주장함.

백성을 못 견디게 하니, 사람들의 악독한 일을 우리 호랑이에게 비하여 보면 몇만 배가 더 될는지 알 수 없소.

다른 동물을 잡아먹더라도 하나님이 만들어주신 발톱과 이빨로 하나님의 뜻을 받아 천성의 행위를 행할 뿐이거늘, 사람들은 학문을 이용하여 화학이니 물리학이니 배워서 사람의 도리에 유익하고 옳은 일에 쓰는 것은 별로 없고, 각색 병기를 발명하여 군함이니 총이니 탄환이니 화약이니 칼이니 활이니 하는 등물(等物)을 만들어서 재물을 무한히 내버리고 사람을 무수히 죽여서, 나라를 만들 때의 만반 경륜은 다 남을 해하려는 마음뿐이라. 그런 고로 영국 문학박사 판스라 하는 사람이 말하기를, '사람이 사람에게 대하여 잔인한 까닭으로 수천만 명 사람이 참혹한 지경에 들어갔도다' 하였고, 옛날 진회왕이 초회왕을 청하매 초회왕이 진나라에 들어가려 하거늘, 그 신하 굴평이 간하여 가로되, '진나라는 호랑이 나라이라 가히 믿지 못할지니 가시지 말으소서' 하였으니, 호랑이의 나라가 어찌 진나라 하나뿐이리오. 오늘날 오대주(五大洲)를 둘러보면, 사람 사는 곳곳마다 어느 나라가 욕심 없는 나라가 있으며 어느 나라가 포학하지 아니한 나라가 있으며 어느 인간이 고상한 천리를 말하는 자가 있으며, 어느 세상에 진정한 인도를 의논하는 자가 있느뇨?

나라마다 진나라요, 사람마다 호랑이라. 세상 사람들이 말하기를 호랑이는 포학무쌍한 것이라 하되, 이것은 알지 못하는 말이로다. 우리는 원래 천품이 은혜를 잘 갚고 의리를 깊이 아나니, 글자 읽는 사람은 짐작할 듯하오. 옛적에 진나라 곽무자라 하는 사람이 호랑이

목구멍에 걸린 뼈를 빼내어 주었더니 사슴을 드려 은혜를 갚았고, 영윤 자문을 나서 몽택에 버렸더니 젖을 먹여 길렀으며, 양위의 효성을 감동하여 몸을 물리쳤으니, 이런 일을 보면 우리가 은혜에 감동하고 의리를 아는 것이라. 사람들로 말하면 은혜를 알고 의리를 지키는 사람이 몇몇이나 되겠소? 옛적 사람이 말하기를 호랑이를 기르면 후환이 된다 하여 지금까지 양호유환(養虎遺患)이라 하는 문자를 쓰지마는, 되지 못한 사람의 새끼를 기르는 것이 도리어 정말 후환이 되는지라. 호랑이 새끼를 길러서 돈을 모으는 사람은 있으되 사람의 자식을 길러서 덕을 보는 사람은 별로 없소. 또 속담에 이르기를, '호랑이 죽음은 껍질에 있고 사람의 죽음은 이름에 있다' 하니 지금 세상 사람에 정말 명예 있는 사람이 몇 명이나 있소?

인생 칠십 고래희라, 한 세상 살 동안이 얼마 되지 아니한데 옳은 일만 할지라도 다 못하고 죽을 터인데 꿈결 같은 이 세상을 구구히 살려 하여 못된 일 할 생각이 시꺼멓게 있어서, 앞문으로 호랑이를 막고 뒷문으로 승냥이를 불러들이는 자도 있으니 어찌 불쌍치 아니하리오. 옛적 사람은 호랑이의 가죽을 쓰고 도적질하였으나 지금 사람들은 껍질은 사람의 껍질을 쓰고 마음은 호랑이 마음을 가져서 더욱 험악하고 더욱 흉포한지라, 하나님은 지공무사(至公無私)하신 하나님이시니, 이같이 험악하고 흉포한 것들에게 제일 귀하고 신령하다는 권리를 줄 까닭이 무엇이오. 사람으로 못된 일 하는 자의 종자를 없애는 것이 좋은 줄로 생각하옵네다."

제 8 석 쌍거쌍래^{雙去雙來};원앙

호랑이가 연설을 그치고 내려가니 또 한편에서, 형용이 단정하고 태도가 신중한 어여쁜 원앙새가 연단에 올라서 애연(哀然)한 목소리로 말을 한다.

"나는 원앙이올시다. 여러분이 인류의 악행을 공격하는 것이 다 절당한 말씀이로되 인류의 제일 괴악한 일은 음란한 것이오. 하나님이 사람을 내실 때에 한 남자에 한 여인을 내셨으니, 한 사나이와 한 여편네가 서로 저버리지 아니함은 천리(天理)에 정한 인륜(人倫)이라. 사나이도 계집을 여럿 두는 것이 옳지 않고 여편네도 서방을 여럿 두는 것이 옳지 않거늘, 세상 사람들은 다 생각하기를, 사나이는 계집을 많이 두고 호강하는 것이 좋은 것인 줄로 알고 처첩을 두셋씩 두는 사람도 있으며, 어떤 사람은 오륙 명도 두는 자도 있으며, 혹 장가든 뒤에 그 아내를 돌아다보지 아니하고 두 번 세 번 장가드는 자도 있으며, 혹 아내를 소박(疎薄)하고 첩을 사랑하다가 패가망신하는 자도 있으니, 사나이가 두 계집 두는 것은 천리에 어기어짐이라. 계집이 두 사나이를 두면 변고로 알고 사나이가 두 계집 두는 것은 예사로 아니, 어찌 그리 편벽되며 사나이가 남의 계집 도적함은 꾸짖지 아니하고, 계집이 남의 사나이를 상관하면 큰 변인 줄 아니 어찌 그리 불공평하오? 하나님의 천연한 이치로 말할진대 사나이는 아내 한 사람만 두고 여편네는 남편 한 사람만 좇을지라. 물론,

남녀 물론하고 두 사람을 두든지 섬기는 것은 옳지 아니하거늘, 지금 세상 사람들은 괴악하고 음란하고 박정하여 길가의 한 가지 버들을 꺾기 위하여 백년해로(百年偕老)하려던 사람을 잊어버리고, 동산의 한 송이 꽃을 보기 위하여 조강지처를 내쫓으며, 남편이 병이 들어 누웠는데 의원과 간통하는 일도 있고, 복을 빌어 불공한다 가탁(假託)하고 중서방 하는 일도 있고, 남편 죽어 사흘이 못 되어 서방해 갈 주선하는 일도 있으니, 사람들은 계집이나 사나이나 인정도 없고 의리도 없고 다만 음란한 생각뿐이라 할 수밖에 없소. 우리 원앙새는 천지간에 지극히 적은 물건이로되 사람과 같이 그런 더러운 행실은 아니하오. 남녀의 법이 유별하고 부부의 윤기(倫紀)가 지중한 줄을 아는 고로 음란한 일은 결코 없소. 사람들도 우리 원앙새의·역사를 짐작하기로 이야기하는 말이 있소. 옛날에 한 사냥꾼이 원앙새 한 마리를 잡았더니 암원앙새가 수원앙새를 잃고 수절하여 과부로 있은 지 일 년만에 또 그 사냥꾼의 화살에 맞아 잡힌 바 된지라, 사냥꾼이 원앙새를 잡아 가지고 집으로 돌아와서 털을 뜯을 새, 날개 아래 무엇이 있거늘 자세히 보니 거년(去年)에 자기가 잡아온 수원앙새의 대가리라. 이것은 암원앙새가 수원앙새와 같이 있다가 수원앙새가 사냥꾼의 화살을 맞아서 떨어지니 그 창황 중에도 수원앙새의 대가리를 집어 가지고 숨어서 일시의 난을 피하여 짝 잃은 한을 잊지 아니하고 서방의 대가리를 날개 밑에 끼고 슬피 세월을 보내다가 또한 사냥꾼에게 잡힌 바 된지라. 그 사냥꾼이 이것을 보고 정절이 지극한 새라 하여 먹지 아니하고 정결한 땅에 장사를 지낸 후로 그

때부터 다시는 원앙새는 잡지 아니하였다 하니, 우리 원앙새는 짐승이로되 절개를 지킴이 이러하오. 사람들의 행위를 보면 추하고 비루(鄙陋)하고 음란하여 우리보다 귀하다 할 것이 조금도 없소. 사람들의 행사를 대강 말할 터이니 잠깐 들어 보시오. 부인이 죽으면 불쌍히 여기는 남편이 몇이나 되겠소? 상처(喪妻)한 후에 사나이 수절하였다는 말은 들어 보도 못하였소. 낱낱이 재취(再娶)를 하든지, 첩을 얻든지, 자식에게 못할 노릇 하고 집안에 화근을 일으켜 화기(和氣)를 손상케 하고, 계집으로 말하면 남편 죽은 후에 수절하는 사람은 많으나 속으로 서방질 다니며 상부한 지 며칠이 못 되어 개가할 길 찾느라고 분주한 계집도 있고, 또 자식을 낳아서 개구멍이나 다리 밑에 내어버리는 것도 있으며, 심한 계집은 간부에게 혹하여 산 서방을 두고 도망질하기와 약을 먹여 죽이는 일까지 있으니, 저희들의 별별 괴악한 일은 이루 다 말 할 수 없소. 세상에 제일 더럽고 괴악한 것은 사람이라, 다 말하려면 내 입이 더러워질 터이니까 그만두겠소.”

원앙새가 연설을 그치고 연단에서 내려오니, 회장이 다시 일어나서 말한다.

폐 회

“여러분 하시는 말씀을 들으니 다 옳으신 말씀이오. 대저 사람이라 하는 동물은 세상에 제일 귀하다 신령하다 하지마는, 나는 말하자면, 제일 어리석고 제일 더럽고 제일 괴악하다 하오. 그 행위를 들어 말하자면 한정이 없고, 또 시간이 진하였으니 그만 폐회하오." 하더니 그 안에 모였던 짐승이 일시에 나는 자는 날고, 기는 자는 기고, 뛰는 자는 뛰고, 우는 자도 있고, 짖는 자도 있고, 춤추는 자도 있어, 다 각각 돌아가더라.

슬프다! 여러 짐승의 연설을 듣고 가만히 생각하여 보니, 세상에 불쌍한 것이 사람이로다. 내가 어찌하여 사람으로 태어나서 이런 욕을 보는고! 사람은 만물 중에 귀하기로 제일이요, 신령하기도, 재주도, 지혜도 제일이라 하여 동물 중에 제일 좋다 하더니 오늘날로 보면 제일로 악하고, 제일 흉괴하고, 제일 음란하고, 제일 간사하고, 제일 더럽고, 제일 어리석은 것은 사람이로다. 까마귀처럼 효도할 줄도 모르고, 개구리처럼 분수 지킬 줄도 모르고, 여우보다도 간사하고, 호랑이보다도 포악하고, 벌과 같이 정직하지도 못하고, 파리 같이 동포 사랑할 줄도 모르고, 창자 없는 일은 게보다 심하고, 부정한 행실은 원앙새가 부끄럽도다. 여러 짐승이 연설할 때 나는 사람을 위하여 변명 연설을 하리라 하고 몇 번 생각하여 본즉, 무슨 말로 변명할 수가 없고, 반대를 하려 하나 현하지변(懸河之辯)24)을 가지고도 쓸데가 없도다. 사람이 떨어져서 짐승의 아래가 되고 짐승이 도

---

24) 현하지변 : 현하구변(懸河口辯). 물 흐르듯 거침없이 잘하는 말.

리어 사람보다 상등이 되었으니 어찌하면 좋을꼬. 예수님의 말씀을 들으니 하나님이 아직도 사람을 사랑하신다 하니, 사람들이 악한 일을 많이 하였을지라도 회개하면 구원 얻는 길이 있다 하였으니, 이 세상에 있는 여러 형제 자매는 깊이깊이 생각하시오.

이해조

자유종

우리 나라 남자들이 아무리 정치가 밝다 하나 여자에게는 대단히 적악하였고, 법률이 밝다 하나 여자에게는 대단히 득죄하였습니다. 우리는 기왕이라 말할 것 없거니와 후생이나 불가불 교육을 잘하여야 할 터인데 권리 있는 남자들은 꿈도 깨지 못하니 답답하오. 남자들 마음에는 아들만 귀하고 딸은 귀치 아니한지 일 분자라도 귀한 생각이 있으면 사지오관(四肢五官)을 구비한 자식을 어찌 차마 금수와 같이 길러 이 같은 고해에 빠지게 하는고? 그 아들 가르치는 법도 별 수는 없습니다.

(자유종 중에서)

자유종

천지간 만물 중에 동물되기 희한하고, 천만 가지 동물 중에 사람되기 극난하다. 그같이 희한하고 그같이 극난한 동물 중 사람이 되어 압제를 받아 자유를 잃게 되면 하늘이 주신 사람의 직분을 지키지 못함이어늘, 하물며 사람 사이에 여자 되어 남자의 압제를 받아 자유를 빼앗기면 어찌 희한코, 극난한 동물 중 사람의 권리를 스스로 버림이 아니라 하리오.

여보, 여러분. 나는 옛날 태평 시대에 숙부인(淑夫人)[1]까지 바쳤더니 지금은 가련한 민족 중의 한 몸이 된 신설헌이올시다. 오늘 이매경 씨 생신에 청첩을 인하여 왔더니 마침 홍국란 씨와 강금운 씨와

---

1) 숙부인 : 이조 때 정삼품 당상관의 아내의 봉작.

그 외 여러 귀중하신 부인들이 만좌하셨으니 두어 말씀하오리다.

이전 같으면 오늘 이러한 잔치에 취하고 배부르면 무슨 걱정 있으리까마는, 지금 시대가 어떠한 시대며 우리 민족은 어떠한 민족이오? 내 말이 연설 체격과 흡사하나 우리 규중(閨中) 여자도 결코 모를 일이 아니올시다.

일본도 삼십 년 전 형편이 우리 나라보다 우심(尤甚)[2]하여 혹 천하대세(天下大勢)라, 혹 자국전도(自國前導)[3]라 말하는 자는 미친 자라 괴악한 사람이라 지목하고 인류로 치지 않더니, 점점 연설이 크게 열리매 전도하는 교인같이 거리거리 떠드나니 국가 형편이요, 부르나니 민족 사세라, 이삼 인 못거지[4]라도 술잔을 대하기 전에 소회(所懷)[5]를 말하고 마시니, 전국 남녀들이 십여 년을 한담도 끊고 잡담도 끊고 언필칭 국가라 민족이라 하더니, 지금 동양에 제일, 제이 되는 일대 강국이 되었습니다.

오늘 우리 나라는 어떠한 비참지경이오? 세월은 물같이 흘러가고 풍조는 날로 닥치는데 우리 비록 아홉 폭 치마는 둘렀으나 오늘만도 더 못한 지경을 또 당하면 상전벽해(桑田碧海)[6]가 눈결에 될지라. 하늘을 부르면 대답이 있나, 부모를 부르면 능력이 있나, 가장을 부르

---

2) 우심 : 더욱 심함.
3) 자국 전도 : 나라의 앞길을 인도함.
4) 못거지 : 모꼬지. 놀이나 잔치 등으로 여러 사람이 모임.
5) 소회 : 마음에 품고 있는 회포.
6) 상전벽해 : 뽕나무 밭이 변하여 푸른 바다가 됨. 곧 세상의 변천이 심함을 비유하는 말.

면 무슨 방책이 있나, 고대광실 뉘가 들며 금의옥식(錦衣玉食) 내 것인가? 이 지경이 이마에 당도했소. 우리 삼사 인이 모였든지 오륙 인이 모였든지 어찌 심상한 말로 좋은 음식을 먹으리까? 승평무사(昇平無事)[7]할 때에도 유의유식(遊衣遊食)은 금법이어든 이 시대에 두 눈과 두 귀가 남과 같이 총명한 사람이 어찌 국가 의식만 축내리까? 우리 재미있게 학리상(學理上)으로 토론하여 이날을 보냅시다.

매경 "절당(切當)[8] 절당하오이다. 오늘이 참 어떠한 시대요? 이 같은 수참(愁慘)[9]하고 통곡할 시대에 나 같은 요마한 여자의 생일 잔치가 왜 있겠소마는 변변치 못한 술잔으로 여러분을 청하기는 심히 부끄럽고 죄송하나 본의인즉 첫째는 여러분 만나뵈옵기를 위하고, 둘째는 좋은 말씀을 듣고자 함이올시다.

남자들은 자주 상종하여 지식을 교환하지마는 우리 여자는 한 번 만나기 졸연(猝然)[10]하오니이까? 『예기(禮記)』[11]에 가로되, 여자는 안에 있어 밖의 일을 말하지 말라 하였고, 『시전』에 가로되, 오직 술과 밥을 마땅히 할 뿐이라 하였기로 층암절벽 같은 네 기둥 안에서 나고 자라고 늙었으니, 비록 사마자장[12]의 재주 있을지라도 보고 듣는

---

7) 승평무사 : 나라가 태평하고 아무 탈 없음.
8) 절당 : 사리에 꼭 들어맞음.
9) 수참 : 매우 처참하고 슬픔.
10) 졸연 : 갑작스러움.
11) 예기 : 오경(五經)의 하나. 주말(周末)부터 진한(秦漢)시대의 유자(儒者)의 고례(古禮)에 관한 설을 수록한 책.
12) 사마자장 : 본명은 사마천. 중국 전한(前漢)의 역사학자. 『사기(史記)』를 지음.

것이 있어야 아는 것이 있지요.

이러므로 신체 연약하고 지각이 몽매하여 쌀이 무슨 나무에 열리는지, 도미를 어느 산에서 잡는지 모르고, 다만 가장의 비위만 맞춰, 앉으라면 앉고 서라면 서니, 진소위(眞所謂)[13] 밥먹는 안석(案席)[14]이요, 옷입은 퇴침(退枕)[15]이라, 어찌 인류라 칭하리까? 그러나 그는 오히려 현철(賢哲)한 부인이라, 행검(行檢)[16] 있는 부인이라 하겠지마는, 성품이 괴악하고 행실이 불미하여 시앗에 투기하기, 친척에 이간하기, 무당 불러 굿하기, 절에 가서 불공하기, 제반악징(諸般惡徵)[17]은 소위 대갓집 부인이 더 합디다. 가도(家道)가 무너지고 수욕(羞辱)[18]이 자심하니 이것이 제 한 집안 일인 듯하나 그 영향이 실로 전국에 미치니 어찌 한심치 않으리까?

그런 부인이 생산도 잘 못하고 혹 생산하더라도 어찌 쓸 자식을 낳으리오? 태내 교육부터 가정 교육까지 없으니 제가 생지(生知)[19]의 바탕이 아닌 바에 맹모의 삼천하시던 교육이 없이 무슨 사람이 되리오? 그러나 재상도 그 자제이요, 관찰·군수도 그 자제니 국가의 정치가 무엇인지, 법률이 무엇인지 어찌 알겠소? 우리 비록 여자나 무

---

13) 진소위 : 그야말로.
14) 안석 : 앉을 때에 몸을 기대는 방석.
15) 퇴침 : 서랍이 있는 목침.
16) 행검 : 품행이 방정함.
17) 제반악징 : 여러 가지 불길한 징조.
18) 수욕 : 부끄럽고 욕되는 일.
19) 생지 : 나면서부터 도를 앎.

식을 면치 못함을 항상 한탄하더니, 다행히 오늘 여러분 고명하신 부인께서 왕림하여 좋은 말씀을 들려주시니 대단히 기꺼운 일이올시다."

설헌 "변변치 못한 구변이나 내 먼저 말씀하오리다. 우리 대한의 정계가 부패함도 학문 없는 연고요, 민족의 부패함도 학문 없는 연고요, 우리 여자도 학문 없는 연고로 기천년 금수 대우를 받았으니 우리 나라에도 제일 급한 것이 학문이요, 우리 여자 사회도 제일 급한 것이 학문인즉 학문 말씀을 먼저 하겠소. 우리 이천만 민족 중에 일천만 남자들은 응당 고명한 학교를 졸업하여 정치·법률·군제·농·상·공 등 만 가지 사업이 족하겠지마는, 우리 일천만 여자들은 학문이 무엇인지 도무지 모르고 유의유식으로 남자만 의뢰하여 먹고 입으려 하니 국세가 어찌 빈약치 아니하겠소? 옛말에, 백지장도 맞들어야 가볍다 하였으니 우리 일천만 여자도 일천만 남자의 사업을 백지장과 같이 거들었으면 백 년에 할 일을 오십 년에 할 것이요, 십 년에 할 일을 다섯 해면 할 것이니 그 이익이 어떠하오, 나라의 독립도 거기 있고 인민의 자유도 거기 있소.

세계 문명국 사람들은 남녀의 학문과 기예가 차등이 없고, 여자가 남자보다 해산하는 재주 한 가지가 더하다 하며, 혹 전쟁이 있어 남자가 다 죽어도 겨우 반구비라 하니, 그 여자의 창법 검술까지 통투(通透)[20]함을 가히 알겠도다.

---

20) 통투 : 사리를 뚫어지게 깨달아 환함.

사람마다 대성인 공부자(孔夫子)[21] 아니거든 어찌 생이지지(生而之知)[22]하리오. 프랑스 파리 대학교에서 토론회를 열리매 가편(可便)은, 사람을 가르치지 못하면 금수와 같다 하고, 부편(否便)은 사람이 천생한 성질이니 비록 가르치지 아니할지라도 어찌 금수와 같으리요 하여 경쟁이 대단하되 귀결치 못하였더니, 학도들이 실지를 시험코자 하여 무부모한 아이들을 사다가 심산궁곡(深山窮谷)[23]에 집 둘을 짓되 네 벽을 다 막고 문 하나만 뚫어 음식과 대소변을 통하게 하고 그 아이를 각각 그 속에서 기를 새, 칠팔 년이 된 후 그 아이를 학교로 데려오니 제가 평생에 사람 많은 것을 보지 못하다가 육칠 층 양옥에 인산인해(人山人海)됨을 보고 크게 놀라 서로 돌아보며 하나는 꼭고댁꼭고댁 하고 하나는 끼익끼익 하니, 이는 다름 아니라 제 집에 아무것도 없고 다만 닭과 돼지만 있는데, 닭이 놀라면 꼭고댁 하고 돼지가 놀라면 끼익끼익 하는 고로, 그 아이가 지금 놀라운 일을 보고 그 소리가 각각 본 대로 난 것이니 그것도 닭과 돼지의 교육을 받음이라. 학생들이 이것을 본 후에 사람을 가르치지 아니하면 금수와 다름없음을 깨달아 가편이 득승하였다 하니, 이로 보건대 우리 여자가 그와 다름이 무엇이오? 일용 범절에 여간 안다는 것이 저 아이의 꼭고댁·끼익보다 얼마나 낫소이까? 우리 여자가 기천년을 암매(暗昧)[24]하고 비참한 경우에 빠져 있었으니 이렇고야 자유권

---

21) 공부자 : '공자'의 높임말.
22) 생이지지 : 배우지 않아도 스스로 통하여 앎.
23) 심산궁곡 : 깊은 산 속의 험한 골짜기.

이니 자강력이니 세상에 있는 줄이나 알겠소? 일생에 생사고락이 다 남자 압제 아래 있어, 말하는 제웅-25)과 숨쉬는 송장을 면치 못하니 옛 성인의 법제가 어찌 이러하겠소. 예기에도, 여인 스승이 있고 유모를 택한다 하였고『소학(小學)』26)에도 여자 교육이 첫 편이니 어찌 우리 나라 여자 같은 자고송(自枯松)27)이 있단 말이오?

우리 나라 남자들이 아무리 정치가 밝다 하나 여자에게는 대단히 적악하였고, 법률이 밝다 하나 여자에게는 대단히 득죄하였습니다. 우리는 기왕이라 말할 것 없거니와 후생이나 불가불 교육을 잘하여야 할 터인데 권리 있는 남자들은 꿈도 깨지 못하니 답답하오. 남자들 마음에는 아들만 귀하고 딸은 귀치 아니한지 일 분자라도 귀한 생각이 있으면 사지오관(四肢五官)을 구비한 자식을 어찌 차마 금수와 같이 길러 이 같은 고해에 빠지게 하는고? 그 아들 가르치는 법도 별 수는 없습니다. 사략통감(史略通鑑)으로 제일등 교과서를 삼으니 자국 정신은 간데없고 중국혼만 길러서 언필칭28)『좌전(左傳)』29)이라『강목(綱目)』30)이라 하여 남의 나라 기천년 흥망성쇠만 의논하고 내 나라 빈부강약은 꿈도 아니 꾸다가 오늘 이 지경을 하였소.

---

24) 암매 : 못나고 어리석어 생각이 어두움.
25) 제웅 : 짚으로 사람의 형상을 만든 것. 아무 분수를 모르는 사람의 별명.
26) 소학 : 중국 송나라의 유자징이 주희의 가르침을 받아 지은 책.
27) 자고송 : 저절로 말라 죽은 소나무.
28) 언필칭 : 말을 할 때마다 반드시.
29) 좌전 : 춘추 좌씨전(左氏傳). 춘추의 해석서로서 모두 30권. 좌구명의 작품이라고 전해짐.
30) 강목 : 통감강목(痛鑑綱目). 주희가 지은 중국의 역사책.

이탈리아 역비다 산에 올차학이라는 구멍이 있어 해수로 통하였더니 홀연 산이 무너져 구멍 어구가 막힌지라, 그 속이 칠야같이 캄캄한데 본래 있던 고기들이 나오지 못하고 수백 년을 생장하여 눈이 있으나 쓸 곳이 없더니, 어구의 막혔던 흙이 해마다 바닷물에 패어 가며 일조에 구멍이 도로 열리매, 밖의 고기가 들어와 수없이 잡아먹되, 그 안에 있던 고기는 눈을 멀뚱멀뚱 뜨고도 저해하려는 것을 전혀 모르고 절로 밀려 어구 밖에 혹 나왔으나 못 보던 눈이 졸지에 태양을 당하매, 현기가 나며 정신이 없어 어릿어릿하더라 하니 그와 같이 대문·중문 꽉꽉 닫고 밖에 눈이 오는지 비가 오는지 도무지 알지 못하고 살던 우리 나라 이왕 교육은 올차학 교육이라 할 만하니 그 교육 받은 남자들이 무슨 정신으로 우리 정치를 생각하겠소? 우리 여자의 말이 쓸데없을 듯하나 자국의 정신으로 하는 말이니, 오히려 만국 공사의 헛담판보다 낫습니다. 여러분 부인들은 대한 여자 교육계의 별 방침을 연구하시오."

금운 "여보, 설헌씨는 학문 설명을 자세히 하셨으나 그 성질과 형편이 그래도 미진한 곳이 있습니다. 우리 나라 지식을 보통케 하려면 그 소위 무슨 변에 무슨 자, 무슨 아래 무슨 자라는, 옛날 상전으로 알던 중국 글을 폐지하여야 필요하겠소. 대저 글이라 하는 것은 말과 소와 같아서 그 나라의 범백정신(帆白精神)[31]을 실어 두나니, 우리 나라 소위 한문은 곧 중국의 말과 소라. 다만 중국의 정신만 실었

---

31) 범백정신 : 온갖 정신.

으니 우리 나라 사람이야 평생을 끌고 당긴들 무슨 이익이 있겠소? 그런 중에 그 말과 소가 대단히 사나워 좀체 사람은 끌지 못하오.

그 글은 졸업 기한이 없고 일평생을 읽을지라도 이태백·한퇴지는 못 되며, 혹 상등으로 총명한 자가 물 쥐어 먹고 십 년, 이십 년을 읽어서 실재(實才)라, 거벽(巨擘)32)이라 하여 눈앞에 영웅이 없고, 세상이 돈짝만 하여 내가 내노라고 돌이질치더라도 그 사람더러 정치를 물으면 모른다, 법률을 물으면 모른다, 철학·화학·이화학을 물으면 모르노라, 농학·상학·공학을 물으면 모르노라. 그러면 우리 대종교 공부자(孔夫子) 도학의 성질은 어떠하냐 묻게 되면, 그 신성하신 진리는 모르고 다만 아노라 하는 것은, 공자님은 꿇어앉으셨지, 공자님은 광수의(廣袖衣)33) 입으셨지 하여 가장 도통을 이은 듯이 여기니, 다만 광수의만 입고 꿇어만 앉았으면 사람마다 천만 년 종교 부자가 되오리까?

공자님은 춤도 추시고 노래도 하시고, 풍류도 하시고, 선비도 되시고, 문장도 되시고, 장수가 되셔도 가하고, 정승이 되셔도 가하고, 천자도 가히 되실 신성하신 우리 공부자님을 어찌하여 속은 컴컴하고 외양만 번주그레한 위인들이 광수의만 입고 꿇어만 앉아 공자님 도학이 이뿐이라 하여 고담준론을 하면서 이렇게 하여야 집을 보존하고 임금을 섬긴다 하여 자기 자손뿐 아니라 남의 자제까지 연골(軟

---

32) 거벽 : 학식이 뛰어난 사람.
33) 광수의 : 폭이 넓은 소매옷.

骨)에 버려 골생원님이 되게 하니, 그런 자들은 종교에 난적이요, 교육에 공적이라 공자님께서 대단히 욕보셨소. 설사 공자님이 생존하셨을지라도 오히려 북을 울려 그 자들을 벌하셨으리라.

그만도 못한 승부꾼이라 일차꾼이라 하는 자는 천시도 모르고, 지리도 모르고, 다만 의지와 취향이 없는 강남풍월한 다년이라. 뜻도 모르는 것은 원코 형코라 하여 국가의 수용하는 인재 노릇을 하였으니 그렇고야 어찌 나라가 이 지경이 아니 되겠소?

대체 글을 무엇에 쓰자고 읽소? 사리를 통하려고 읽는 것인데 내 나라 지리와 역사를 모르고서 『제갈량전』과 『비사맥전』[34]을 천만 번이나 읽은들 현금 비참한 지경을 면하겠소? 일본 학교 교과서를 보시오. 소학교 교과라는 것은 당초에 대한이라 청국이라는 말도 없이 다만 자국 인물이 어떠하고 자국 지리가 어떠하다 하여 자국 정신이 굳은 후에 비로소 만국 역사와 만국 지리를 가르치니, 그런고로 물론 남녀하고 자국의 보통 지식 없는 자가 없어 오늘날 저러한 큰 세력을 얻어 나라의 영광을 내었소. 우리 나라 남자들은 거룩하고 고명한 학문이 있는 듯하나 우리 여자 사회에야 그 썩고 냄새나는 천지현황(天地玄黃)[35]글자나 아는 사람이 몇이나 되오? 남자들도 응당 귀도 있고 눈도 있으리니, 타국 남자와 같이 학문을 힘쓰려니

---

34) 비사맥전 : 비스마르크(1815~1898). 독일의 근세 정치가.
35) 천지현황 : 천자문의 첫 번째 구절. 하늘의 검은 색과 땅의 누런 색. 하늘과 땅의 빛깔.

와 우리 여자도 타국 여자와 같이 지식이 있어야 우리 대한 삼천리 강토도 보전하고, 우리 여자 누백년 금수도 면하리니, 지식을 넓히려면 하필 어렵고 어려운 십 년 이십 년 배워도 천치를 면치 못할 학문이 쓸데 있소? 불가불 자국 교과를 힘써야 되겠다 합니다."

국란 "아니오, 우리 나라가 가뜩 무식한데 그나마 한문도 없어지면 해파리 세계를 만들려오? 해파리란 것은 눈이 없이 새우를 따라다니면서 새우 눈을 제 눈같이 아나니 해파리 세계가 되면 새우는 어디 있나? 아니 될 말이오. 졸지에 한문을 없이 하고 국문만 힘쓰면 무슨 별 지식이 나리까? 나도 한문을 좋다 하는 것은 아니나 형편으로 말하면 요순(堯舜)이래 치국평천하(治國平天下)하는 법과 수신제가(修身齊家)하는 천사 만사가 모두 한문에 있으니 졸지에 한문을 없애고 국문만 쓰면, 비유컨대 유리창을 떼어버리고 흙벽 치는 셈이오. 국문은 우리 나라 세종대왕께서 만드실 때 적공(積功)36)이 대단하셨소. 사신을 여러 번 중국에 보내어 그 성음 이치를 알아다가 자모음을 만드시니, 반절(反切)37)이 그것이오.

우리 세종대왕 근로하신 성덕은 다 말씀할 수 없거니와 반절 몇 줄에 나라 돈도 많이 들었소. 그렇건마는 백성들은 죽도록 한문자만 숭상하고 국문은 버려 두어서 암글38)이라 지목하여 부인이나 천인

---

36) 적공 : 많은 공을 들임.
37) 반절 : 한문 글자에 두 자의 음을 반씩 따서 합쳐 한 소리로 만드는 법.
38) 암글 : 배워 알기는 하나 실제로 쓸 줄 모르는 글의 지식. 지난 날, 여자의 글이라고 낮추어 일컫던 말.

이 배우되 반절만 깨치면 다시 읽을 것이 없으니 보는 것은 다만 『춘향전』·『심청전』·『홍길동전』 등 뿐이라, 『춘향전』을 보면 정치를 알겠소? 『심청전』을 보고 법률을 알겠소? 『홍길동전』을 보아 도덕을 알겠소? 말할진대『춘향전』은 음탕 교과서요, 『심청전』은 처량 교과서요, 『홍길동전』은 허황 교과서라 할 것이니, 국민을 음탕 교과로 가르치면 어찌 풍속이 아름다우며, 처량 교과서로 가르치면 어찌 장진지망(長進之望)[39]이 있으며, 허황 교과로 가르치면 어찌 정대한 기상이 있으리까? 우리 나라 난봉 남자와 음탕한 여자의 제반(諸般) 악징(惡徵)이 다 이에서 나니 그 영향이 어떠하오?

혹 발명하려면 『춘향전』을 누가 가르쳤나, 『심청전』을 누가 배울라나, 『홍길동전』을 누가 읽을라나, 비록 읽을라 할지라도 다 제게 달렸지 할 터이나, 이것이 가르친 것보다 더하지 휘문의숙 같은 수층 양옥과 보성학교 같은 너른 교실에 칠판·괘종·책상·걸상을 벌여놓고 고명한 교사를 월급 주어 가르치는 것보다 더 심하오. 그것은 구역과 시간이나 있거니와 이것은 구역도 없고 시간도 없이 전국 남녀들이 자유권으로 틈틈이 보고 곳곳이 읽으니 그 좋은 몇 백만 정년을 음탕하고 처량하고 허황한 구멍에 쓸어 묻는단 말이오.

그나 그뿐이오? 혹 기도하면 아이를 낳는다, 혹 산신이 강림하여 복을 준다, 혹 면례(緬禮)[40]를 잘하여 부귀를 얻는다, 혹 불공하여 재

---

39) 장진지망 : 장래에 크게 진출할 희망.
40) 면례 : 무덤을 옮겨서 장사를 다시 지냄.

액을 막았다, 혹 돌구멍에서 용마가 났다, 혹 신선이 학을 타고 논다, 혹 최 판관이 붓을 들고 앉았다 하는 제반 악징의 괴괴망칙한 말을 다 국문으로 기록하여 출판한 판책도 많고 원본을 베낀 책을 돈을 받고 빌려주는 책도 많아 경향 각처에 불똥이 튀어 박히듯 없는 집이 없으니 그것도 오거서(五車書)⁴¹⁾라 평생을 보아도 못다 보오.

그 책을 나도 여간 보았거니와 좋은 종이에 주옥 같은 글씨로 세세성문하여 혹 이삼 권 혹 수십여 권 되는 것이 많고 백 권 내외 되는 것도 있으니, 그 자본은 적으며 그 세월은 얼마나 허비하였겠소? 백해무익한 그 책을 값을 주고 사며 세를 주고 얻어 보니 그 돈은 헛돈이 아니오? 국문 폐단은 그러하지마는 지금 금운씨의 말과 같이 한문을 전폐하고 국문만 쓸진대 『춘향전』·『심청전』·『홍길동전』이 되겠소? 괴악망칙한 소설이 제자백가가 되겠소? 그는 다 나의 분격한 말이라 나도 항상 말하기를, 자국 정신을 보존하려면 국문을 써야 되겠다 하지마는 그 방법은 졸지에 계획할 수 없습니다.

가령 남의 큰 집에 들었다가 그 집이 본래 남의 집이라 믿음성이 없다 하고 떠나려면, 한편으로 차차 재목을 준비하고 목수·석수를 불러 시역할 새, 먼저 배산임수(背山臨水)⁴²⁾ 좋은 곳에 터를 닦아 모월 모일 모시에 입주하고, 일대 문장에게 상량문(上樑文)⁴³⁾을 받아 아랑

---

41) 오거서 : 다섯 수레에 실을 만한 많은 책. 많은 장서.
42) 배산임수 : 지세가 산을 등지고 물에 면함.
43) 상량문 : 상량할 때 축복하는 글.

위아랑위 하는 소리에 수십 척 들보를 높이 얹고 정당 몇 칸, 침실 몇 칸, 행랑 몇 칸을 예산대로 세워놓으니 차방·다락 조밀하고 도배·장판 정쇄한데, 우리 나라 효자·열녀의 좋은 말씀을 문장 명필의 고명한 솜씨로 기록하여 부벽주련(付壁住聯)[44]으로 여기저기 붙이고 나도 내 집 사랑한다는 대자 현판을 정당에 높이 단 연후에 그제야 세간을 옮겨다가 쌓을 데 쌓고 놓을 데 놓아 질자배기·부지깽이 한 개라도 서실(閪失)[45]이 없어야 이사한 해가 없나니, 만일 옛집을 남의 집이라 하여 졸지에 몸만 나오든지 세간을 한데 내어놓든지 하고 그 집을 비워 주인을 맡기면 어디로 가자는 말이오?

우리 나라 국문은 미상불[46] 좋은 글이나 닦달 아니한 재목과 같으니, 만일 한문을 버리고 국문만 쓰려면 한문에 있는 천만사와 천만법을 국문으로 번역하여 유루(遺漏)[47]한 것이 없는 연후에 서서히 한문을 폐하여 중국 사람을 돼주든지 우리가 휴지로 쓰든지 하고, 그제야 국문을 가위 글이라 할 것이니, 이 일을 예산한즉 오십 년 가량이라야 성공하겠소.

만일 졸지에 한문을 없이 하려면 남의 집이라고 몸만 나오는 것과 무엇이 다르오? 남의 집은 주인이 있어 혹 내어놓으라고 독촉도 하려니와 한문이야 누가 내어놓으라 하는 말이 있소? 서서히 형편을

---

44) 부벽주련 : 기둥이나 벽에 장식으로 그림이나 글씨를 써넣어 걸치는 물건.
45) 서실 : 물건을 흐지부지 잃어버림.
46) 미상불 : 아닌게 아니라.
47) 유루 : 비거나 빠짐.

보아 폐지함이 가할 것이오. 국문만 쓸지라도 옛날 보던『춘향전』이니『홍길동전』이니『심청전』이니 그 외에 여러 가지 음담패설을 다 엄금하여야 국문에 영향이 정대하고 광명하지, 그렇지 못하면 수천 년 숭상하던 한문만 잃어버리니 정대한 국문만 쓸진대 누가 편리치 않다 하오리까?

가령 한문의 부자·군신이 국문의 부자 군신과 경중이 있소? 국문의 백 냥·천 냥이 한문의 백 냥·천 냥과 다소가 있소? 국문으로 패독산(敗毒散)[48] 방문(方文)을 내어도 발산되기는 일반이요, 국문으로 삼해주(三亥酒)[49] 방법을 빙거(憑據)[50]하여도 취하기는 한 모양이요. 국문으로 욕설하면 탄하지 않겠소? 한문으로 칭찬하면 더 좋아하겠소? 국문의 호랑이도 무섭고, 국문의 원앙새도 어여쁘리라.

국문과 한문이 다름없으나 어찌 우리 여자 권리로 연혁(沿革)을 확정하리오. 문부 관리들 참 딱한 것이 국문은 쓰든지 아니 쓰든지 그 잡담소설이나 금하였으면 좋겠소. 그것 발매하는 자들이 투전 장사나 다름없나니 투전은 재물이나 상하려니와 음담소설은 정신조차 버리오. 문부 관리들 그 아니 답답하오? 청년 남녀의 정신 잃는 것을 어찌 차마 앉아 보기만 하오?

학무국은 무슨 일들 하며, 편집국은 무슨 일들 하는지 저러한 관리를 믿다가는 배꼽에 노송나무가 나겠소. 우리 여자 사회가 단체하

---

48) 패독산 : 감기와 몸살을 푸는 한방약.
49) 삼해주 : 술의 한 가지.
50) 빙거 : 어떤 사실을 입증할 만한 근거.

여 문부 관리에게 질문 한 번 하여 봅시다.

여보, 사회단체가 그리 용이하오? 우리 나라 백 년 이하 각 항 단체를 내 대강 말하오리다. 관인 사회는 말할 것이 없거니와 종교 사회로 말할지라도 물론 어느 나라고 종교 없이 어찌 사오? 야만 부락의 코끼리에게 절하는 것과, 태양에게 비는 것과, 불과 물을 위하는 것을 웃기는 웃거니와 그 진리를 연구하면 용혹무괴요. 만일 다수한 국민이 겁내는 것도 없고 의귀할 곳도 없고 존칭할 것도 없으면 어찌 국민의 질서가 있겠소? 약육강식하는 금수 세계만도 못하리다.

그런고로 서양의 정치가에서 남의 나라의 강약허실을 살피려면 먼저 그 나라 종교 성질을 본다 하니 그 말이 유리하오. 만일 종교에 의귀할 바이 없으면 비록 인물이 번성하고 토지가 강대한 나라로 군부에 대포가 가득하고 탁지(度之)에 금전이 가득하고 공부(工部)에 기재가 가득할지라도 수백 년 전 남미 인종과 다름없으리다.

동서양 종교 수효와 범위를 말씀하건대 회회교·희랍교·토숙탄교·천주교·기독교·불교와 그 외에 여러 교가 각각 범위를 넓혀 세계에 세력을 확장하되 저 교는 그르다, 이 교는 옳다 하여 경쟁하는 세력이 대포·장창보다 맹렬하니, 그 중에 망하는 나라도 많고 흥하는 사람 많소.

우리 동양 제일 종교는 세계의 독일무이(獨一無二)하신 대성지성(大聖至聖)하신 공부자 아니시오? 그 말씀에 정대한 부자·군신·부부·형제·붕우에 일용 상행하는 일을 의논하사 사람으로 하여금 사람되는 도리를 가르치시니, 그 성덕이 거룩하시고 융성하시며 향념(向念)하시는 마음이 일광과 같으사 귀천 남녀 없이 다 비추건마는 우리 나라는 범위를 좁혀서 남자만 종교를 알지 여자는 모를 게라, 귀인만 종교를 알지 천인은 모를 게라. 하여 대성전에 제관 싸움이나 하고 시골 향교에 재임이나 팔아먹고 소민(小民)들은 향교 추렴이나 물리니 공자님의 도하는 것이 무엇이오?

도포나 입고 쌍상투나 틀고 혁대와 중영이나 달고 꿇어앉아서 마음이 어떠한 것이라, 성품이 어떠한 것이라 하며 진리는 모르고 주위들은 풍월같이 지껄이면서 이만하면 수신제가도 자족하지, 치국평천하도 자족하지, 세상도 한심하지 나 같은 도학군자를 아니 쓰기로 이렇다 하여 백 가지로 개탄하다가 혹 세도 재상에게 소개하여 제주찬선(際酒贊先)51)으로 초선이나 되면 공자님이 당시의 자기로만 알고 도태(淘汰)를 뽑아내며 괴팍한 위인에 야매한 언론으로 천하대세도 모르고 척양합시다, 척외합시다, 상소나 요명(要名)52)차로 눈치보아 가며 한두 번 하여 시골 선비의 칭찬이나 듣는 것이 대욕소관(大慾所關)53)이지.

옛적 정자산의 외교 수단을 공자님도 칭찬하셨으니 공자님은 척화(斥和)54)를 모르시오. 척화도 형편대로 하는 것이지 붓끝으로만 척화, 척화하면 척화가 되오? 또 고상하다 자칭하는 자는 당초 사직(辭

---

51) 제주찬선 : 고려와 조선시대 때의 관직 이름.
52) 요명 : 명예를 구함.
53) 대욕소관 : 큰 욕망에 관계되는 바.
54) 척화 : 화의를 물리침.

職)으로 장기(長技)를 삼아 나라가 내게 무슨 상관 있나? 백성이 내게 무슨 이해 있나? 독선기신(獨善基身)이[55] 제일이지, 자질(子姪)도 이렇게 가르치고 문인도 이렇게 어거[56]하여 혹 총명재자가 있어 각국 문명을 흠선(欽羨)[57]하여 정치가 어떠하다, 법률이 어떠하다, 교육이 어떠하다, 언론을 하게 되면 자세히 듣지는 아니하고 돌려세우고 고담준론으로, 아무 집 자식도 버렸다, 그 조상도 불쌍하다 하여 문인 자제를 엄하게 신칙(申飭)[58]하되, 아무개와 상종을 말라, 그 말을 듣다가는 너희가 내 눈앞에 보이지 말라 하니, 우리 이천만 인이 다 그 사람의 제자 되면 나라꼴은 잘 되겠지요.

그만도 못한 시골고라리 사회는 더구나 장관이지. 공자님 성씨가 누구신지요, 휘(諱)[59]자가 무엇인지 알지도 못하는 인류들이 향교와 서원은 자기들의 밥자리로 알고, 사돈 여보게, 출표하러 가세. 생질 너도 술 먹으러 오너라. 돼지나 잡았는지. 개장국도 꽤 먹겠네. 수복아, 추렴 통문 놓아라. 고직아, 별하기 닦아라. 아무가 문필은 똑똑하지마는 지체가 나빠 봉향가음 못 되어, 아무는 무식하지마는 세력을 생각하면 대축(大祝)[60]이야 갈 데 있나. 명륜당(明倫堂)[61]이 견고하여

---

55) 독선기신 : 자기 한 몸만을 잘 보존함.
56) 어거 : 거느려서 바른길로 나아가게 함.
57) 흠선 : 우러러 흠앙해 부러워함.
58) 신칙 : 단단히 타일러 경계함.
59) 휘 : 돌아가신 높은 어른의 이름.
60) 대축 : 종묘나 문묘 제향에 축문을 읽는 사람.
61) 명륜당 : 인륜을 가르치는 전당. 성균관, 향교 안의 유학을 강학하던 곳.

술주정 좀 하여도 무너질 바 없지. 교궁(校宮)62)은 이렇게 위하여야 종교를 밝히지. 아무 골 향교에는 학교를 설시하였다 하고, 아무 골 향교 전답을 학교에 붙였다 하니, 그 골에는 사람의 새끼 같은 것이 하나 없어 그러한 변이 어디 또 있나? 아무 골 향족이 명륜당에 앉았다니 그 마룻장은 대패질을 하여라. 아무 집 일명(逸名)63)이 색장(色掌)64)을 붙였다니 그 재판65)을 수세미질이나 하여라 하여, 종교라는 종자는 무슨 종자며, 교자는 무슨 교자인지 착착 접어 먼지 속에 파묻고, 싸우나니 양반이요, 다투다니 재물이라. 이것이 우리 신성하신 대종교라 하오. 한심하고 통곡할 만도 하오. 종교가 이렇듯 부패하니 국세가 어찌 강성하겠소?

향교와 서원의 성질을 말하리다. 서원은 소학교 자격이요, 향교는 중학교 자격이요, 태학은 대학교 자격이라. 서원은 선현화상(先賢畵像)을 봉안하여 소학 동자로 하여금 자국 인물을 기념케 함이요, 향교에는 대성인 위패를 봉안하여 중학 학생으로 하여금 종교를 경앙케 함이요, 태학에는 예악 문물을 더 융성히 하여 태학 학생으로 하여금 종교사상이 더욱 견고케 함이니, 어찌 다만 제사만 소중이라 하여 사당집과 일반으로 돌려보내리오? 교육을 주장하는 고로 향교와 서원을 당초에 설시하였고, 종교를 귀중히 하는 고로 대성인과

---

62) 교궁 : 각 고을에 있는 문묘.
63) 일명 : 서얼.
64) 색장 : 성균관, 향교, 사학 등에 기거하는 유생의 임원의 버금.
65) 재판 : 사랑방 안에 깔아놓은 두꺼운 종이.

명현을 뫼셨고, 성현을 뫼신 고로 제례를 행하나니 교육과 종교는 주체가 되고 제사는 객체가 되거늘, 근래는 주체는 없어지고 객체만 숭상하니 어찌 열성조(列聖朝)[66]의 설시하신 본의라 하리오?

제사만 위한다 할진대 태묘도 한 곳뿐이어늘 아무리 성인을 존봉할지라도 어찌 삼백육십여 군의 골골마다 향화를 받들리까? 저 무식한 자들이 교육과 종교는 버리고 제사만 위중한다 한들 성현의 마음이 어찌 편안하시리까?

종교에야 어찌 귀천과 남녀가 다르겠소? 지금이라도 종교를 위하려면 성현경전(聖賢經典)을 알아보기 쉽도록 국문으로 번역하여 거리거리 연설하고, 성묘와 서원에 무애희 농용(農用)하며, 가령 제사로 말할지라도 귀인은 귀인 예복으로 참사(參祀)하고 천인은 천인 의관으로 참사하고, 여자는 여자 의복으로 참사하여, 너도 공자님 제자, 나도 공자님 제자 되기 일반이라 하면 종교 범위도 넓고, 사회단체도 굳으리다. 또 사회의 폐습을 말할진대 확실한 단체는 못 보겠습니다. 상업 사회는 에누리 사회요, 공장 사회는 날림 사회요, 농업 사회는 야매 사회라 하나도 진실하고 기묘하여 외국 문명을 당할 것은 없으니 무슨 단체가 되겠소? 근래 신교육 사회는 구교육 사회보다는 낫다 하나 불심상원(不甚相遠)[67]이오.

관공립은 화욕학교라 실상은 없고 문구뿐이요, 각처 사립은 단명

---

66) 열성조 : 여러 대 임금의 시대.
67) 불심상원 : 그다지 틀리지 않음.

학교라 기본이 없어 번차례로 폐지할 뿐 아니라, 물론 아무 학교든지 그 중에 열심한다는 교장이니 찬성장이니 하는 임원더러 묻되, 이 학교에 제갈량과 이순신과 비사맥과 격란사돈 같은 인재를 교육하여 일후의 국가 대사를 경륜하려오 하면 열에 한둘도 없고, 또 묻되 이 학교에 인재 성취는 이 다음 일이요, 교육 사회에 명예나 취하려오 하면 열에 칠팔이 더 되니 그 성의가 그러하고야 어찌 장구히 유지하겠소? 교원·강사도 한만(閑漫)한 출입을 아니하고 시간을 지키어 왕래한다니 그 열심은 거룩하오. 공익을 위함인지, 명예를 위함인지, 월급을 위함인지, 명예도 아니요, 월급도 아니요, 실로 공익만 위한다 하는 자, 몇이나 되겠소?

물론 공·사·관·립하고 여러 학생들에게 묻되, 학문을 힘써 일후에 사환(仕宦)[68]을 하든지 일신 쾌락을 희망하느냐, 국가에 몸을 바치는 정신 얻기를 주의하느냐 하게 되면, 대·중·소학교 몇만 명학도 중에 국가 정신이라고 대답하는 자 몇몇이나 되겠소?

또 여자교육회니 여학교니 하는 것도 권리 없고 자본 없는 부인에게만 맡겨두니 어찌 흥왕하리오? 물론 아무 사회하고 이익만 위하고 좀 낫다는 자는 명예만 위하고, 진실한 성심으로 나라를 위하여 이것을 한다든지, 백성을 위하여 이것을 한다는 자가 역시 몇이나 되겠소?

이렇게 교육, 교육할지라도 십 년 이십 년에 영향을 알리니 그

---

68) 사환 : 벼슬. 또 그 벼슬을 함.

중에도 몇 사람이야 열심 있고 성의 있어 시사를 통곡할 자가 있겠지요마는 단체 효력을 오히려 못 보거든 하물며 우리 여자에 무슨 단체가 조직되겠소? 아직 가정 여러 자녀를 잘 가르치고 정분 있는 여자들에게 서로 권고하여 십 인이 모이고 이십 인이 모여 차차 단정히 설립하여야 사회든지 교육이든지 하여 보지, 졸지에 몇백 명 몇천 명을 모아도 실효가 없어 일상 남자 사회만 못하리다.”

설헌 “그러하오마는 세상일이 어찌 아무것도 아니하고 앉아서 기다리기만 하리까? 여보, 우리 여자 몇몇이 지껄이는 것이 풀벌레 같을지라도 몇 사람이 주창하고 몇 사람이 권고하면 아니 될 일이 어디 있소? 석 달 장마에 한 점 볕은 개일 장본(張本)이요, 몇 달 가물에 한 조각 구름이 비올 장본이니, 우리 몇 사람의 말로 천만인 사회가 되지 아니할지 뉘 알겠소?

청국 명사 양계초(梁啓超)[69] 씨 말씀에 하였으되, 대저 사람이 일을 하려면 이기려다가 패함도 있거니와, 패할까 염려하여 당초에 하지 아니하면 이는 당초에 패한 사람이라 하니, 오늘 시작하여 내일 성공할 일이 우리 팔자에 왜 있겠소? 그러나 우리가 우쭐거려야 우리 자식 손자들이나 행복을 누리지, 일향 우리 나라 사람을 부패하다, 무식하다 조롱만 하면 똑똑하고 요요한 남의 나라 사람이 우리에게 소용 있소?

우리 나라 삼백 년 이전이야 어떠한 정치며 어떠한 문물이오? 일

---

69) 양계초 : 중국의 사상가. 민족 혁명을 고취하고 공화제를 선전함.

본이 지금 아무리 문명하다 하여도 범백[70] 제도를 우리 나라에서 많이 배워갔소. 그 나라 국문도 우리 나라 왕인 씨가 지은 것이니, 근일 우리 나라가 부패치 아니한 것은 아니나 단군·기자 이후로 수천 년 이래에 어떠한 민족이오?

철학가 말에, 편안한 것이 위태한 근본이라 하니, 우리 나라 사람이 기백년 편안하였은즉 한 번 위태한 일이 어찌 없겠소? 또 말하였으되, 무식은 유식의 근원이라 하였으니 우리 나라 사람이 오래 무식하였으니 한 번 유식하지 아니할 이유가 있겠소?

가령 남의 집에 가서 보고, 그 집 사람들은 음식도 잘하더라, 의복도 잘하더라, 내 집에서는 의복·음식 솜씨가 저러하지 못하니 무엇에 쓸꼬 하고 가속을 박대하면 남의 좋은 의복·음식이 내게 무슨 상관 있소? 차라리 저 음식은 어떠하니 좋지 아니하다, 이 의복은 어떠하니 좋지 아니하다 하여 제도를 자세히 가르쳐서 남의 것과 같이 하는 것만 못하니, 부질없이 내 집안 사람만 불만히 여기면 가도가 바로잡힐 리가 있으리까?

『소학』에 가로되, 좋은 사람이 없다 함은 덕 있는 말이 아니라 하였으니, 내 나라 사람을 무식하다고 능멸하여 권고 한 마디 없으면 유식하신 매경 씨만 홀로 살으시려오? 여보 여보, 열심을 잃지 말고 어서어서 잡지도 발간, 교과서도 지어서 우리 일천만 여자 동포에게 돌립시다.

---

70) 범백 : 여러 가지의 사물.

우리 여자의 마음이 이러하면 남자도 응당 귀가 있겠지. 십 년 이십 년을 멀다 마오. 살림 어른이 연설꾼 아니 될지 뉘 알며, 향교 재임이 체조교사 아니 될지 뉘 알겠소? 속담에 이른 말에 뜬쇠[71]가 달면 더 뜨겁다 하였소.

지금은 범백 권리가 다 남자에게 있다 하나 영원한 권리는 우리 여자가 차지합시다. 매경 씨 말씀에, 자녀를 교육하자 함이 진리를 알으시는 일이오. 우리 여자만 합심하고 자녀를 잘 교육하면 제2세의 문명은 우리 사업이라 할 수 있소.

자식 기르는 방법을 대강 말하오리다. 자식을 낳은 후에 가르칠 뿐 아니라 뱃속에서부터 가르친다 하였으니, 그런 고로『예기(禮記)』에 태육법을 자세히 말하였으되, 부인이 잉태하매 돗자리가 바르지 아니하거든 앉지 아니하며, 벤 것이 바르지 아니하거든 먹지 말라 하였으니, 그 앉는 돗, 먹는 음식이 탯덩이에 무슨 상관이 있겠소마는 바른 도리로만 행하여 마음에 잊지 말라 함이오. 의원의 말에도 자식 밴 부인이 잡것을 먹지 말라 하고, 음식의 차고 더운 것을 평균케 하고, 배를 항상 더웁게 하고, 당삭(當朔)[72]하거든 약간 노동하여야 순산한다 하였소.

뱃속에서도 이렇게 조심하거든 나온 후에 어찌 범연히 양육하오리까? 제가 비록 지각이 없을 때라도 어찌 그 앞에서 터럭만치 그른

---

71) 뜬쇠 : 불에 잘 달지 않는 쇠.
72) 당삭 : 산월을 당함.

일을 행하겠소? 밥 먹는 법, 잠자는 법, 말하는 법, 걸음 걷는 법, 일동 일정(一動一靜)을 가르치되, 속이지 아니함을 주장하여 정대한 성품을 양육한즉 대인 군자가 어찌하여 되지 못하리까?

맹자님 모친께서 맹자님 기르실 때에 마침 동편 이웃집에서 돼지를 잡거늘 맹자께서 물으시되, 저 돼지는 어찌하야 잡나니이까? 맹모 희롱으로 너를 먹이려고 잡는다 하셨는데 즉시 후회하시되, '어린아이에게 속이는 법을 가르쳤다' 하고 그 고기를 사다가 먹이신 일이 있고, 맹자 점점 자라실 새 장난이 심하여 산 밑에서 살 때에 상두꾼 흉내를 내시거늘 맹모 가라사대, '이곳이 아이 기를 곳이 못 된다' 하시고 저잣거리 근처로 이사하였더니, 맹자께서 또 물건 매매하는 형용을 지으시니 맹모가 또 집을 떠나 학궁(學宮)[73] 곁에 거하시매 그제야 맹자 예절 있는 희롱을 하시는지라 맹모 말씀이, '이는 참 자식 기를 곳이라' 하시고 가르쳐 만세 아성(亞聖)[74]이 되셨소. 한 아들을 가르쳐 억조창생(億兆蒼生)에게 무궁한 도학이 있게 하시니 교육이란 것이 어떠하오? 만일 맹자께서 상두나 메시고 물건이나 팔러 다니셨다면 오늘날 맹자님을 누가 알았소?

『비유요지』라 하는 책에 말하였으되, 서양에 한 부인이 그 아들을 잘 교육할 새 그 아들이 장성하여 장사치로 나가거늘 그 부인이 부탁하되, 너는 어디 가든지 남 속이지 아니하기로 공부하라. 그 아들

---

73) 학궁 : 성균관의 별칭.
74) 아성 : 대성에 대해 그 다음 가는 현인.

이 대답하고 지화 몇백 원을 옷깃 속에 넣고 행하다가 중로에서 도적을 만나니 그 도적이 묻되, 너는 무슨 업을 하며 무슨 물건을 몸에 지녔느냐 하니, 그 아이 대답하되, 나는 장사하는 사람이니 지화 몇백 원이 옷깃 속에 있노라 하니, 도적이 그 정직함을 괴이히 여겨 뒤져 본즉 과연 있는지라, 당초에 깊이 감추고 당장에 은휘(隱諱)[75]치 아니하는 이유를 물은즉 그 사람이 대답하되, 내 모친이 남을 속이지 말라 경계하셨으니 어찌 재물을 위하여 친교(親敎)를 어기리오. 도적이 각각 탄복하여 말하되, 너는 효성 있는 사람이라. 우리 같은 자는 어찌 인류라 하리오. 그 지화를 다시 옷깃에 넣어주고 그 후로는 다시 도적질도 아니하였다 하였소.

그 부인이 자기 아들을 잘 교육하여 남의 자식까지 도적의 행위를 끊게 하니 교육이라는 것이 어떠하오? 송나라 구양수 씨도 과부의 아들로 자라매, 집이 심히 가난하여 서책과 필묵이 없거늘, 그 모친이 갈대로 땅을 그어 글을 가르쳐 만고 문장이 되었고, 우리 나라 퇴계 이황 선생도 어릴 때 그 모친이 말씀하되, 내 일찍 과부 되어 너희 형제만 있으니 공부를 잘하라, 세상 사람이 과부의 자식은 사귀지 아니한다니 너희는 그 근심을 면하게 하라 하고, 평상시에 무슨 물건을 보면 이치를 가르치며 아무 일이고 당하면 사리를 분석하여 순순히 교훈하사 동방공자(東邦孔子)[76]가 되셨으니 교육이라는 것

---

75) 은휘 : 꺼리어 숨기고 피함.
76) 동방 공자 : 우리 나라의 공자.

이 어떠하오?

예로부터 교육은 어머니께 받는 일이 많으니 우리도 자식을 그런 성력과 그런 방법으로 교육하였으면 그 영향이 어떠하겠소? 우리 여자 사회에 큰 사업이 이에서 더한 일이 있겠소? 여러분 여자들, 지금 남자와 지금 여자를 조롱 말고 이 다음 남자와 이 다음 여자나 교육 좀 잘하여 봅시다."

국란 "그 말씀 대단히 좋소. 자식 기르는 법과 가르치는 공효(功效)[77]를 많이 말씀하셨으나 자식 사랑하는 이유가 미진한 고로 여러분 들으시기 위하여 그 진리를 말씀하오리다.

세상 사람들이 자식을 사랑한다 하나 실상은 자기 일신을 사랑함이니, 자식이 나매 좋아하고 기꺼하는 마음을 깊이 연구하면, 필경은 저 자식이 있으니 내 몸이 의탁할 곳이 있으며, 내 자식이 자라니 내 몸 봉양할 자가 있도다 하고, 혹 자식이 병이 들면 근심하고, 혹 자식이 불행하면 설워하니, 근심하고 설워하는 마음을 깊이 연구하면 필경은 내 자식이 병들었으니 누가 나를 봉양하며, 내 자식이 없으니 내가 누구를 의탁하리오. 하나, 그 마음이 하나도 자식을 위한다는 자도 없고 국가를 위한다는 자도 없으니 사람마다 자식 자식하여도 진리는 실상 모릅디다.

자식의 효도를 받는 것이 어찌 내 몸만 잘 봉양하면 효도라 하리오? 증자(曾子) 말씀에 임금을 잘못 섬겨도 효가 아니요, 전장에 용맹

---

77) 공효 : 보람. 효험.

이 없어도 효가 아니라 하셨으니, 이 말씀을 생각하면 자식이라는 것이 내 몸만 위하여 난 것이 아니요, 실로 나라를 위하여 생긴 것이니 자식을 공물이라 하여도 합당하오.

혹 모르는 사람은 이 말을 들으면 필경 대경소괴(大驚小怪)[78]하여 말하되, 실로 그러할진대 누가 자식 있다고 좋아하며 자식 없다고 설워하리오? 청국 강남해 말에, 대동 세계에는 자식 못 낳은 여자는 벌이 있다 하더니, 과연 벌하기 전에야 생산하려는 자가 있겠소? 혹 생산하더라도 내 몸은 봉양하여 주지 아니하고 국가만 위하여 교육을 받으라 하겠소? 이러한 말이 널리 들리면 윤리상에 대단 불행하겠다 하여 중언부언할 터이지마는, 지금 내 말이 윤리상의 불행함이 아니라 매우 다행하오이다.

자식을 공물로 인정하더라도 그렇지 아니한 소이연(所以然)[79]이 있으니, 가령 우마(牛馬)를 공물이라 하면 농업가와 상업가에서 우마를 부리지 아니하리까? 저 집에 우마가 있으면 내 집에 없어도 관계가 없다 하여 사람마다 마음이 그러하면 우마가 이미 절종되었을 터이나, 비록 공물이라도 우마가 있어야 농업과 상업에 낭패가 없는 즉, 자식은 공물이라고 있는 것을 귀히 여기지 아니하리오? 기왕 자식이 있는 이상에는 공물이라고 교육 아니하다가는 참말 윤리에 불행한 일이오.

---

78) 대경소괴 : 몹시 놀라서 좀 이상하게 여김.
79) 소이연 : 그렇게 된 까닭.

가령 어부가 동무를 연합하여 고기를 잡되, 남의 그물에 걸린 것이 내 그물에 걸린 것만 못하다 하니 국가 대사업을 바라는 마음은 같으나 어찌 남의 자식 성취한 것이 내 자식 성취한 것만 하오리까? 그러한즉 불가불 자식을 교육할 것이요, 자식이 나서 나라의 사업을 성취하고 국민에 이익을 끼치면 그 부모는 어찌 영광이 없으리까?

옛날 사파달이라 하는 땅에 한 노파가 여덟 아들을 낳아서 교육을 잘하여 여덟이 다 전장에 갔다가 죽은지라, 그 살아 돌아오는 사람더러 묻되, 이번 전장에 승부가 어떠한고? 그 사람이 대답하되, 전쟁은 이겼으나 노인의 여러 아들은 다 불행하였나이다 하거늘, 노구(老軀) 즉시 일어나 춤을 추며 노래를 불러 가로되, 사파달아 사파달아, 내 너를 위하여 아들 여덟을 낳았도다, 하고 슬퍼하는 빛이 없으니 그 노구가 참 자식을 공물에 인정하는 사람이니, 그는 생산도 잘하고 교육도 잘하고 영광도 대단하오이다.

우리 나라 사람들이 자식의 진리를 몇이나 알겠소? 제일 가관의 일이, 정처(正妻)에 자식이 없으면 첩의 소생이 비록 여룡여호(如龍如虎)하여 문장은 이태백이요, 풍채는 두목지(杜牧之)[80]요, 사업은 비사맥이라도 서자(庶子)라, 얼자(孽子)라 하여 버려두고, 정도 없고 눈에도 서투른 남의 자식을 솔양(率養)[81]하여 아들이라 하는 것이 무슨 일이오?

---

80) 두목지 : 중국 당나라 말기의 시인. 본명은 목, 목지는 그의 자. 작품으로 「아방궁부」, 「강남훈」 등이 있음.
81) 솔양 : 양자로 삼음.

성인의 법제가 어찌 그같이 효박(淆薄)[82]할 이유가 있으리까? 적서(嫡庶)라는 말씀은 있으나 그래 적서와는 대단히 다르오. 정처의 소생이라도 장자 다음에는 다 서자라 하거늘, 우리 나라는 남의 정처 소생을 서자라 하면 대단히 뛰겠소. 양자법으로 말할지라도 적서에 자녀가 하나도 없어야 양자를 하거늘, 서자라 바라고 남의 자식을 솔양하니 하나도 성인의 법제는 아니오. 자식을 부모가 이같이 대우하니 어찌 세상에서 대우를 받겠소?

그 서자이니 얼자이니 하는 총중(叢中)에 영웅이 몇몇이며, 문장이 몇몇이며, 도덕군자가 몇몇인지 누가 알겠소? 그 삶도 원통하거니와 나랏일이야 더구나 말할 것이 있소? 남의 나라 사람도 고문(顧問)이니 보좌(補佐)니 쓰는 법도 있거든, 우리 나라 사람에 무엇을 그리 많이 고르는지 이성호(李星湖)[83]는 적서 등분을 혁파하자, 서북 사람을 통용하자 하여 열심으로 의논하였고, 조은당의 부인 김씨는 자제를 경계하되, 너희가 서모를 경대(敬待)[84]하지 아니하니 어찌 인사(人士)라 하리오? 아비의 계집은 다 어머니라 하셨나니 이 두 말씀이 몇백 년 전에 주창하였으니 그 아니 고명하오?

또 남의 후취로 들어가서 전취 소생에게 험히 구는 자 있으니 고것은 무슨 지각이오? 아무리 나의 소생은 아니나 남편의 자식은 분

---

82) 효박 : 인정이나 풍습이 경박함.
83) 이성호 : 이조 영조 때의 학자. 경학의 대가이며 실학파. 문집에 『성호사설』이 있음.
84) 경대 : 공경하여 접대함.

명하니 양자보다는 매우 긴절하오. 사람의 전조모와 후조모라 하여 자손의 마음에 후박(厚薄)이 있으리까? 그렇건마는 몰지각한 후취 부인들은 내 속으로 낳지 아니하였으니 내 자식이 아니라 하여 동네 아이만도 못하고 종의 자식만도 못하게 대우하니 어찌 그리 박정하고 무식하오? 아무리 원수 같은 자식이라도 내 몸이 늙어지면 소생 자식 열보다 나으며, 그 손자로 말할지라도 큰 자식의 손자가 소생 손자 열보다 낫지 아니하오?

원수같이 알고 도적같이 알던 그 자식 그 손자가 일후에 만반진수(滿盤珍羞)[85]를 차려놓고, '유세차 효자모·효손모는 감소고우 현비·현조비 모봉모 씨'라 하면 아마 혼령이라도 무안하겠지. 또 자식을 기왕 공물로 인정할진대 내 소생만 공물이요, 전취 소생은 공물이 아니겠소? 아무리 전취 자식이라도 잘 교육하여 국가의 대사업을 성취하면 그 영광이 아마 못생긴 소생 자식보다 얼마쯤이 유조(有助)[86]하리니, 이 말씀을 우리 여자 사회에 공포하여 그 소위 서자이니, 전취 자식이니 하는 악습을 다 개량하여 윤리상 영원한 행복을 누리게 합시다."

매경 "자식의 진리를 자세히 말씀하셨으나 그 범위는 대단히 넓다고는 못 하겠소. 기왕 자식을 공물이라 말씀하셨으면 공물이 많아야 좋겠소, 공물이 적어야 좋겠소? 공물이 많아야 좋다 할진대 어찌

---

85) 만반진수 : 소반에 가득한 맛있는 음식.
86) 유조 : 도움이 있음.

서자니 전취 소생이니 그것만 공물이라 하여도 역시 사정(私情)이올시다. 비록 종의 자식이나 거지의 자식이라도 우리 나라 공물은 일반이어늘, 소위 양반이니 중인이니 상인이니 서울이니 시골이니 하여 서로 보기를 타국 사람같이 하니 단체가 성립할 날이 어찌 있겠소? 또 서북으로 말할지라도 몇백 년을 나라 땅에 생장하기는 일반이어늘, 그 사람 중에 재상이 있겠소, 도학 군자가 있겠소? 천향이라 하여도 가하니 그 사람 중에 진개(眞開) 재상 재목과 도학 군자 자격이 없는 것이 아니라, 재상의 교육과 군자의 학문이 없음인지 몇백 년 좋은 공물을 다 버리고 쓰지 아니하였으니 어찌 나라가 왕성하오리까?

이성호 말씀에, 반상을 타파하자 서북을 통용하자 하여 수천 마디 말을 반복 의논하였으나 인하여 무효하였으니 어찌 한심치 아니하겠소? 평안도의 심의 도사 오세양 씨는 그 학문이 우리 동방에 드문 군자라. 그 학설과 이설이 대단히 발표하였건마는 서원도 없고 문집도 없이 초목과 같이 썩어진 일이 그 아니 원통한가?

그 정책은 다름 아니라 서북은 인재가 배출하니 기호(畿湖)[87]와 같이 교육하면 사환(仕宦) 권리를 다 빼앗긴다 하니 그러한 좁은 말이 어디 있겠소? 사환이라는 것은 백성을 대표한 자인즉 백성의 지식이 고등한 자라야 참여하나니 아무쪼록 내 지식을 넓혀서 할 것이지, 남의 지식을 막고 나만 못하도록 하면 어찌 천도(天道)가 무심하오리까?

---

87) 기호 : 경기도, 황해도 남부와 충청남도 북부 지역.

철학 박사의 말에, 차라리 제 나라 민족에 노예가 세세로 될지언정 타국 정부의 보호는 아니 받는다 하였으되, 그 말을 생각하면 이왕 일이 대단히 잘못되었소.

또 반상으로 말할지라도 그렇게 심한 일이 어디 있겠소? 어찌하다가 한 번 상놈이라 패호(牌號)[88]하면 비록 영웅·열사가 있을지라도 자자손손이 상놈이라 하대하니 그 같은 악한 풍속이 어디 있으리이까? 그러나 한 번 상사람 된 자는 도저히 인재 나기가 어려우니, 가령 서울사람이라 해도 그 실상은 태반이나 시골 생장인즉 시골 풍속으로 잠깐 말하리다. 그 부모 된 자들이 자식의 나이 칠팔 세만 되면 나무를 하여라, 꼴을 베어라 하여, 초등 교과가 꼬부랑 호미와 낫이요, 중등 교과가 가래와 쇠스랑이요, 대학 교과가 밭갈기·논갈기요, 외교 수단이 소장사 등짐꾼이니, 그 총중에 비록 금옥 같은 바탕이 있을지라도 어찌 저절로 영웅이 되겠소? 결단코 그 중에 주정꾼과 노름꾼의 무수한 협잡배들이 당초에 교육을 받았으면 영웅도 되고 호걸도 되었으리라 하오.

혹 그 부모가 소견이 바늘구멍 만치 뚫려 자식을 동네 생원님 학구방에 보내면 그 선생이 처지를 따라 가르치되, 너는 큰 글 하여 무엇하느냐, 계통문(系統文)이나 보고 취대(取貸)[89]하기나 하면 족하지. 너는 시(詩)·부(賦)·표(表)·책(策)하여 무엇 하느냐, 『전등신

---

88) 패호 : 남들이 패 채워서 부르는 별명.
89) 취대 : 돈을 빌려 쓰기도 하고 빌려 주기도 함.

화』90)나 읽어서 아전(衙前)질이나 하여라 하니, 그런 참혹한 일이 어디 있겠소. 입학하던 날부터 장래 목적이 이뿐이요, 선생의 교수가 이러하니 제갈량·비사맥 같은 바탕이 몇백 만 명이라도 속절 없이 전진할 여망이 없겠으니 이는 소위 양반의 죄뿐 아니라 자기가 공부를 우습게 보아서 그 지경에 빠진 것이요, 옛날 유명한 송귀봉과 서거정은 남의 집 종의 아들로 일대 도학가가 되었고, 정금남은 광주 관비의 아들로 크게 사업을 이루었은즉, 남의 집 종과 외읍 관비보다 더 천한 상놈이 어디 있겠소마는 이 어른들을 누가 감히 존중치 아니하겠소?

그러나 무식한 자들이야 어찌 그러한 사적을 알겠소? 도무지 선지 (先知)라 선각(先覺)이라 하는 양반이 교육 아니한 죄가 대단하오. 물론 아무 나라라고 상·중·하등 사회가 없는 것은 아니나, 그러나 국가 질서를 유지하려면 불가불 등급이 있어야 문란한 일이 없거늘, 우리 나라 경장(更張)91) 대신(大臣)들이 양반의 폐만 생각하고 양반의 공효는 생각지 못하여 졸지에 반상 등급을 벽파하라 하니, 누가 상 쾌치 아니하겠소마는 국가 질서의 문란은 양반보다 더 심한 자 많으니 어찌 정치가의 수단이라고 인정하겠소?

지금 형편으로 보면 양반들은 명분 없는 세상에 무슨 일을 조심하리오? 그 행세가 전일 양반만도 못하고 상인들은 요사이 양반이 어

---

90) 전등신화 : 중국 명대의 전기체 단편 소설집. 4권으로 구우(瞿右)가 지음.
91) 경장 : 사회적, 정치적으로 부패한 모든 제도를 개혁함.

디 있어 비록 문장이 된들 무엇하며, 도학이 있은들 무엇하나 하여, 혹 목불식정(目不識丁)[92]하고 준준무식(蠢蠢無識)[93]한 금수 같은 류들이 제 집에서 제 형을 욕하며, 제 부모에게 불효한대도 동네 양반들이 말하면 팔뚝을 뽐내며 하는 말이, 시방 무슨 양반이 따로 있나? 내 자유권을 왜 상관이 있나? 내 자유권을 무슨 걱정이야? 그러다가는 뺨을 칠라, 복장을 지를라 하면서 무수질욕(無數叱辱)[94]하나 누가 감히 옳다 그르다 말하겠소? 속담에 상두꾼에도 수번이 있고, 초라니[95] 탈에도 차례가 있다 하니, 하물며 전국 사회가 이렇게 문란하고야 무슨 질서가 있겠소?

갑오년 경장 대신의 정책이 웬 까닭이오? 양반은 양반대로 두고, 학교하는 임원도 양반이며, 학도의 부형도 양반이며, 학도도 양반이라고 울긋불긋한 고추장 빛으로 학부인이라, 내부인이라 반포하면 전국이 다 양반이 될 일을 어찌하여 양반 없이 한다 하니, 사천 년 전래하던 습관이 졸지에 잘 변하겠소? 지금 형편은 어떠하냐 하면 어기어차 슬슬 다리어라, 네가 못 다리면 내가 다리겠다. 어기어차 슬슬 다리어라 하는 이 지경에 한 번 큰 승부가 달렸은즉, 노인도 다리고, 소년도 다리고, 새아기씨도 다리어도 이길는지 말는지 할

---

92) 목불식정 : 일자무식(一字無識).
93) 준준무식 : 굼뜨고 어리석어 아주 무식함.
94) 무수질욕 : 이루 다 말할 수 없이 꾸짖고 욕함.
95) 초라니 : 나자의 하나. 기괴한 여자 형상의 탈을 쓰고, 붉은 저고리에 푸른 치마를 입고, 긴 대의 깃발을 가졌음.

일이오.

나도 양반으로 말하면 친정이나 시집이나 삼한갑족(三韓甲族)⁹⁶⁾이로되, 그것이 다 쓸데 있소? 우리도 자식을 공물이라 하면 그 소위 서북이니 반상이니 썩고 썩은 말을 다 그만두고 내 나라 청년이면 아무쪼록 교육하여 우리 어렵고 설운 일을 그 어깨에 맡깁시다."

금운 "작일은 융희(隆熙)⁹⁷⁾ 이년 제일 상원(上元)⁹⁸⁾이니, 달도 그전과 같이 밝고, 오곡밥도 그전과 같이 달고, 각색 채소도 그전과 같이 맛나건마는 우리 심사는 왜 이리 불평하오? 어젯밤이 참 유명한 밤이오. 우리 나라 풍속에 상원일 밤에 꿈을 잘 꾸면 그 해 일 년에, 벼슬하는 이는 벼슬을 잘하고, 농사하는 이는 농사를 잘하고, 장사하는 이는 장사를 잘한다 하니, 꿈이라는 것을 제 욕심대로 꾸어서 혹 일 년, 혹 십 년, 혹 수십 년이라도 필경은 아니 맞는 이유가 없소. 우리 한 노래로 긴밤 새우지 말고, 대한 융희 이년 상원일에 크나 작으나 꿈꾼 것을 하나 유루(遺漏) 없이 이야기합시다."

설헌 "그 말씀이 매우 좋소. 나는 어젯밤에 대한 제국 자주 독립할 꿈을 꾸었소. 활멸사라 하는 사회가 있는데 그 사회 중에 두 당파가 있으니, 하나는 '자활당(自活黨)'이라 하여, 그 주의인즉 교육을 확장하고 상공(商工)을 연구하여 신공기를 흡수하며 부패사상을 타파하

---

96) 삼한갑족 : 우리 나라의 옛적부터 문벌이 높은 집안.
97) 융희 : 조선 왕조 말 순종 때의 연호로 대한 제국의 마지막이 됨. 1907~
1910년까지 사용됨.
98) 상원 : 음력 정월 보름날.

여 대포도 무섭지 아니하고 장창(長槍)도 두렵지 아니하여 국가에 몸을 바치는 사업을 이루고자 할 새, 그 말에 외국 의뢰도 쓸데없고, 한두 개 영웅이 혹 국권을 만회하여도 쓸데없고, 오직 전국 남녀 청년이 보통 지식이 있어서 자주권을 회복하여야 확실히 완전하다 하여 학교도 설시하며 신서적도 발간하여, 남이 미쳤다 하든지 못생겼다 하든지 자주권 회복하기에 골몰무가(汨沒無暇)[99]하나, 그 당파의 수효는 전 사회의 십분지 삼이오.

하나는 '자멸당(自滅黨)'이라 하니 그 주의인즉, 우리 나라가 이왕 이 지경에 빠졌으니 제갈공명이 있으면 어찌하며, 격란사돈이 있으면 무엇하나? 십승지지(十勝之地)[100] 어디 있노 피난이나 갈까 보다, 필경은 세상이 바로 잡히면 그때에야 한림직각(寒林職閣)을 나 내놓고 누가 하나? 학교는 무엇이야, 우리 마음에는 십대 생원님으로 죽는대도 자식을 학교에야 보내고 싶지 않다. 소위 신학문이라는 것은 모두 천주학인데 우리네 자식이야 설마 그것이야 배우겠나?

또 물리학이니 화학이니 정치학이니 법률학이니, 다 무엇에 쓰는 것인가? 그것을 모를 때에는 세상이 태평하였네. 요사이 같은 세상일수록 어디 좋은 명당자리나 얻어서 부모의 백골을 잘 면례하였으면 자손의 발음(發蔭)[101]이나 내릴는지, 우선 기도나 잘하여야 망하기 전에 집안이나 평안하지, 전곡(錢穀)이 썩어지더라도 학교에 보조

---

99) 골몰무가 : 골몰하여 틈이 조금도 없음.
100) 십승지지 : 국내의 피난하기 좋다는 열 군데 명승지.
101) 발음 : 산음이나 선음 같은 것이 내려 운수가 터짐.

는 아니할 터이야. 바로 도적놈을 주면 매나 아니 맞지, 아무개는 제 집이 어렵다 하면서 학교에 명예 교사를 다닌다지. 남의 자식 가르치기에 어찌 그리 미쳤을까? 글을 읽어라, 수를 놓아라 하는 소리 참 가소롭데. 유식하면 검정 콩알(총알)이 아니 들어가나? 운수를 어찌하여? 아무것도 없지. 요대로 앉았다가 죽으면 죽고 살면 사는 것이 제일이라 하니, 그 당파의 수효는 십분지 칠이요, 그 회장은 국참정이라는 사람이니 아무 학회 회장과 흡사하여 얼굴이 풍후하고 수염이 많고 성품이 순실하여 이 당파도 좋아, 저 당파도 좋아 하여 반박이 없이 가부취결(可否取結)[102]만 물어서 흥하자 하면 흥하고, 망하자 하면 망하여 회원의 다수만 점검하는데, 그 소수한 자활당이 자멸당을 이기지 못하여 혹 권고도 하며, 혹 욕질도 하며, 혹 통곡도 하면서 분주 왕래하되, 몇 번 통상회의니 특별회의니 번번이 동의하다가 부결을 당한지라, 또 국회장에게 무수 애걸하여 마지막 가부회를 독립관에 개설하고 수만 명이 몰려가더니 소위 자멸당도 목석과 금수는 아니라, 자활당의 정대한 언론과 비창한 형용을 보고 서로 기뻐하며 자활주의로 전수 가결되매, 그 여러 회원들이 독립가를 부르고 춤을 추며 돌아오는 거동을 보았소."

매경 깔깔 웃으며,

"나는 어젯밤에 대한 제국의 개명할 꿈을 꾸었소. 전국 사람들이 모두 병이 들었다는데, 혹 반신불수도 있고, 혹 수중다리[103]도 있고

---

102) 가부취결 : 회의에서 의안의 가부를 결정함.

혹 내종(內腫)[104]병도 들고, 혹 정충증(怔忡症)[105]도 있고, 혹 체증·횟배와 귀먹고 눈멀고 벙어리까지 되어 여러 가지 병으로 집집이 앓는 소리요, 곳곳이 넘어지는 빛이라, 남녀노소를 물론하고 성한 사람은 하나도 없더니 마침 한 명의가 하는 말이, 이 병들을 급히 고치지 아니하면 우리 삼천리 강산이 빈 터만 남으리니 그 아니 통곡할 일이오?

내가 화제(和劑)[106] 한 장을 낼 것이니 제발 믿으시오 하더니 방문을 써서 돌리니, 그 방문 이름은 청심환 골산이니 성경으로 위군하고, 정치·법률·경제·산술·물리·화학·농학·공학·상학·지리·역사 각 등분하여 극히 정묘하게 국문으로 법제하여 병세 쾌차하도록 수시로 복약하되, 병자의 증세를 보아 임시 가감도 하며 대기(大忌)하기는 주색(酒色)·잡기(雜技)·경박(輕薄)·퇴보(退步)·태타(怠惰) 등이라. 이 방문을 사람마다 베껴다가 시험할 새 그 약을 방문대로 잘 먹고 나면 병 낫기는 더할 말이 없고, 또 마음이 청상(淸爽)해지며 환골탈태(換骨奪胎)[107]가 되는데 매미와 뱀과 같이 묵은 허물을 일제히 벗어버립니다.

오륙 세 전 아이들은 당초에 벗을 것이 없으나 팔 세 이상 아이들은 가뭇가뭇한 종잇장 두께만 하고, 십오 세 이상 사람들은 검고 푸

---

103) 수중다리 : 병으로 퉁퉁 부은 다리.
104) 내종 : 내장에 난 종기.
105) 정충증 : 공연히 가슴이 울렁거리며 불안해 하는 증세.
106) 화제 : 약방문.
107) 환골탈태 : 용모가 환하게 트이고 아름다워져 전혀 딴 사람이 되는 것.

르러서 장판 두께만 하고, 삼십·사십씩 된 사람들은 각색 빛이 얼룩얼룩하여 멍석 두께만 하고, 오십 육십 된 사람들은 어룩어룩 두틀두틀하며, 또 각색 악취가 촉비(觸鼻)[108]하여 보료 두께만 하여, 노소남녀가 각각 벗을 때 참 대단히 장관입니다. 아이들과 젊은이와 당초에 무식한 사람들은 벗기가 오히려 쉽고 조금 유식하다는 사람들과 늙은이들은 벗기가 극히 어려워서, 혹 남이 붙잡아도 주고 혹 가르쳐도 주되, 반쯤 벗다가 기진한 사람도 있고 인하여 아니 벗으려고 앙탈하다가 그대로 죽는 사람도 왕왕 있습디다.

필경은 그 허물을 다 벗어 옥골선풍(玉骨仙風)[109]이 된 후에 그 허물을 주체할 데가 없어 공론이 불일(不一)한데, 혹은 이것을 집에 두면 그 냄새에 병이 복발(復發)하기 쉽다 하며, 혹은 그 냄새는 고사하고 그것을 집에 두면 철모르는 아이들이 장난으로 다시 입어 보면 이것이 큰 탈이라 하며, 혹은 이것을 모두 한 곳에 모아 쌓고 그 근처에 사람 다니는 것을 금하면 다시 물들 염려도 없을 터이나 그것을 한 곳에 모아 쌓은즉 백두산보다도 클 것이니, 이러한 조그마한 나라에 백두산이 둘이면 집은 어디 짓고 농사는 어디서 하나? 그것도 못될 말이지 하며, 혹은 매미 허물은 선퇴(蟬退)라는 것이니 혹 간기증에도 쓰고, 뱀의 허물은 사퇴(蛇退)라는 것이니, 혹 인후증에도 쓰거니와 이 허물은 말하려면 인퇴(人退)라 하겠으나 백 가지에 한 군

---

108) 촉비 : 냄새가 코를 찌름.
109) 옥골선풍 : 살빛이 희고 고결하여 신선과 같은 풍채.

데 쓸데가 없으며 그 성질이 육기가 많고 와사(瓦斯)[110] 냄새가 많아서 동해 바다의 멸치 썩는 것과 방불한즉, 우리 나라 척박한 천지에 거름으로 썼으면 각각 주체하기도 경편하고 또 농사에도 심히 유익하겠다 하니, 그제야 여러 사람들이 그 말을 시행하여, 혹 지게에도 져내고 혹 리어커에 실어내어 낙역부절(絡繹不絕)[111]하는 것을 보았소."

금운 "나는 어젯밤에 대한제국의 독립할 꿈을 꾸었소. 오뚝이라는 것은 조그마하게 아이를 만들어 집어던지면 드러눕지 아니하고 오뚝오뚝 일어서는 고로 이름을 오뚝이라 지었으니, 한문으로 쓰려면 나 오자, 홀로 독자, 설 립자 세 글자를 모아 부르면 오독립(吳獨立)이니 내가 독립하겠다는 의미가 있고, 또 오뚝이의 사적(事蹟)[112]을 들으니, 옛날 조그마한 동자로 정신이 돌올(突兀)[113]하여 일찍 일어선 아이라. 그런고로 후세 사람들이 아이를 낳아서 혹 더디 일어설까 염려하여 오뚝이 모양을 만들어 희롱감으로 아이들을 주니 그 정신이 오뚝이와 같이 오뚝오뚝 일어서라는 의사라. 우리 나라 사람들이 오뚝이 정신이 있는 이는 하나도 없은즉, 아이들뿐 아니라 장정 어른들도 오뚝이 정신을 길러서 오뚝이와 같이 오뚝오뚝 일어서기를 배워야 하겠다 하여 우리 영감 평양 서윤으로 있을 때에 장만한 수

---

110) 와사 : 가스.
111) 낙역부절 : 연락부절.
112) 사적 : 사건의 자취. 일의 행적.
113) 돌올 : 높이 솟아 우뚝함.

백 석지기 좋은 땅을 방매하여 오뚝이 상점을 설시하고 각 신문에 영업 광고를 발표하였더니, 과연 오뚝이를 몇 달이 못 되어 다 팔고 큰 이익을 얻어 보았소."

국란 "나는 어젯밤에 대한 제국이 천만 년 영구히 안녕할 꿈을 꾸었소. 석가여래라 하는 양반이 전신이 황금과 같이 윤택하고 양미간에 큰 점이 박히고 한 손은 감중련(坎中蓮)[114]하고 한 손에는 석장(錫杖)[115]을 들고 높고 빛나는 옥탁자 위에 앉았거늘, 내가 합장배래하고 황공(惶恐) 복지(伏地)[116]하여 내두(來頭)[117]의 발원(發願)을 묻는데, 어떠한 신수 좋은 부인 한 분이 곁에 섰다가 책망하기를, 적선(積善)한 집에는 경사가 있고 불선(不善)한 집에는 앙화(殃禍)가 있음은 소소한 이치어늘, 어찌 구구히 부처에게 비느뇨? 그대는 적악한 일 없고 이생에도 부모에 효도하며 형제에 우애하며 투기를 아니하며 무당과 소경을 멀리하여 음사기도(陰詞期圖)[118]를 아니하며 전곡[119]을 인색히 아니하여 어려운 사람을 잘 구제하고 학교에나 사회에나 공익상으로 보조를 많이 하였으니 너는 가위 선녀라 할지니, 그 행복을 누리려면 너의 일생뿐 아니라 천만 년이라도 자손은 끊이지 아니하고 부귀공명(富貴功名)과 충신 효자를 많이 점지하리라 하시니,

---

114) 감중련 : 팔괘(八卦) 중 감괘(坎卦)의 상형.
115) 석장 : 중이 짚는 지팡이.
116) 복지 : 땅 위에 엎드림.
117) 내두 : 지금으로부터 닥치는 일.
118) 음사기도 : 내력이 바르지 못한 귀신을 모셔놓고 하는 집채 기도.
119) 전곡 : 집터의 경계선.

이 말씀을 미루어 본즉 내 자손이 천만 년 부귀를 누릴 지경이면 대한 제국도 천만 년을 안녕하심을 짐작할 일이 아니겠소?"

여러 부인 중에 한 부인이 일어나서 말하되,

"나는 지식이 없어 연(然)하여 담화는 잘 못하거니와 사상이야 어찌 다르며 꿈이야 못 꾸었겠소? 나도 어젯밤에 좋은 몽사(夢事)가 있으나 벌써 닭이 울어 밤이 들었으니 이 다음에 이야기하오리다."

최찬식

추월색

“떠날 때에 쉽사리 온다더니 일 년이 지나도록 어찌 아니 오노.”
하고 문 밖에서 자취 소리만 나도 아마 영창이가 오나 보다, 아침에 까치가
울어도 아마 영창이가 오나 보다 하며 하루에도 몇 번씩 문밖을 내다보더니
하루는 안마당에서 바삭바삭하는 소리에 창문을 열어 보니, 사람은 아무도
없고 회오리바람이 뻥뻥 돌다가 그치는데, 일기가 어찌 화창한지 희고 흰
면회(面灰)담에 아지랑이가 아물아물하며 멀리 들리는 버들피리 소리가 사
람의 회포를 은근히 돋우는지라…….

(추월색 중에서)

추월색^{秋月色}

추월색^{秋月色}

여학생과 소년

시름없이 오던 가을비가 그치고 슬슬 부는 서풍이 쌓인 구름을 쓸어 보내더니, 오리알빛 같은 하늘에 티끌 한 점 없이 지고 교교한 추월색이 천지에 가득하니, 이때는 사람 사람마다 공기 신선한 곳에 한 번 산보할 생각이 도저히 나겠더라.

밝고 밝은 그 달빛에 도쿄 우에노 공원이 일폭 월세계(月世界)를 이루었으니, 높고 낮은 누대는 금벽이 찬란하며 꽃 그림자대 그늘은 서로 얽혀 바다 같고, 풀끝에 찬 이슬은 낱낱이 반짝거려 아름다운 야경이 그림같이 영롱한데, 쾌락하게 노래 부르고 오락가락하는 사람들은 모두 달구경하는 사람이더니, 밤은 어느 때나 되었는지 그 많던 사람들이 하나씩 둘씩 다 헤어져 가고 적적한 공원에 월색만 교결한데, 그 월색 안고 불인지(不忍池) 관월교(觀月橋) 석난간에 의지하여 오뚝 섰는 사람은 일개 청년 여학생이더라.

그 여학생은 나이 십팔구 세쯤 된 듯하며 신선한 조화(造花)로 머리를 장식하고 자줏빛 하가마1)를 단정하게 입었는데 그 온아한 태도가 어느 모로 뜯어보든지 천생 귀인의 집 규중(閨中)에서 고이 기른 작은아씨더라.

그 여학생의 심중에는 무슨 생각이 그리 첩첩한지 힘없이 서서 달빛만 바라보는데, 그 달 정신을 뽑아다가 그 여학생의 자색을 자랑시키려고 한 듯이 희고 흰 얼굴에 맑고 맑은 광선이 비쳐, 그 어여쁜 용모를 이루 형용키 어려우니, 누구든지 한 번 보고 또 한 번 다시 보지 아니치 못하겠더라.

그 공원 속에 남아 있는 사람은 이 여학생 한 사람뿐인 듯하더니, 어떤 하이칼라 적소년(赤少年)이 술이 반쯤 취하여 노래를 부르고 불인지(不忍池) 옆으로 내려오는데, 파나마 모자를 푹 숙여 쓰고, 금테 안경은 코허리에 걸고, 양복 앞섶 떡 갈라 붙인 속으로 축 늘어진 시계줄은 월광(月光)에 태어 반짝반짝하며, 바른손에는 반쯤 탄 여송연을 손가락에 감아쥐고 왼손으로 단장을 들어 향하는 길을 지점하고 회동회동 내려오는 모양이, 애매한 부형의 재산도 꽤 없애 보고, 남의 집 색시도 무던히 버려 주었겠더라.

그 소년이 이 모양으로 내려오다가 관월교 가에 홀로 섰는 여학생을 보더니 모자를 벗어 들고 반갑게 인사한다.

---

1) 하가마 : 일본 옷의 겉에 입는 주름잡힌 하의.

"아, 오래간만에 뵈옵니다. 그 사이 귀체 건강하시오니까?"

"네, 기운 어떠시오?"

"요사이는 어째 그리 한 번도 만나뵈올 수 없습니까?"

"근일에 몸이 좀 불편해서 아무 데도 못 갔습니다."

"……아, 어쩐지 일요 강습회에도 한 번 아니 오시기에 무슨 사고가 계신가 하고 매우 궁금히 여기던 차올시다. 그래 지금은 쾌차하시오니까?"

"조금 낫습니다."

"나도 근일에 몸이 대단히 곤하여 오늘도 종일 누웠다가 하도 울적하기에 신선한 공기나 좀 쏘여 볼까 하고 나왔더니, 비 끝에 달빛이야 참 좋습니다. 그러나 추월색은 영인초창이라더니, 그야말로 사람의 마음을 정히 상하게 합니다그려, ……허 ……허 ……허."

"……."

"그러나 산본(山本) 노파 언제 만나보셨습니까?"

"산본 노파가 누구오니까?"

"아따, 우리 주인 노파 말씀이오."

"글쎄요, 언제 만나보았던지요."

여학생의 대답이 그치자, 소년이 무슨 말을 할 듯 할 듯하다가 아니하고 또 무슨 말을 하려고 입을 벙긋벙긋하다가 못 하더니 여학생의 얼굴을 다시 한번 건너다보면서,

"그 노파에게 무슨 말씀 들어 계시지요?"

여학생은 그 말을 들었는지 못 들었는지 아무 말 없이 비스듬하게

돌아서며 이슬에 젖은 국화 가지를 잡고 맑은 향기를 두어 번 맡을 뿐인데, 구름 같은 살쩍과 옥 같은 반뺨이 모두 소년의 눈동자 속으로 들어간다. 그 소년은 그렇게 하기 어려운 말을 한 마디 간신히 하였건마는 여학생의 대답은 없으며, 물끄러미 한참 보다가 말 한 마디를 또 꺼내더라.

"그 노파에게도 응당 자세히 들어 계시겠지마는, 한 번 조용히 만나면 할 말씀이 무한히 많던 차올시다."

그 소년은 여학생을 만나 인사하고 수작 붙이는 모양이 매우 숙친(熟親)[2]도 한 듯이, 무슨 간절한 의논도 있는 듯이 노파를 얹어 가며 말하는데, 그 말 속에 무슨 은근한 말이 또 들었는지 여학생은 그 말대답도 아니하고 먼 산을 한 번 바라보더니,

"아마 야심한 듯하니 집으로 돌아가겠습니다. 용서하십시오." 하고 천천히 걸어 내려간다.

그 소년의 마음에는, 어떤 욕망이 있는지 여학생의 대답하는 양을 들어 보려고 그 말끝을 꺼낸 듯한데, 여학생은 냉연히 사절하는 모양이니 소년도 그 눈치를 알았을 듯하건마는 무슨 생각으로 내려가는 여학생을 굳이 따라가며 이 말 저 말 또다시 한다.

"괴로운 비가 개이더니 달빛이야 참 좋습니다. 공원이란 곳은 원래 풍경이 좋은 곳이지마는, 저 달빛이 몇 배나 공원의 생색을 더 냅니다그려. 인간의 이별하고 만나는 인연은 실로 부평(浮萍)[3] 같은

---

2) 숙친 : 사이가 스스럼없이 가까움.

일이지마는, 지금 우리가 이렇게 좋은 때와 이렇게 좋은 곳에서 기약 없이 만나기는 참 뜻밖의 기회요그려…… 여보시오, 조금도 부끄러우실 것 없소. 서양 사람들은 신랑 신부가 직접으로 결혼한답니다. 우리도 소개니 중매니 할 것 없이 직접으로 의논함이 좋지 않겠습니까?"

"그게 무슨 말씀이오?"

"이렇게 생시치미 뗄 것 있소. 아까도 말씀하셨거니와 왜 노파를 소개하여 의논하던 터 아니오니까?"

"길게 말씀하실 것 없습니다. 노파든지 누구든지 나는 이왕 결심한 바 있다고 말한 이상에 당신은 번거로이 다시 말씀하실 필요가 없습니다. 다른 일로나 교제하실 것이오. 그 말씀은 영구히 단념하시오."

그 여학생과 소년의 수작이 이왕도 많이 언론 되던 일인 듯한데, 여학생은 이처럼 거절하니 소년이 사람스러운 터 같으면 이렇게 거절당할 듯한 말을 당초에 내지 아니하였을 터이요, 또 거절을 당하였으면 무안하여도 저는 제대로 가서 달리나 운동하여 볼 것이언마는, 또 무슨 생각이 그렇게 민첩하게 새로 생겼던지 가장 정다운 체하고 여학생의 옆으로 바싹바싹 다가서더니,

"당신의 결심한 바는 내가 알려고 할 것 없거니와 저기 저것 좀 보시오. 어제같이 작작⁴⁾하던 도화(桃花)가 어느 겨를에 다 날아가고,

---

3) 부평 : 근거 없는 뜬소문.
4) 작작 : 붉게 핀 꽃 따위가 화려하고 찬란함.

벌써 가을 바람에 단풍이 들었소그려. 여보, 우리 인생도 저와 같이 오늘 청춘이 내일 백발은 정한 일이 아니오. 이처럼 무정한 세월이 살같이 빠른 가운데 손[客]같이 잠깐 다녀가는 우리는 이 한 세상을 이렇게도 지내고 저렇게도 지내 봅시다그려, 허…… 허…… 허…… 허……."

소년이 그렇게 공경하던 애모가 다 어디로 가고 말을 그치자 선웃음치며 여학생의 옥 같은 손목을 턱 잡으니 여학생은 기가 막혀서,

"이것이 무슨 무례한 짓이오. 점잖은 이가 남녀의 예우를 생각지 아니하고 이런 야만의 행위를 누구에게 하시오?"

하고 손목을 뿌리치는데,

"이렇게 큰 변 될 것 무엇 있소. 야만은커녕 문명국 사람은 악수례 (握手禮)만 잘들 하대…… 이렇게 접문례(接吻禮)5)도 잘들 하고…… 하…… 하……."

하면서 한층 더해서 접문례를 하려고 달려드니, 여학생은 호젓한 곳에서 불의에 변괴를 당하매 분한 마음에 탱중(撑中)6)하나 소년의 패행(悖行)7)이 이 지경에 이르렀으니, 아무리 생각하여도 방비할 계책과 능력은 하나도 없고 다만 준절(峻截)8)한 말로 달랜다.

"여보시오, 해외에 유학도 하고 신사상(新思想)도 있다는 이가 이런

---

5) 접문례 : 입맞춤 인사.
6) 탱중 : 화나 어떤 욕심이 가슴속에 가득함.
7) 패행 : 도리에 어그러진 행위.
8) 준절 : 매우 위엄 있고 정중함.

금수(禽獸)의 행실을 행코자 하면 어찌하자는 말씀이오. 당신은 섬부(贍富)[9]한 학문과 우월한 재화(財貨)가 국가도 빛내고 천하도 경영하실 터이어늘, 지금 일개 여자에게 악행위를 더하고자 하심은 실로 비소망어평일(非所望於平日)[10]이오그려. 어서 빨리 돌아가 회개하시고, 다시 법률에 저촉지 않기를 부디 주의하시오."

"법률이니 도덕이니 그까짓 말은 다 해 쓸데 있나. 꽃 같은 남녀가 이런 좋은 곳에서 만났다가 어찌 무료히 그저 헤어져 갈 수 있나…… 하하……."

소년은 삼천장(三千丈) 무명업화(無明業火)[11]가 남아메리카 주(州) 딘보라소 활화산(活火山) 화염 치밀 듯하여 예절이니 염치니 다 불고하고 음흉 난잡한 말을 함부로 던지며 여학생의 가늘고 약한 허리를 덥석 안고 나무 수풀 깊고 깊은 곳, 육모정 속 어두컴컴한 구석으로 들어가니, 이때 형세(形勢)가 솔개 병아리 찬 모양이라.

여학생은 호소할 곳도 없이 기가 막히는 경우를 만나매 악이 바짝 나서 모만사(冒萬死)[12]하고 젖 먹던 힘을 다 써서 항거하노라니, 두 몸이 한데 뒤틀어져서 이리로 몰리고 저리로 몰리며 죽을지 살지 모르고 서로 상지(相持)[13]한다.

어떤 사람이든지 제 욕망을 채우지 못하면 화증(火症)이 나는 법이

---

9) 섬부 : 넉넉함. 풍부함.
10) 비소망어평일 : 평소에 바라던 바가 아님.
11) 무명업화 : 불같이 성낸 마음이나 깨우치지 못한 데서 오는 나쁜 마음.
12) 모만사 : 만 번 죽기를 무릅씀. 온갖 고난을 무릅쓰고 용감히 나아감.
13) 상지 : 양보하지 않고 서로 자기 의견을 고집함.

라. 소년은 불같은 욕심을 이기지 못하는 중 여학생이 죽기를 한하고 방색(防塞)[14]하는 양에 화증이 왈칵 나며 화증 끝에 악심이 생겨서 왼손으로는 여학생의 젖가슴을 잔뜩 움켜잡고 오른손으로는 양복 허리에서 단도를 빼어들더니,

"요년아, 너 요렇게 악지 부리는 이유가 무엇이냐. 소위 너의 결심하였다는 것이 무슨 그리 장한 결심이냐. 너 이년, 너의 꽃다운 혼이 당장 이 칼끝에 날아갈지라도 너는 네 고집대로 부리고 장부의 가슴에 무한한 한을 맺을 터이냐?"

"오냐, 죽고 죽고 또 죽고 만 번 죽을지라도 너같이 개 같은 놈에게 실절(失節)[15]은 아니하겠다."

그 말에 소년의 악심이 더욱 심하여 말이 막 그치자 번쩍 들었던 칼을 그대로 푹 찌르는데, 별안간 한모퉁이에서 어떤 사람이,

"이 놈아, 이 놈아!"

소리를 지르며 급히 쫓아오는 바람에 소년은 깜짝 놀라 여학생 찌르던 칼도 미처 뽑을 새 없이 삼십육계 줄행랑을 하고 여학생은,

"애고머니!"

한 마디 소리에 기절하고 땅에 넘어지니 소슬한 한풍은 나무 사이에 움직이고 참담한 월색은 서천에 기울어졌더라.

소리 지르고 오는 사람은 중산 모자 쓰고 프록코트 입은 청년 신

---

14) 방색 : 남의 청을 받아들이지 않고 막음.
15) 실절 : 절개를 지키지 아니함.

사인데, 마침 예비해 두었던 것같이 달려들며 여학생의 몸에 박힌 칼을 빼어들더니, 가만히 무슨 생각을 한참 하는 판에 행순(行巡)하던 순사가 두어 마디 이상한 소리를 듣고 차츰차츰 오다가 이곳에 다다르매 꽃봉오리 같은 여학생은 몸에 피를 흘리고 땅에 누웠고, 그 옆에는 어떤 청년이 손에 단도를 들고 섰으니 그 청년은 갈 데 없는 살인범이라. 순사가 그 청년을 잡고 박승을 꺼내더니 다짜고짜로 청년의 손목을 척척 얽어놓고 호각을 '호루룩 호루룩' 부니, 군도 소리가 여기서도 제걱제걱 하고 저기서도 제걱제걱 하며 경관이 네다섯 모여들어 여학생은 급히 병원으로 호송하고 그 청년은 즉시 경찰서로 압송하니, 이때 적요한 빈 공원에 달 흔적만 남았더라.

정임과 영창

그 여학생은 조선 사람이요, 이름은 이정임(李貞姬)인데, 이 시종 ○○의 딸이라. 자식 사랑하는 마음이야 누가 없으리오마는, 이정임의 부모 이 시종 내외는 늦게 정임을 낳으매 슬하 혈육이 다만 일개 여자뿐인 고로 그 애지중지함이 남에게 특별히 귀하게 여기는 터인데, 그 이 시종의 옆집에 사는 김 승지 ○○는 이 시종의 죽마고우(竹馬故友)일 뿐 아니라 서로 지기하는 친구인데, 그 김 승지도 역시 늙도록 아들이 없어 슬퍼하다가 정임이 낳던 해에 관옥 같은 남자를 낳으니, 우없이 기뻐하여 이름은 영창(永昌)이라 하고 더할 것 없이

귀하게 기르는 터이라. 이 시종은 김 승지를 만나면,

"자네는 저러한 아들을 두었으니 마음에 오죽 좋겠나. 나는 일개 여아나마 남달리 사랑하네."

하며 이야기하고 서로 친자식같이 귀해하니, 그 두 집 가정에 살지라도 서로 사랑하기를 남의 자손같이 여기지 아니하더라.

그 두 아이가 두 살 되고 세 살 되어 걸음도 배우고 말도 옮기매, 놀기도 함께 놀고 장난도 서로 하여 친형제와 같이 정다우며 쌍둥이와 같이 자라는데, 자라갈수록 더욱 심지(心地)가 상합(相合)[16]하여 글도 같이 읽고, 좋은 음식을 보아도 나누어 먹으며, 영창이가 아니 오면 정임이가 가고, 정임이가 아니 가면 영창이가 와서 잠시도 서로 떠나지 아니하여 그 정분이 점점 깊어가더라.

그 두 아이가 나이도 동갑이요, 얼굴도 비슷하고 정의도 한뜻 같으나, 다만 같지 아니한 것은 계집아이와 사나이인 고로 정임의 부모는 영창이를 보면 대단히 부러워하고, 영창의 부모는 정임이를 보면 매우 탐을 내는 터인데, 정임이 일곱 살 먹던 해 정월 대보름날 저녁에, 이 시종이 술이 얼근히 취하여 마누라를 부르며 좋은 낯으로 들어오는지라 부인은 마루로 마주 나가며,

"어디서 저렇게 약주가 취하셨소?"

"오늘이 명일 아니오. 김 승지하고 술을 잔뜩 먹었소. 노래(老來)에 정 붙일 것은 술밖에 없소그려…… 허…… 허…….."

---

16) 상합 : 서로 맞음.

하면서 앞서거니 뒤서거니 방으로 들어오더니,

"마누라, 오늘 정임이 혼사를 확정하였소……. 저희끼리 정답게 노는 영창이하고……."

"그까짓 바지 안에 똥 묻은 것들을 정혼이 다 무엇하오리까. 하…… 하……."

"누가 오늘 신방을 차려 주나…… 그래 두었다가 아무 때나 저희들 나이 차거든 초례시키지. 마누라는 일상 영창이 같은 아들 하나 두었으면 좋겠다고 한탄하지 아니했소. 사위는 왜 아들만 못한가? 이애 정임아, 오늘은 영창이가 어째 아니 왔느냐?"

하는 말끝이 떨어지기 전에 영창이가 문을 열고 들어오며,

"정임아 정임아, 우리 아버지는 부럼 많이 사오셨단다. 부럼 깨먹으러 우리 집으로 가자…… 어서…… 어서……."

"허…… 허…… 허, 우리 사위 오시나 어서 들어오게. 자네 집만 부럼 사왔다던가. 우리 집에도 이렇게 많이 사왔다네."

하고 벽장문을 열고 호도·잣을 내어 주며 귀한 마음을 이기지 못하여 농지거리를 붙이며 이런 말 저런 말 하다가 사랑으로 나가고, 정임이와 영창이는 부럼을 까먹으며 속달거리고 이야기하는데,

"이애 정임아, 나는 너한테로 장가가고 너는 나한테로 시집온다더라."

"장가는 무엇하는 것이요, 시집은 무엇하는 것이냐?"

"장가는 내가 너하고 절하는 것이요, 시집은 네가 우리 집에 와서 사는 것이라더라."

"이애, 누가 그러더냐?"

"우리 어머니가 말씀하시는데 너의 아버지하고 우리 아버지하고 그렇게 이야기하셨다더라."

"이애, 나는 너의 집에 가서 살기 싫다. 네가 우리 집으로 장가 오너라."

두 아이는 밤이 깊도록 이렇게 놀다가 헤어져 갔는데, 그 후부터는 정임의 집에서도 영창이를 자기 사위로 알고 영창의 집에서도 정임이를 자기 며느리로 인정하여 두 집 관계가 더욱 친밀해지고, 그 두 아이들도 혼인이 무엇인지 부부가 무엇인지 의미는 알지 못하나 영창은 정임에게로 장가갈 줄로 생각하고, 정임은 영창에게로 시집갈 줄로 알더라.

정임과 영창이가 이처럼 정답게 지내더니, 영창이 열 살 되던 해 삼월에 김 승지가 초산(楚山) 군수로 서임(敍任)되니 가족을 데리고 즉시 군아에 부임할 터인데, 정임과 영창이가 서로 떠나기를 애석히 여기는 고로 이 시종 집에서는 가권(家眷)[17]을 솔거(率去)[18]하는 것이 불가하다고 권고하나, 김 승지는 가계가 원래 유족치 못한 터이라 군수의 박봉을 가지고 식비와 교제비를 제하면 본가(本家)에 보낼 것이 남지 아니하겠으니 가족을 데리고 가는 것이 필요가 될 뿐 아니라, 설령 가사는 이 시종에게 전혀 부탁하여도 무방하겠지마는 김

---

17) 가권 : 자기에게 딸린 권속. 집안 식구.
18) 솔거 : 여러 사람을 거느리고 감.

승지는 자기 아들 영창을 잠시라도 보지 못하면 애정을 이기지 못하여 침식(寢食)이 달지 아니한 터인 고로 부득이하여 부인과 영창을 데리고 초산으로 떠나가는데, 가는 노정은 인천으로 가서 기선을 타고 수로로 갈 작정으로 상오 구시 남대문발 인천행 열차로 발정할 새 정임이는 남대문 역에 나가서 방금 떠나는 영창의 손을 잡고 서로 친절히 전별(餞別)한다.

"영창아, 너하고 나하고 잠시를 떠나지 못하다가 네가 저렇게 멀리 가면 나는 놀기는 누구하고 같이 놀고, 글은 누구하고 같이 읽으며, 너를 보고 싶은 생각을 어떻게 참는다 말이냐."

"나도 너를 두고 멀리 가기는 대단히 섭섭하다마는, 우리 아버지 어머니가 나를 보고 싶어하실 생각을 하면 떨어져 있을 수 없구나. 오냐, 잘 있거라. 내 쉽사리 올라오마."

정임은 품에서 사진 한 장을 꺼내더니 그 뒷등에 <경성 중부 교동 339>라고 써서 영창이를 주며,

"이것 보아라. 이것은 내 사진이요, 이 뒷등에 쓴 것은 우리 집 통호수다. 만일 이 사진을 잃든지 통호수를 잊어버리거든 삼삼구만 생각하여라."

영창이는 사진을 받아 들고 그 말대답도 미처 못 해서 기적 소리가 '뽕뽕' 나며 차가 떠나고자 하니 정임은 급히 차에서 내려서 스르르 나가는 유리창을 향하여,

"부디…… 잘 가거라."

하며 옷깃에 방울방울 떨어지는 눈물을 씻는데, 기관차 연통에서 검

은 연기가 물큰물큰 올라가며 차는 살 닫듯하여 어느 겨를에 간 곳도 없고 다만 용산 강 언덕 위에 멀리 의의(依依)[19]한 버들빛만 머물렀더라.

정임이는 영창이를 전송하고 초창(悄愴)[20]한 마음을 이기지 못하여 집까지 울고 들어오니, 이 시종의 부인도 섭섭한 마음을 이기지 못하던 차에 자기 귀한 딸이 울고 들어오는 것을 보고 눈물 흘리다가, 좋은 말로 영창이는 속히 다녀온다고 그 딸을 위로하고 달래었는데, 정임이는 어린아이라 어찌 부처(夫妻)[21]될 사람의 인정을 알아 그러하리오마는, 같이 자라던 정리(情理)로 영창의 생각을 한시도 잊지 못하여 제 눈에 좋은 것만 보면 영창에게 보내준다고 꼭꼭 싸두었다가 인편 있을 적마다 보내기도 하고, 영창의 편지를 어제 보았어도 오늘 또 오기를 기다리며, 꽃 피고 새 울 때와 달 밝고 눈 흴 적마다 시름없이 서천을 바라고 눈썹을 찡기더라.

불행한 소식

정임이가 영창이 생각하기를 이렇듯 괴롭게 그 해 일 년을 십 년 같이 다 지내고, 그 이듬해 봄이 차차 되어 오매 영창이 오기를 기다

---

19) 의의 : 싱싱하게 푸름.
20) 초창 : 근심스럽고 슬픔.
21) 부처 : 부부.

리는 마음이 자연 생겨서,

"떠날 때에 쉽사리 온다더니 일 년이 지나도록 어찌 아니 오노."
하고 문 밖에서 자취 소리만 나도 아마 영창이가 오나 보다, 아침에
까치가 울어도 아마 영창이가 오나 보다 하며 하루에도 몇 번씩 문
밖을 내다보더니 하루는 안마당에서 바삭바삭하는 소리에 창문을
열어 보니, 사람은 아무도 없고 회오리바람이 뺑뺑 돌다가 그치는데,
일기가 어찌 화창한지 희고 흰 면회(面灰)[22]담에 아지랑이가 아물아
물하며 멀리 들리는 버들피리 소리가 사람의 회포를 은근히 돋우는
지라, 어린 마음에도 별안간 울적한 생각이 나서 후정(後庭)을 돌아
가 거닐다가 보니 도화가 웃는 듯이 피었거늘, 가늘고 가는 손으로
한 가지를 뚝 꺾어 가지고 들어오며,

"어머니, 도화가 이렇게 피었으니 작년에 영창이 떠나던 때가 벌
써 되었습니다그려."

"참, 세월이 쉽기도 하다, 어제 같던 일이 벌써 돌이로구나."

"영창이는 올 때가 되었는데 왜 아니 옵니까. 요사이는 편지도 보
름이 지나도록 아니 오니 웬일인지 궁금합니다."

"아마 쉬 올 때가 되니까 편지도 아니 오나 보다."

"아니, 그러면 올라올 때에 입고 오게 겹옷이나 보내줍시다. 아버
지가 들어오시거든 소포 부칠 돈을 달래야지요."
하며 장문을 열고 새로 지어 차곡차곡 넣어 두었던 면주 겹바지 저

---

22) 면회 : 담이나 벽의 겉면에 회를 바르는 것.

고리와 분홍 삼팔 두루마기를 내어 백지로 두어 번 싸고, 그 거죽에 유지로 또 한 번 싸서 노끈으로 열 십(十)자 우물 정(井)자로 이리저리 얽을 즈음에, 이 시종이 이마에 내 천(川)자를 쓰고 얼굴에 외꽃이 피어서 들어오더니,

"원…… 이런 변괴가 있나……'응응……."

"변괴가 무슨 변괴오니까?"

"응응…… 응응……."

"갑갑하니, 어서 말씀 좀 하시오."

"초산서 민요(民擾)[23]가 났대여."

"민요가 났으면 어떻게 되었단 말씀이오?"

"어떻게 되고말고, 기가 막혀 말할 수 없어. 이 내부에 온 보고 좀 보아."

하고 평북 관찰사의 보고 베낀 초를 내어 부인의 앞으로 던지는데, 그 집은 원래 문한가(文翰家)[24]인 고로 그 부인의 학문도 신문 한 장은 무난히 보는 터이라 부인이 그 보고초를 집어들더니,

    <보고서

    관하 초산군에서 거 이월 이십팔일 하오 삼시경에 난민 천여 명이 불의에 취집(聚集)[25]하여 관아에 충화(衝火)[26]하고 작석(作石)[27]을

---

23) 민요 : 백성들이 일으킨 소요.
24) 문한가 : 대대로 뛰어난 문필가가 난 집안.
25) 취집 : 모아 들임.

난투하와 관사와 민가 수백 호가 연소하옵고, 민간 사상(死傷)이 십여 인에 달하고 야료[28] 난폭하므로 강계 진위대에서 병졸 일 소대를 급파하여 익일(翌日) 상오 십시에 총히 진압되었사온데, 해 군수와 급기 가족은 행위 불명하옵기 방금 조사 중이오나 종내 종적을 부지(不知)하겠사오며, 민요 주창자는 엄밀히 수색한 결과 장두(狀頭)[29] 오 인을 포박하여 본부에 엄수하옵고 자에 보고함.>

부인이 보고초를 보다가 깜짝 놀라며,

"이거 웬일이오. 세 식구가 다 죽었나 보구려."

하는 말에 정임이는 정신이 아득하여 얼굴빛이 하얘지며 아무 말 못하고 그 모친을 한참 보다가 싸던 옷보를 스르르 놓더니 눈에서 구슬 같은 눈물이 쑥쑥 쏟아지며 목을 놓고 우니 부인도 여린 마음에 정임이 우는 것을 보고 따라 우는데, 이 시종은 영창이 생각도 둘째가 되고 평생에 지기하던 친구 김 승지를 생각하고 비참한 마음을 억제치 못하여 정신 없이 앉았다가, 다시 마음을 정돈하고 우는 정임이를 위로한다.

"어찌 된 사기를 자세히 알지도 못하고 울기는 왜들 울어. 정임아, 그쳐라. 내일은 내가 초산에 내려가서 자세히 알아보겠다. 설마 죽기야 하였겠느냐. 참 이상도 하다. 김 승지는 민요 만날 사람이 아닌데

---

26) 충화 : 일부러 불을 놓음.
27) 작석 : 곡식을 한 섬씩 만듦.
28) 야료 : 생트집을 하고 함부로 떠들어대는 짓.
29) 장두 : 연명으로 된 소장(訴狀)의 첫머리에 적힌 사람.

그게 웬일이란 말이냐. 그러나 인자(仁者)는 무적(無敵)이라는데, 김 승지같이 어진 사람이 죽을 리는 없으리라……. 김 승지가 마음은 군자요 글은 문장이로되, 일에 당하여서는 짝없이 흐리겠다……."

이런 말로 정임의 울음을 만류하고 가방과 양탄자를 내어 내일 초산 떠날 행장을 차려놓고 세 사람이 수색(愁色)30)이 만면하여 묵묵히 앉았더니, 하인이 저녁상을 들여다놓고 부인을 대하여 위로하는 말이,

"놀라운 말씀이야 어찌 다 하오리까마는, 설마 어떠하오리까. 너무 걱정 마시고 진지 어서 잡수십시오."

하고 나가는데, 정임이는 밥 먹을 생각도 아니하고 치마끈만 비비 틀며 쪼그리고 앉았고, 이 시종과 부인은 상을 다가놓고 막 두어 술 쯤 뜨는 때에 어디서,

"불이야 불이야!"

하는 소리가 들리며 안방 서창에 연기 그림자가 뭉글뭉글 비치고 마루 뒷문 밖에는 화광(火光)이 충천하니, 밥 먹던 이 시종은 수저를 손에 든 채로 급히 나가 보니, 자기 집 굴뚝에서 불이 일어나서 한 끝은 서로 돌아 부엌 뒤까지 돌고, 한 끝은 동으로 뻗쳐 건넌방 머리까지 나갔는데, 솔솔 부는 북서풍에 비비틀려 돌아가는 불길이 눈 깜짝할 사이에 온 집안에 핑 도니 이 시종 집 사람들은 발을 동동 구르나 어찌할 수 없으며, 여간 순검 헌병깨나 와서 우뚝우뚝 섰으

---

30) 수색 : 근심스러운 기색.

나 다 쓸데없고, 변변치 못하나마 소방대도 미처 오기 전에 봄볕에 바싹 마른 집이 전체가 다 타 버리고, 그뿐 아니라 화불단행(禍不單行)[31]이라고 그 옆으로 한데 붙은 김 승지 집까지 일시에 소존성(燒存性)[32]이 되었더라.

행장을 싸 놓고 내일 아침 일찍 초산 떠나려고 하던 이 시종은 뜻밖에 낙미지액(落眉之厄)[33]을 당하여 가족이 모두 노숙하게 된 경위에 있으니 어찌 먼 길을 떠날 수 있으리오. 민망한 마음을 억지로 참고 급히 빈 집을 구하여 북부 자하동 108통 10호 서른아홉 칸 와가(瓦家)를 사서 겨우 안돈(安頓)하고 나매 벌써 일 주일이 지났으나, 초산 소식은 종시 묘연하니 자기와 김 승지의 관계가 정리로 하든지 의리로 하든지 생사간에 한번 아니 가 보지 못할 터이라. 삼 주일 수유(受由)[34]를 얻어 가지고 즉시 떠나 초산을 내려가 보니 읍내는 자기 집 모양으로 빈 터에 탄 재뿐이요, 촌가는 강계 대병정이 와서 폭민 수색하는 통에 다 달아나고 개미 새끼 하나 볼 수 없으니 군수의 거취를 물어 볼 곳도 없는지라, 그 인근 읍으로 다니며 아무리 탐지하여도 종내 김 승지의 소식은 알 수 없고, 단지 들리는 말은 초산 군수가 글만 좋아하고 술만 먹는 고로 정사는 모두 간활(奸猾)[35]

---

31) 화불단행 : 재앙은 매양 겹쳐서 오게 됨을 이르는 말.
32) 소존성 : 불살라 버린 물건의 형체가 잿속에 남아 있어 그 물건을 알아볼 수 있는 성질.
33) 낙미지액 : 뜻밖에 닥친 재앙.
34) 수유 : 말미.
35) 간활 : 간악하고 교활함.

한 아전의 소매 속에서 놀다가 마침내 민요를 만났다는 말 뿐이라. 하릴없이 근 이십 일 만에 집으로 돌아오니, 그 부친이 다녀오면 영창의 소식을 알까 하고 눈이 빠지도록 기다리던 정임이는 낙심 천만 하여 한없이 비창히 여기는 모양은 눈으로 차마 볼 수 없더라.

이 시종이 초산서 집에 돌아온 지 삼 일 되던 날 관보에 <시종원 (侍從員) 시종 이○○ 의원 면(免) 본관(本官)>이라 게재되었으니, 이때 는 갑오개혁 정책이 실패한 이후로 점점 간영이 금달(禁闥)36)에 출입 하여 뜻 있는 사람은 일병 배척하는 시대인 고로, 어떤 혐의자가 이 시종 초산간 사이를 엿보고 성총(聖寵)37)에 모함한 바이라. 이 시종은 체임(遞任)38)된 후로 다시 세상에 나 번득일 생각이 없어 손[客]을 사 절하고 문을 닫으니 꽃다운 풀은 뜰에 가득하고, 문전에 거마(車馬)가 드물어 동네 사람이라도 그 집이 누구의 집인지 알지 못할 만치 되 었더라.

이 시종은 이로부터 티끌 인연을 끊어 버리고 꽃과 새로 벗을 삼 아 만년을 한가히 보내고, 정임이는 그 부친에게 『소학(小學)』39)을 배워 공부하며 깊고 깊은 규중에서 적적히 지내는데, 영창이 생각은 때때로 암암40)하여 영창이와 같이 가지고 놀던 유희 제구만 눈에 띄어도 초창(悄愴)한 빛이 눈썹 사이에 가득하며, 혹 꿈에 영창이를

---

36) 금달 : 궁중(宮中) 편전의 앞문.
37) 성총 : 임금의 은총.
38) 체임 : 벼슬을 갈아냄.
39) 소학 : 중국 송나라의 유자징이 주희의 가르침을 받아 지은 책.
40) 암암 : 잊혀지지 않고 가물가물 보이는 듯함.

만나 재미있게 놀다가 섭섭히 깨어 볼 때도 있을 뿐 아니라, 한 해 두 해 지나 철이 차차 나갈수록 비감한 마음에 더욱 결연하여져 「여편」을 읽을 적마다 소리 없는 눈물도 많이 흘리는 터이언마는, 이 시종 내외는 정임의 나이 먹는 것만 민망히 여겨 마주앉기만 하면 항상 아름다운 새 사위 구하기를 근심하고 김 승지 집 이야기는 입밖에 내지도 아니하더라.

강제 결혼

임염(荏苒)[41]한 세월이 흐르는 듯하여 정임의 나이 어언간 삽오 세가 되니, 그 해 칠월 열이렛날은 이 시종의 회갑이라. 그날 수연(壽宴)[42] 잔치 끝에 손님은 다 헤어져 가고 넘어가는 해가 서산에 걸렸는데, 이 시종 내외는 저녁 하늘 저문 놀빛과 푸른 나무 늦은 매미 소리 손마루 북창 앞에 느런히 앉아서 늙은 회포를 서로 이야기한다.

"포말풍동(泡沫風動)[43]이 감가련(感可憐)[44]이라더니 사람의 일생이야 참 가련한 것이야. 어제 같던 우리 장춘(長春)이 어느 겨를에 벌써

---

41) 임염 : 세월이 천연함. 사물이 점진적으로 변화함.
42) 수연 : 장수를 축하하는 잔치.
43) 포말풍동 : 바람이 불어 물거품이 임.
44) 감가련 : 느끼는 신세가 딱하고 가여움.

회갑일세. 지나간 날이 이렇듯 쉬 갔으니 죽을 날도 이렇게 쉬 오겠지. 평생에 사업 하나 못하고 죽을 날이 가까우니 한심한 일이오그려."

"그러기에 말씀이오. 죽을 날은 가까우나 쓸 만한 자식도 하나 못 두었으니 우리는 세상에 난 본의가 없소그려. 정임이 하나 시집가고 보면 이 만년의 신세를 누구에게 의탁한단 말씀이오."

"그렇지마는 나는 양자할 마음은 조금도 없어. 얌전한 사위나 얻어서 아들같이 데리고 있지."

"그러한들 사위가 자식만 하겠습니까마나는 하기는 우리 죽기 전에 사위나마 얻어야 하겠습니다……. 사위 고르기는 며느리 얻기보다 어렵다는데 요새 세상 청년들 눈여겨보면 그 경박한 모양이 모다 제 집 결단내고 나라 망할 자식들 같습니다. 사위 재목(材木)도 조심히 구할 것이야요."

"그야 무슨 다 그럴라구. 그런 집 자식이 그렇지."

이렇게 수작하는 때에 어떤 사람이 사랑 중문간에서,

"정임아, 정임아."

부르며,

"안손님 아니 계시냐?"

하고 묻더니 큰기침 두어 번 하고 들어오면서,

"누님, 저는 가겠습니다."

"그렇게 속히 가면 무엇하나? 저녁이나 먹고 이야기나 하다가 달 뜨거든 천천히 가게그려. 어서 올라와……."

부인은 그 사람을 이처럼 만류하며 하인을 불러서,

"술상을 차려오너라. 진지를 지어서 가져오너라."

하는데 그 사람은 정임이 외삼촌이라. 수연 치하하고 집으로 돌아갈 터인데, 그 누님의 만류하는 정의를 떼치지 못하여 마루로 올라와 앉더니 건넌방 문 옆에 섰는 정임이를 한참 보다가,

"정임이는 금년으로 몰라보게 자랐습니다그려. 오래지 아니하여 서랑(壻郞)[45] 보시게 되었는데요. 어찌하려오."

"그까짓 년 키만 엄부렁[46]하면 무엇 하나, 배운 것이 있어야 시집을 가지."

"그렇지 아니하여도 우리가 지금 그 걱정일세. 혼처나 좋은 데 한곳 중매하게그려……."

"중매 잘못하면 뺨이 세 번이라는데 잘못하다가 뺨이나 얻어맞게요. 하하……."

"생질 사위 잘못 얻는 것은 걱정 없고 뺨 맞는 것만 염려되나……, 하하……."

"허허…… 허허……."

"혼처는 저기 좋은 곳 있습니다. 옥동 박과장의 셋째 아들인데, 나이는 열일곱 살이요, 공부는 재작년에 사범 소학교를 졸업하고 즉시 관립 중학교에 입학하여 올해 3학년이 되었답니다. 그 아이는 저

---

45) 서랑 : 남의 사위를 높여 부르는 말.
46) 엄부렁 : 속은 비고 겉만 부풀.

의 팔촌 처남의 아들인데 그 집 문벌도 훌륭하고 가세도 불빈(不貧)⁴⁷⁾
할 뿐 아니라 제일 낭자의 얼굴도 결곡⁴⁸⁾하고 재주도 초월하여 내
마음에는 매우 합당합디다마는 매부 의향에 어떠한지요?”

　이 시종의 귀에 그 말이 번쩍 띄어,

　“응, 그리해. 합당하면 하다마다. 자네 마음에 합당하면 내 의향에
도 좋지 별 수 있나. 나는 양반도 취치 않고 부자도 취치 않고, 다만
신랑 하나만 고르네.”

하면서 매우 기뻐하고 정임이 외삼촌은 이런 이야기를 밤이 되도록
하다가 갔는데, 그 후로는 신랑의 선을 본다는 둥 사주를 받는다는
둥 하더니, 하루는 이 시종이 붉은 간지(簡紙)를 내어 <8월 14일 전안
(奠雁)⁴⁹⁾ 납채(納采)⁵⁰⁾ 동일 선행>이라 써서 다홍실로 허리를 매어놓
고 부인과 의논해 가며 신랑의 의양단자(衣樣單子)⁵¹⁾를 적는다. 정임
이는 영창이 생각을 잊을 만하다가도 시집이니 장가니 혼인이니 사
위니 하는 말을 들으면 생각이 뼈에 사무쳐서 건넌방으로 들어가
눈물을 몰래 씻으며 속마음으로,

　‘부모가 나를 이왕 영창에게 허락하셨으니, 나는 죽어 백골이 되
어도 영창의 아내이라. 비록 영창이는 불행하였을지라도 나는 결코

----

47) 불빈 : 가난하지 않음.
48) 결곡 : 생김새나 마음씨가 깨끗하고 여무져서 빈틈없음.
49) 전안 : 혼인 때, 신랑이 기러기를 갖고 신부집에 가서, 상 위에 절하는 예.
50) 납채 : 신랑 집에서 신부 집으로 혼인을 청하는 의례(儀禮). 지금은 납폐(納
　　幣)의 뜻으로 통용됨.
51) 의양단자 : 옷의 치수를 적은 단자.

두 사람의 처는 되지 아니할 터이오. 저 아저씨는 아무리 중매한다 하여도 입에 선바람만 들일 걸.'

하는 생각이 뇌수에 맺혔으니 여자의 부끄러운 마음으로 그 부모에게는 아무 말도 못하고 지내던 터이더니, 택일단자(擇日單子) 보내는 것을 보매 가슴이 선뜩하고 심기가 좋지 못하여 몸을 비비틀며 참다가 못하여 그 모친의 귀에 대고 응석처럼 가만히 하는 말이다.

"나는 시집가기 싫어."

"이년, 계집아이 년이 시집가기 싫은 것은 무엇인고, 좋은 것은 무엇이냐?"

"그년이 무엇이래, 나중에는 별 망측한 말을 다 듣겠네."

"아버지 어머니 보고 싶어서 시집가기 싫어요."

"아비 어미 보고 싶다고 평생 시집 아니 갈까, 이 못생긴 년아."

부인의 말은 철모르는 말로 들리는 말이라 정임이는 정색하고 꿇어앉으며,

"그런 것이 아니올시다. 아버지께서 열녀(烈女)는 불경이부(不更二夫)라는 글 가르쳐 주셨지요. 나를 이왕 영창이와 결혼시키고, 지금 또 시집 보낸다 하시니, 부모가 한 자식을 두 사람에게 허락하시는 법이 있습니까. 아무리 영창이 종적을 알지 못하나 다른 곳으로 시집가기는 죽어도 아니하겠습니다."

이 시종이 그 말을 듣더니 벌떡 일어서며 정임의 머리채를 휘어잡고 평생에 손찌검 한 번 아니하던 그 딸을 여기저기 함부로 쥐어박으며,

"이 년, 못된 년, 그게 무슨 방정맞은 말이냐. 이 년, 혀줄기를 끊어 놓을라. 네가 영창이 예단(禮單)을 받았단 말이냐, 네가 영창이와 초례(醮禮)를 지냈단 말이냐? 네가 간 데 없는 영창이 생각하고 시집 못 갈 의리가 무엇이란 말이냐, 아무리 어린 년인들."

하며 죽일 년 잡죄듯52) 하니 부인은 겁이 나서,

"고만 두시오. 그 년이 어린 마음에 부모를 떨어지기 싫어서 철모르고 하는 말이지요. 어서 고만 참으시오."

"이 년이 어디 철몰라서 하는 말이오. 제 일생을 큰일내고 부모의 가슴에 못 박을 년이지…… 우리가 저 하나를 길러서 죽기 전에 서방이나 얻어 맡겨 근심을 잊을까 하는 터에…… 이 년이."

하며 또 한참 때려 주니, 부인은 놀랍고 가엾은 마음에 살이 떨리고 가슴이 저려서 달려들며 이 시종의 손목을 잡고 정임이 머리를 뜯어 놓아 간신히 말렸더라.

이 시종은 원래 구습을 개혁할 사상이 있는 터인 고로, 설령 그 딸이 과부가 되었을지라도 개가라도 시킬 것이요, 결혼하였던 것을 거리껴서 딸의 일평생을 그르치지 아니할 사람이라. 정임의 가슴속 철석같이 굳은 마음은 알지 못하고 다만 자기 속마음으로,

'정임이 말도 옳지 아니한 바는 아니로되, 내 생각을 하든지 정임이 생각을 하든지 소소한 일로 전정(前程)에 대불행을 취함이 불가하다.' 생각하며 정임이를 압제 수단으로 그런 말을 다시 못하게 하여 놓고

---

52) 잡죄다 : 다잡아 죄치거나 독촉함.

그날부터 침모를 부른다, 숙수(熟手)[53]를 앉힌다 하여 바삐바삐 혼례를 준비하는데, 받아 놓은 날이라 눈 깜짝할 사이에 벌써 열사흗날 저녁이 되었으니, 그 이튿날은 백마 탄 새신랑이 올 날이라. 정절(貞節)이 옥 같은 정임의 마음이야 과연 어떠하다 하리오.

건넌방에 혼자 누웠으니, 이 생각 저 생각 별 생각이 다 난다. 부모의 뜻을 순종하자 하니 인륜의 죄인이 되어 지하에 가서 영창을 볼 낯이 없을 뿐 아니라, 이는 부모의 뜻을 순종함이 아니요, 곧 부모를 옳지 못한 사람을 만드는 것이요, 부모의 뜻을 좇지 아니하자 하니 그 계책은 죽는 수밖에 없는데, 늙은 부모를 두고 참혹히 죽으면 그 죄는 차라리 시집가는 것이 오히려 경(輕)할지라. 아무리 생각하여도 어찌할 줄 모르다가 또 한 생각이 문득 나며 혼자말로,

"시집이란 것이 다 무엇 말라죽은 것이야. 서양 사람은 시악시 부인도 많다더라."

하고 벌떡 일어서서 안방으로 들어가 보니, 그 부모는 잔치 분별하기에 종일 고뇌하다가 막 첫 잠이 곤히 든 모양이라.

문갑 서랍의 열쇠패를 꺼내 가지고 골방으로 들어가 금고를 열고 십 원권, 오 원권을 있는 대로 집어내어 손가방에 넣어서 들고 나오니 시계는 아홉점을 땡땡 치는데, 안팎으로 들락날락하며 와글와글하던 사람들은 하나도 없이 괴괴하고, 오동나무 그림자는 뜰에 가득하며 벽 틈에 여치 소리가 짤깍짤깍 할 뿐이라. 다시 건넌방으로 들

어가 종이를 내어 편지 써서 자리 위에 펴놓고 나와서, 그 길로 대문을 나서며 한 번 돌아보니 부모의 생각이 마음을 찌르나 억지로 참고 두어 걸음에 한 번씩 돌아보며 효자문 네거리에 와서 인력거를 불러 타고 남대문 밖을 나서니, 이때 가을 하늘에 얇은 구름은 고기비늘같이 조각조각 연하고, 그 사이로 한 바퀴 둥근 달이 밝은 광채를 잠깐 자랑하고 잠깐 숨는데, 연약한 마음이 자연 상하여 흐르는 눈물을 씻고 또 씻는 사이에 벌써 인력거채를 덜컥 놓는데 남대문 정거장에서 요령 소리가 덜렁덜렁 나며 붉은 모자 쓴 사람이,

"후상, 후상 오이데마셍까(부산, 부산 안 가시렵니까)?"
하고 외는 소리가 장마 속 논골에 맹꽁이 끓듯 하니, 이때는 하오 십 시 십오 분 부산 급행 차 떠나는 때라.

인력거에서 급히 내려 동경까지 가는 연락차표를 사 가지고 이등 열차에 오르니, 호각 소리가 '호르륵' 나며 기관차에서 '파 푸 파 푸' 하고 남대문이 점점 멀어지니, 앞길의 운산(雲山)은 창창하고 차 뒤의 연하(煙霞)[54]는 막막하더라.

도쿄 유학

그 빠른 차가 밤새도록 가다가 그 이튿날 아침에 부산에 도착하

---

54) 연하 : 안개와 놀. 고요한 산수와 경치.

니, 안방에서 대문 밖도 자세히 모르고 지내던 정임이는 처음 이렇게 멀리 온 터이라. 집에 있을 때에 도쿄를 가자면 남문역에서 연락차표를 사 가지고 부산 가서 연락선 타고 시모노세키까지 가고, 시모노세키에서 도쿄 가는 차를 다시 타고 신교역에서 내린다는 말을 듣기는 들었지마는, 남문역에서 부산까지는 왔으나 연락선 정박한 부두 가는 길을 알지 못하여 정거장 머리에서 주저주저하다가,

"화륜선 타는 선창을 어데로 가오?"

하고 물으매 이 사람도 물끄러미 보고 저 사람도 물끄러미 보니 정임이가 집 떠날 때에 머리는 전번같이 땋은 채로 옷은 분홍 춘사적삼, 옥색 모시 다린 치마 입었던 채로 그대로 쑥 나온 그 모양이라 누가 이상히 보지 아니하리오.

그 많은 내외국 사람이 모두 여겨보더니 그 중에 어떤 사람이 아래위를 한참 훑어보다가,

"여보 작은 아씨, 이리와. 내가 부두까지 가는 길을 가르쳐줄 터이니."

하고 앞서서 가는데, 말쑥이 비치는 통량갓 속으로 반드르한 상투는 외로 똑 떨어지고 후줄근한 왜사 두루마기는 기름때가 조르르 흘렀더라.

정임이가 약기는 참새 굴레 씔 만하지마는 세상 구경은 처음 같은 터이라. 다른 염려 없이 그 사람을 따라 부두로 나가는데, 부두로 갈 것 같으면 사람 많이 다니는 탄탄대로로 갈 것이언마는 이 사람은 정임이를 끌고 꼬불꼬불하고 좁디좁은 골목으로 이리 뻥뻥 돌고 저

리 삥삥 돌아가다가, 어떤 오막살이 높은 등 달린 집으로 들어가며,

"나는 이 집에서 볼일 좀 보고 곧 가르쳐줄 것이니 이리 잠깐 들어와."

정임이는 배 탈 시간이 늦어 가는가 하고 근심될 뿐 아니라 여자의 몸이 낯선 곳에 혼자 와서 사나이놈 따라 남의 집에 들어갈 까닭이 없는 터이라,

"길 모르는 사람을 이처럼 가르쳐주고자 하시니 대단히 고맙습니다. 나는 여기서 잠깐 기다릴 터이니 어서 볼일 보십시오."

하고 섰더니 그 사람이 그 집으로 들어간 지 한참만에 어떤 계집 두 년이 머리에는 왜밀[55] 뒤범벅을 해 붙이고 중문간에서 기웃기웃 내다보며,

"아에그, 그 처녀 얌전도 하다. 아마 서울 사람이지."

하고 나오더니,

"여보, 잠깐 들어오구려. 같이 오신 손님은 지금 담배 한 대 잡숫는데요. 우리 집에는 아무도 없소. 여편네가 여편네들만 있는 집에 들어오는 것이 무슨 관계 있소. 어서 잠깐 들어왔다 가시오."

하며 한 년은 손목을 잡아당기고 한 년은 등을 미는데, 어찌할 수 없이 안마당으로 들어섰다. 길 가르쳐주마던 사람은 마루 끝에 걸터앉아 담배를 먹다가 정임이를 보더니,

"선창을 물으면 배 타고 어디를 가는 길이야?"

---

55) 왜밀 : 향료를 섞어서 만든 밀기름. 왜밀기름.

"도쿄까지 갑니다."

"집은 어데이고?"

"서울이야요."

"도쿄는 무엇하러 가?"

"유학하러요."

"유학이고 무엇이고 저렇게 큰 처녀가 길도 모르고 어찌 혼자 나섰어?"

"지금같이 밝은 세상에 처녀말고 아무라도 혼자 나온들 무슨 관계 있습니까."

"이름은 무엇이고 나이는 몇 살이야?"

이렇게 자세히 묻는 바람에 정임이는 의심이 나며, 서울 뉘집 아들도 일본 갔다더니, 아마 우리 아버지께서 전보할 까닭으로 경찰서에서 별순검(別巡檢)[56]을 보내 조사하나 보다 하는 생각이 나서,

"배 탈 시간이 늦어 가는데 길도 아니 가르쳐주고 남의 이름과 나이는 알아 무엇하려오?"

하고 돌아서서 나오는데 그 사람이 달려들며 잡담(雜談) 제하고 끌어다가 뒷방에 넣고 방문을 밖으로 걸더라.

그는 색주가(色酒家) 서방인데, 서울 사람과 상약(相約)[57]하고 어떤 집 계집아이를 색주가 감으로 꾀어내는 판이라. 서울 사람은 그 계

---

56) 별순검 : 구한국 때 경무청이나 경위원의 제복을 입지 않고 비밀 정탐에 종사하던 순검.

57) 상약 : 서로 약속함.

집아이를 유인하여 어느 날 몇 시 차로 보낼 것이니 아무쪼록 놓치지 말고 잘 단속하라는 약조가 있는 터에, 그 계집아이는 아니 오고 애매한 정임이가 걸렸으니 아무리 소리를 지른들 무엇하며, 야단을 친들 무슨 수가 있으리오마는, 하도 무리한 경우를 당하여 기가 막히는 중에,

'이렇게 법률을 무시하는 놈을 여러 사람에게 알리면 도리가 있으리라.'

생각하고 한 번 악을 쓰고 소리를 질렀더니, 그 놈이 감언이설로 달래다 못하여 회초리 찜질을 대는 판에 전신이 피뭉치가 되고 과연 견딜 수 없을 뿐 아니라, 죽고자 하여도 죽을 수도 없으니 이런 일은 평생에 듣지도 보지도 못하다가 꿈결같이 이 지경에 당하매 분한 마음이 이를 것 없으나 어찌할 수 없이 갇혀 있더니, 사흘 되던 날 밤에 문 틈으로 풍뎅이 한 마리가 들어와서 쇠잔한 등불을 쳐서 끄는데 갑갑하고 무서운 생각이 나서 불이나 켜놓고 밤을 새우리라 하고, 들창 문지방을 더듬더듬하며 성냥을 찾으니, 성냥은 없고 다 부러진 대칼이 틈에 끼여 있는지라, 그 칼을 집어들고 이리 할까 저리 할까 한참 생각하다가 마침내 문창살을 오린다.

칼이 어찌 안 들고 힘이 어찌 들던지 밤새도록 겨우 창살 한 개를 오리고 나니 닭은 새벽 홰를 울고 먼 촌의 개 짖는 소리가 나는데 그 창살 오려낸 틈으로 밖에 걸린 고리를 벗기고 가만히 나오니 죽었다가 살아난 듯이 상쾌한지라. 차차 큰길을 찾아가며 생각하니,

'이번에 이 고생한 것도 도시 의복을 잘못 차린 까닭이요, 또 도쿄

에 가더라도 조선 의복 입은 사람은 하등 대우를 한다는데, 이 모양
으로 아무 데도 가지 못하겠다.'

하고 어느 모퉁이에 서서 날 밝기를 기다려 가지고 곧 오복점(五服
店)[58]을 찾아가서 일본 옷 한 벌 사서 입고, 그 오복점 주인 여편네에
게 간청하여 머리를 끌어올려 일본 쪽을 찌고, 또 그 여편네에게 선
창 가는 길을 물어서 찾아가니, 이때 마침 연락선 일기환이 떠나는
지라, 즉시 그 배를 타고 망망한 바닷빛이 하늘에 닿은 곳으로 가더
라.

이 같은 곤란을 지내고 도쿄를 향하여 가는 정임이가 삼 일만에
목적지 신교역에 내리니 그 시가의 화려하고 번창함이 참 처음 보는
구경이나, 여관을 어디로 가는지 모르고 한참 방황하다가 덮어놓고
인력거에 올라앉으니, 별안간 말하는 벙어리, 소리 듣는 귀머거리가
되어 인력거꾼의 묻는 말을 대답하지 못하고, 다만 손을 들어 되는
대로 가리키니 인력거는 가리키는 대로 가고, 정임이는 묻는 대로
가리켜서 이리저리 한없이 가다가 어느 곳에 다다르나, '상야관'이라
현판 붙인 집 앞에서 오고가는 사람에게 광고를 돌리는데, 그 광고
한 장을 받아 보니 무슨 말인지 의미는 알 수 없으나, 숙박료 일등에
얼마라고 늘어 쓴 것을 보매 그 집이 여관인 줄 알고 인력거를 내려
들어가니, 벌써 여종과 반또들이 나와 맞으며 들어가는 길을 인도하

---

58) 오복점 : 다섯 가지 상복, 참최 · 자최 · 대공 · 소공 · 시마를 파는 가게, 혹
은 천자 · 제후 · 경 · 대부 · 사(士)의 옷을 파는 가게.

는지라. 인하여 그 집에 여관을 정하고 우선 여관 주인에게 일본말을 배우니, 원래 총명이 과인(過人)[59]하고 학문도 중학교 졸업은 되는 터이라, 일곱 달만에 못할 말없이 능통할 뿐 아니요, 문법도 막힐 곳 없이 무슨 서적이든지 능히 보게 되매 그해 봄에 '소적천구' 일본 여자대학에 입학하였는데, 그 심중에는 항상 부모의 생각, 영창이 생각, 자기 신세 생각이 한데 뒤뭉쳐서 주야로 간절한 터이라.

그러한 뇌심 중에 공부도 잘 되지 아니하련마는 시험 볼 적마다 그 성적이 평균 일공공(一〇〇)에 떨어지지 아니하여 해마다 최우등으로 진급되니, 동경 여학생계에 이정임의 이름을 모를 사람이 없어 명예가 굉장하더라.

하루는 학교에서 하학하고 여관으로 돌아오니 어떤 여학도가 무슨 청첩을 가지고 와서 아무쪼록 오시기를 바란다고 간곡히 말하고 가는데, 그 청첩은 '여학생 일요 강습회 창립 총회' 청첩이요, 그 취지는 여학생이 일요일마다 모여서 학문을 강습하자는 뜻이라. 정임이는 근심이 첩첩하여 만사가 무심한 터이지마는, 그 취지서를 본즉 매우 아름다운 일인 고로 그날 모인다는 곳으로 갔더니, 여학생 수십 명이 와서 개회하고 임원을 선정하는데 회장은 이정임이요, 서기는 산본 영자라.

정임은 억지 사양치 못하고 회장석에 출석하여 문제를 내어 걸고 차례로 강연한 후에 장차 폐회할 터인데, 이때에 어떤 소년이 서기

---

59) 과인 : 덕망·학식·재주·힘 따위가 보통 사람보다 뛰어남.

산본 영자의 소개를 얻어 회석에 들어오더니, 자기는 조선 유학생 강한영이라 하며, 강습회 조직하는 것을 무한히 칭찬하고, 이 회에 쓰는 재정은 자기가 찬성적으로 어디까지든지 전담하겠노라 하고 설명하며, 우선 금화 백 원을 기부하는 서슬에, 서기의 특청으로 강 소년이 그 회의 재무 촉탁이 되었는데, 이때부터 강 소년은 일요일마다 정임을 만나면 지극히 반가워하고 대단히 정답게 굴어서 아무쪼록 친근히 사귀려고 하며, 혹 어떤 때는 공원으로 놀러가자기도 하고, 야시(夜市)[60] 구경도 같이 가자기도 하나, 정임의 정중한 태도는 비록 여자끼리라도 특별히 친압(親狎)[61]하지 아니하거늘, 하물며 남자와 함께 구경 다닐 리가 있으리오.

그런 말 들을 적마다 정숙한 말로 대답하매 다시는 그런 말을 못 하는 터이요, 산본 영자도 종종 여관을 찾아오는데, 하루는 어떤 노파가 와서 자기는 산본 영자의 모친이라 하며 자기 딸과 친절히 지내니 감사하다고 치하하고 가더니, 그 후로는 자주자주 다니며 혹 과자도 갖다 주며, 혹 화장품도 사다 주어 없던 정분을 갑자기 사고자 하며 가끔 가다가 던지는 말로 여자의 평생 신세는 남편을 잘 만나고 못 만나기에 있다고 이야기하더라.

---

60) 야시 : 야시장.
61) 친압 : 버릇없이 너무 지나치게 친함.

공원의 사건

정임이는 도쿄 온 지가 어언간 다섯 해가 되어 그해 하기 시험에 졸업하고 증서 수여식 날 졸업장과 다수한 상품을 타매, 그 마당에 모인 고등관인[62]과 내외국 신사들의 칭송이 빗발치듯 하니 그런 영광을 비할 곳이 없을 뿐 아니요, 그 졸업장 한 장이 금 주고 바꾸지 아니할 만치 귀한 것이라. 그 마음에 오죽 기쁘리오마는, 정임이는 찬양도 귀에 심상히 들리고 좋은 마음도 별로 없어 즉시 여관으로 돌아와 삼층 장지를 열고 난간에 의지하여 먼 하늘에 기이한 구름 피어오르는 것을 바라보며, 내두(來頭)의 거취를 어떻게 할까 하고 앉았는데 산본 노파가 오더니 졸업한 것을 치하한다.

"이번에 우등으로 졸업하였다니 대단히 감축한 일이오그려. 듣기에 어찌 반가운지 내가 치하하러 왔지요."

"감축이랄 것 무엇 있습니까."

"저렇게 연소한 터에 벌써 대학교 졸업을 하였으니 참 고마운 일이야. 내 마음에 이처럼 반가울 적에 당신이야 오죽 기쁘며, 부모가 들으시면 얼마나 좋아하시겠소."

"나는 좋을 것도 없습니다. 학교 교사 여러분의 덕택으로 졸업은 하였으나 아무것도 아는 것이 없으니 무엇이 좋습니까."

"그럼 겸사(謙辭)는 다 고만 두시오. 내가 모른다구요……. 그러나

---

62) 고등관인 : 일제 강점기의 관리 등급의 하나.

우리 딸 영자야말로 인제 겨우 고등과 이년급이니 언제나 대학교 졸업을 할는지요. 당신을 쳐다보자면 고소대(高所臺)63) 꼭대기 같지."

"별 말씀을 다 하십니다. 영자의 재주로 잠깐이지요. 근심하실 것 무엇 있습니까."

"당신은 얼굴도 어여쁘고 마음도 얌전하거니와 재주는 어찌 그렇게 비상하며, 학문은 어찌 저렇게 좋소. 나는 볼 적마다 부러워."

"천만의 말씀이오."

"당신은 시집을 가더라도 얼굴이 저와 같이 곱고 학문도 대학교 졸업한 신랑을 얻어야 하겠소."

"……."

"남녀 물론하고 혼인은 부모가 정하는 것이지마는 이 이십세기 시대에야 부모가 혼인 정해 주시기를 기다리는 사람이 누가 있나. 혼인이란 것은 제 눈에 들고 제 마음에 맞는 사람과 할 터인데……."

"……."

"왜 아무 이야기도 아니하고 얼굴에 근심하는 빛이 있으니 웬일이오. 내가 혼인 이야기를 하니까 아마 시집갈 일이 근심되나 보구려. 혼인은 일평생에 큰 관계가 달린 일인데, 어찌 근심이 되지 아니하리까. 그렇지마는 근심할 것 없소. 내가 좋은 혼처 천거하리다. 이 말이 실없는 말 아니오. 자세히 들어 보시오. 내가 남의 중대한 일에 잘못 소개할 리도 없고, 또 서양 사람이나 아메리카 사람에게 천거

---

63) 고소대 : 높은 곳.

하는 것이 아니라, 같은 나라 사람이자 또 자격이 당신과 똑같은 터이니, 두고두고 평생을 구한들 어찌 그런 합당한 곳을 고를 수 있으리까. 다른 사람이 아니라 일요 강습회에 다니는 강한영 씨 말씀이오. 당신도 많이 만나보셨겠지마는 얼굴인들 좀 얌전하며, 재주인들 여간 좋습디까. 그 양반이 내 집에 주인을 정하고 삼 년을 나와 같이 지내는데, 그 옥 같은 마음은 오던 날이나 오늘이나 마찬가지요, 학문으로 말하더라도 이번에 대학교 법률과 졸업을 하였으니 당신만 못하지 아니하고, 재산으로 말하더라도 조선의 몇째 아니 가는 부자랍니다. 내가 조선 사람의 부자이고 아닌 것을 어찌 알겠소마는, 이곳에 와서 돈 쓰는 것만 보면 알겠습디다. 그 양반이 돈을 써도 공익적으로나 쓰지, 외입 한 번 하는 것을 못 보았어요. 만일 못 믿거든 본가로 편지라도 해서 알아보고, 망설이지 말고 혼인 정하시오. 그 집은 대구인데 이번에 나가면 서울로 이사한답니다. 암만 골라도 이러한 곳은 다시 구경도 못할 터이니 놓쳐 버리고 후회할 것 없이 두말 말고 정하시오. 당신도 그 양반을 모르는 터 아니어니와 이 늙은 사람이 설마 남 못할 노릇 시키려고 거짓말할 리 있소. 다시 생각할 것 없이 내 말대로 하시오."

그 노파는 졸업 치하가 변하여 혼인 소개가 되더니 잔말을 길게 늘어놓는데 정임이는 조금도 듣기가 귀찮은 터이라.

"그러하겠습니다. 여자가 되어 시집가는 것도 변될 일이 아니오. 당신이 혼인 중매하시는 것도 괴이치 아니한 터이나, 나는 집 떠날 때로부터 마음에 정한 바 있어 다시는 변통 못할 사정이올시다. 그 사정은 말할 필요가 없거니와 만일 내가 시집을 갈 것 같으면 그런 좋은 곳을 버리고 어떤 곳을 다시 구하리까마는, 내가 시집 아니 가기로 결심한 이상에야 다시 할 말 있습니까. 혼인 문제에 대하여서는 두 말씀 마시기를 바랍니다.”

이처럼 싹도 없이 끊어 말하매 노파는 다시 말 못 하고, 무연히[64] 돌아갔는데, 그 후로부터 일요 강습회에도 다시 가지 아니하고 있더니, 집 생각이 간절하여 집에 돌아가 늙은 부모나 봉양하고 여학교나 설립하여 청년 여자들이나 가르치며 오는 세월을 보내리라 하고 귀국할 행장을 차리는 중인데, 하루는 궂은 비가 종일 와서 심기가 대단히 울적하던 차에, 비 개이고 달 돌아오는 경이 하도 좋기에 옷을 갈아입고 상야 공원에 가서 달 구경하고 오다가 불인지가를 지나며 보니, 패한 연엽(蓮葉)[65]에는 비 흔적이 머무르고, 맑고 맑은 물결에는 위에도 관월교요, 밑에도 관월교라.

그 운치를 사랑하여 돌아갈 줄을 잊어버리고 섰더니, 그 악소년을 만나 칼침을 맞고 병원으로 갔는데, 병원에서 의사가 상처를 진찰하니 창흔은 후문(喉門)[66]을 비끼고 빗나갔고, 창구(創口)[67]는 이 분이며 심은 일 촌에 지나지 못하여, 생명은 아무 관계없고 놀라서 잠시 기색(氣塞)[68]한 모양이라. 의사는 응급 수술로 신속히 치료하였으나 정

---

64) 무연히 : 크게 낙담하여.
65) 연엽 : 연잎.
66) 후문 : 목구멍.
67) 창구 : 칼날 따위에 상한 구멍.
68) 기색 : 정신 작용의 과격으로 기운이 막히는 병.

임이는 그러한 광경을 생후에 처음 당하여 어찌 혹독히 놀랐던지 끝내 혼도하였다가 간신히 정신을 차려 눈을 떠 보니, 동편 유리창에 볕이 쨍쨍이 비치고, 자기는 높은 침상에 흰 홑이불을 덮고 누웠는지라, 어찌 된 곡절을 몰라 속생각으로,

'여기가 어데인가. 우리 여관에는 저렇게 볕 들어 본 적이 없고 이러한 와상도 없는데, 내가 뉘 집에 와서 이렇게 누웠나. 애고, 이상도 하다. 내가 아마 꿈을 이렇게 꾸나 보다.'

하고 정신을 수습하는 때에 의사가 간호부를 데리고 들어오는 뒤에 순사가 따라오는 것을 보고 그제야 전신구에 소름이 쭉 끼치며, 어젯밤 공원 생각이 나는데 의사가 창을 씻고 약을 갈아붙이더니, 순사가 앞으로 다가서며 자세자세 묻는다.

"당신 성명이 누구라 하오?"

"이정임이올시다."

"연령은 얼마요?"

"십구 세올시다."

"당신의 집은 어데요?"

"조선 경성 북부 자하동 백팔동 십호올시다."

"당신의 부친은 누구요?"

"이○○올시다."

"부친의 직업은 무엇이오?"

"우리 부친은 관인이더니 지금은 벼슬 없고, 전적은 시종원 시종이올시다."

"형제는 몇 분이오?"

"이 사람 하나뿐이올시다."

"당신은 무슨 일로 도쿄에 왔소?"

"유학하기 위하여 왔습니다."

"그러시오. 그러면 여관은 어디며, 어느 학교 몇 년급에 다니오?"

"여관은 하곡구 거판정 십일번지 상야관이요, 학교는 일본여자대학에 다니더니 지난 칠월 십일에 졸업하였습니다."

"매우 고마운 일이오마는…… 어젯밤에 행흉(行凶)[69]하던 놈은 아는 놈이요, 모르는 놈이요?"

"안면은 두어 번 있었지요."

"안면이 있으면 그 놈의 성명을 알며, 어디서 보았소?"

"성명은 강한영이요, 만나보기는 여학생 일요 강습회에서 만나보았습니다."

"성명을 들으니 그 놈도 조선 사람이오그려…… 그 놈의 원적지와 유숙하는 여관은 어디인지 아시오?"

"본국 사람이로되 거주도 모르고, 여관도 어디인지 알 수 없으나 그 주인은 산본이랍디다."

"그러면 무슨 이유로 저 일을 당하셨소?"

"이유는 아무것도 없습니다. 여자가 되어 세상에는 죄악이지요."

정임이는 그 말 그치며 두 눈에 눈물이 핑 도는데, 순사가 낱낱이

---

69) 행흉 : 사람을 죽임.

조사하여 수첩에 기록해 가지고 매우 가엾다고 위로하며 의사를 향하여 아무쪼록 잘 보호하고 속히 치료해 주라고 부탁하고 나가더라.

정임이가 이러한 죽을 욕을 보고 병원에 누웠으매 처량하기도 이를 것이 없고 별 생각이 다 나는데,

'내가 집을 버리고 멀리 떠나서 늙은 부모의 걱정을 시키니, 이런 죄악을 왜 아니 당할 리 있나. 그렇지마는 내가 부모를 저버린 것이 아니요, 중대한 의리를 지킨 일이니, 아무리 어떠한 죄를 당할지라도 신명에 부끄러울 것은 없어. 내가 어려서 부모에게 귀함 받고 영창이와 같이 자랄 때에 신세가 이 지경 될 줄 누가 알았던가. 그러나 나는 무슨 고생을 하든지 이 세상에 살아 있거니와, 백골이 어느 곳에 헤어진지 알지 못하는 영창의 외로운 혼이 불쌍치 아니한가. 내가 바삐 지하에 돌아가 영창이를 만나서 어서 이런 말을 좀 하였으면 좋겠구먼. 부모 생각에 할 수 없지. 허…… 나의 한 몸이 천지의 이기(理氣)[70]를 타고 부모의 혈육을 받아 이 세상에 한 번 나온 것이 전만고후만고(前萬古後萬古)[71]에 다시 얻기 어려운 일인데, 이렇게 아까운 일생을 낙을 모르고 지내다가 죽는단 말인가. 참 팔자도 기박도 하다. 생각을 하면 간이 녹아 신문이나 보고 잊어버리겠다.'

하고 간호부를 불러 신문 한 장을 가져오래서 마음을 가라앉혀 보는데 제3면 잡보(雜報)란에, '김영창(연 십구)이라 하는 사람이 어떤 여

---

70) 이기 : 송류(宋儒)의 설에서, 우주를 이루는 근본의 이(理), 곧 태극과 그것으로부터 나온 음양의 기(氣).
71) 전만고후만고 : 앞과 뒤의 아주 먼 옛적.

학생과 무슨 감정이 있던지 재작일 하오 십일시 경에 상야 공원 불인지가에서 칼로 찌르다가 하곡구 경찰서로 잡혀갔는데, 그 사람은 본디 조선 사람으로 영국 문과대학에서 졸업한 자이더라' 게재하였는지라 이 잡보를 보다가 하도 이상하여 한 번 다시 보고 또 한 번 더 훑어보아도 갈 데 없이 자기의 사실인데, 행패하던 놈의 성명이 다르매 더욱 이상하여 혼자말로,

"아이고, 이상도 하다. 이 말이 정녕 내 말인데 그 놈이 강가 아니요, 김영창이란 말은 웬 말이며 영국 문과대학 졸업이란 말은 웬 말인고. 아마 신문에 잘못 게재하였나보다. 내가 영창이 생각을 잊어버리자고 신문을 보더니."

하고 신문을 땅에 던지다가 다시 집어들고,

'김영창…… 김영창…… 문과대학 졸업.'

하며 무슨 생각을 새로 하는 때에 누가 어떤 엽서 한 장을 주고 나가는데, 그 엽서는 재판소 호출장이라 그 엽서를 받아 두고 병 낫기를 기다리더니 병원에 온 지 일 주일이 되매 상처도 완전히 치료되고 재판소에 부르는 일자가 되었는지라, 병원에서 퇴원하여 여관으로 돌아가는 길에 곧 재판소로 가더라.

영창의 내력

정임이의 마음에 이렇듯이 새기고 새겨 둔 영창이는 정임이를 이

별하고 부모를 따라 초산으로 온 후에 날이 가고 해가 갈수록 역시 정임이가 영창이 생각하는 것 진배없이 정임을 생각하며 가고 또 오는 날을 괴로이 지내더니, 하루는 정임에게서 편지가 와서 반갑게 떼어 본다.

　＜편지
　이별할 때에 푸르던 버들이 다시 푸르르니 하늘가를 바라보매 눈이 뚫어지고자 하나, 바다는 막막하고 소식은 없으니, 난간에 의지하여 공연히 창자가 끊어질 뿐이요, 해는 가까우나 초산은 멀며, 바람은 가벼우나 이 몸은 무거워서 날아다니는 술업은 얻지 못하고 다만 봄 꿈으로 하여금 괴롭게 하니, 생각을 하면 마음이 상하고 말을 하자니 이가 시구나.＞

　이러한 만지장서(滿紙長書)72)를 채 다 보지 못하고 막 시작하여 여기까지 보는데 삼문 밖에서 별안간 '우지끈 뚝딱' 하며, '아 우' 하는 소리가 나더니 봉두난발(蓬頭亂髮)73)도 한 놈, 수건도 쓴 놈들이 혹 몽둥이도 들고 돌도 들고 우 ― 몰려 들어오면서 우선 이방·형방·순로·사령을 미친 개 때리듯 하며, 한 떼는 대청으로 올라와서 군수를 잡아 내리고, 한 떼는 내아(內衙)74)에 들어가서 부인을 끌어내어

---

72) 만지장서 : 사연을 많이 적은 편지.
73) 봉두난발 : 쑥대강이같이 흐트러진 머리털.
74) 내아 : 지방 관아의 안채.

한 끈에다가 비웃두름[75] 엮듯이 동여 앉히고 여러 놈이 둘러서서 한 놈은,

"물을 끓여라."

한 놈은,

"구덩이를 파라."

또 한 놈은,

"이애들, 아서라. 학정(虐政)[76]은 모다 아전 놈의 짓이지 그 못생긴 원놈이야 술이나 좋아하고 글이나 잘 짓지 무엇을 안다더냐. 그럴 것 없이 집둥우리나 태워서 지경이나 넘겨라."

하는데 그 중 한 놈이 쓱 나서며,

"그럴 것 없이 좋은 수가 있다. 두 연놈을 큰 뒤주 속에 한데 넣어서 강물에 띄워 버리자."

하더니 그 여러 놈들이,

"이애, 그 말 좋다…… 자……."

하며 뒤주를 갖다가 군수 내외를 집어넣고 자물쇠를 채우고 진상(進上)[77]가는 꿀병 동이듯 이리 층층 얽고 저리 층층 얽어서 여러 놈들이 떠메고 압록강으로 나가는데, 정임이 편지 보던 영창이는 창졸간에 하늘이 무너지고 땅이 꺼지는 듯한 난리를 만나매 어찌할 줄 모르고 몸부림을 하며 아버지 어머니를 부르고 울다가, 메고 나가는

---

75) 비웃두름 : 청어를 두 줄로 길게 묶은 것.
76) 학정 : 포악한 정치.
77) 진상 : 지방에서 나는 물건을 임금·고관에게 바침.

뒤주를 쫓아가니 어떤 놈은 귀퉁이도 쥐어박고 어떤 놈은 발길로 차기도 하며 어떤 놈은,

"이애, 요 놈은 작은 도적놈이다. 요런 놈 씨 받아서는 못 쓰겠다. 요놈마저 뒤주 속에 넣어라."

하더니 어떤 놈이 와서,

"아서라, 그까짓 어린 자식놈이야 무슨 죄가 있느냐. 그렇지마는 요놈이 이렇게 잘 입은 비단 옷도 모두 초산 백성의 피 긁은 것이니 이것이나마 입혀 보낼 것 없다."

하고 달려들며 입은 옷을 다 벗기고, 지나가는 거지 아이의 옷 해진 틈틈이 서캐 이가 터진 방앗공이[78]에 보리알 끼듯 한 옷을 바꾸어 입혀서 땅에 발이 붙지 않도록 들어 내쫓는다.

그 지경 당하는 영창의 마음에는, 자기는 죽인대도 겁날 것 없으되, 무죄한 부모가 참혹히 죽는 것이 비할 데 없이 애통한 생각에,

"나도 압록강에나 가서 기어코 우리 부모 들어앉아 계신 뒤주라도 붙들고 죽으리라."

하고 구릉 언덕을 헤아리지 아니하고 엎드러지며 자빠지며 압록강을 향하고 가는데, 읍내서 압록강이 몇 리나 되던지 밤새도록 가다가 어느 곳에 다다르니 위도 하늘 같고 아래도 하늘 같은 물빛이 보이는데, 사면은 적적하고 넓고 넓은 만경창파(萬頃蒼波)에 총총한 별빛만 반짝반짝하며 오열한 여울 소리가 슬피 조상(弔喪)하는 듯할

---

78) 방앗공이 : 절구 확 속에 든 물건을 내리찧는 몽둥이.

뿐이요, 자기 부모는 어디로 떠나갔는지 알 수 없는지라, 하릴없이 언덕 위에 서서 창자가 끊어지는 듯이 울며 몇 번이나 강물로 떨어지려고 하다가 다시 생각하고,

"죽더라도 떠나가는 뒤주라도 보고 죽으리라."

하여 물결을 따라 한없이 내려간다.

며칠이나 가고 어디까지나 왔던지 한 곳에 이르러서는 발도 부르트고 다리도 아플 뿐 아니라 여러 날 굶어서 기운이 쇠진하여 정신 잃고 사장(沙場)에 넘어졌으니 그 동탕한[79] 얼굴이야 어디 갈 것 아니지마는, 그 넘어진 모양이 하릴없는 깍정이 송장이라. 강변 까마귀는 이리로 날며 '깍깍' 저리로 날며 '깍깍' 하고 개떼는 와서 여기도 '꿋꿋' 맡아보고 저기도 '꿋꿋' 맡아보나 이것저것 다 모르고 누웠더니, 누가 허리를 꾹꾹 찌르고 또 꾹꾹 찌르는 섬에 간신히 눈을 들어보니 어리와리하게 보이는 중에 키는 장승같고 옷은 시커멓고 코는 주먹덩이만 하고 눈은 여산(盧山) 칠십 리나 들어간 듯하여 도깨비 중에도 상도깨비 같은 사람이 옆에 서서 무슨 말을 하는데, 귀도 먹먹하지마는 말인지 어훈도 알 수 없고 말할 기운도 없거니와 대답할 줄도 모르고 눈만 멀거니 쳐다볼 뿐이라.

그 사람이 달려들어 일으켜 앉혀놓고 빨병을 내어 물을 먹이더니, 손목을 끌고 인가를 찾아가니 그곳은 신의주 나루터이요, 그 사람은 영국 문학 박사 스미트라 하는 사람인데, 자선가로 영국의 유명한

---

79) 동탕하다 : 얼굴이 토실토실하게 잘생김.

사람이라.

그 사람이 동양을 유람코자 하여 일본을 거쳐 조선으로 와서 부산·대구·경성·평양·의주를 다 구경하고 장차 청국 북경으로 가는 길에 이곳에서 영창이 넘어진 것을 보고, 얼굴이 비범한 아이가 그 모양으로 누웠는 것을 매우 측은히 여겨 즉시 끌고 신의주 개시장 일본 사람의 여관으로 들어가서 급히 약을 먹인다, 우유를 먹인다 하여 정신을 차린 후에 목욕을 시키고 새 옷을 사서 입히니, 그 준수(俊秀)한 용모가 관옥(冠玉) 같은 호남자이라. 곧 데리고 압록강을 건너가니 다 죽었던 영창이는 은인을 만나 목숨이 살아나매, 그때는 아무 생각 없고 다만,

'아무쪼록 생명을 보존하여 기회를 얻어 원수를 갚고 우리 부모의 사속(嗣續)[80]을 전하리라.'

하는 마음뿐이라.

그 사람과 말이나 통할 것 같으면 사실 이야기나 자세히 하고 서울 이 시종 집으로나 보내 달라고 간청해 볼 터이언마는, 말은 서로 알아듣지 못하고 하릴없이 그 사람이 끌고 가는 대로 따라 가는데, 서로 소 닭 보듯 하며 먹을 때 되면 먹고, 잘 때 되면 자고, 마차를 타고 막막한 광야로도 가고, 기차를 타고 화려 장대한 시가도 지나가고, 화륜선을 타고 망망한 바다를 돌아가서 가는지 모르고 가다가, 어느 곳에서 기차를 내리매 땅에는 철로가 빈틈없이 어디로 놓이고,

---

80) 사속 : 대(代)를 이음.

하늘에는 전선이 거미줄같이 얽혔으며, 넓고 넓은 길에 마차·자동차·자전거는 여기서도 쓰르르, 저기서도 뜰뜰하고, 십여 층 벽돌집은 좌우에 정연하며 각색 공장의 연기 굴뚝은 밀짚 들어서듯 총총하여 그 굉장한 풍물이 영창의 눈을 놀래니 그곳은 영국의 서울 '런던'이요, 스미트의 집이 곧 그곳이라.

스미트는 영창을 데리고 집으로 들어가서 세계에 없는 보화를 얻어온 듯이 귀히 여기니, 그 부인도 역시 자기 자식같이 사랑하며 날마다 말 가르치기로 일삼는데, 영창의 재주에 한 번 본 글자를 다시 잊지 아니하고 몇 날 못 되어 가정에서 날마다 쓰는 말은 능히 옮기매, 부인의 마음에 신통히 여기고 차차 지지(地誌)·산술·이과 등의 소학교 과정을 가르치기에 재미를 붙이고, 영창이도 스미트 내외에게 친부모같이 정답게 굴며 근심빛을 외면에 드러내지 아니하더라.

정임이는 영창이 소식을 모르고 근심이 가슴에 맺혀서 옷끈이 자연 늘어지는 터이언마는, 영창이는 부모가 그 지경된 것이 지극히 불쌍하여 백해(百骸)[81]가 녹는 듯이 슬픈 마음에 정임이 생각은 도시 잊었더니, 하루는 산술을 공부하는데 삼삼을 자승(33×33)하는 문제를 놓으며,

"삼삼구…… 삼삼구…… 또 삼삼구…… 삼삼구."

하다가 문득 한 생각이 나며,

'옳지! 정임이가 남문역에서 작별할 때에 편지나 자주 하라고 부

---

81) 백해 : 몸을 이룬 모든 뼈.

탁하며 통호수를 잊거든 삼삼구를 생각하라리라. 편지나 부쳐서 소식이나 서로 알고 있으리라.'

하고 초산서 봉변하던 말과 스미트를 따라 런던 와서 공부하고 있는 말로 즉시 편지를 써서 우편으로 보내고, 다시 생각하고 편지 또 한 장을 써서 시종원으로 부쳤더니, 사오 개월이 지난 후에 그 편지 두 장이 한꺼번에 돌아왔는데, 쪽지가 너덧 장 붙고 <영수인이 무하여 반환함>이라 썼으니 우편이 발달된 지금 같으면 성 안에 있는 이 시종 집을 어떻게 못 찾아 전하리오마는, 그때는 우체 발달이 유치(幼稚)한 전한국 통신원 시대라. 체전부(遞傳夫)가 그 편지를 가지고 교동 삼십삼통 구호를 찾아가매 불이 타서 빈 터뿐이요, 시종원으로 찾아가매 이 시종이 갈려버린 고로 전하지 못하고 도로 보낸 것이라.

편지를 두 곳으로 부치고 답장 오기를 고대하던 영창이는 어찌 된 사실을 몰라 마음에 더욱 불평히 지내는데, 차차 지각이 날수록 남의 나라의 문명 부강한 경황을 보고 내 나라의 야매(野昧) 조잔(凋殘)한[82] 이유를 생각하매 다른 근심은 다 어디로 가고 다만 학업에 힘쓸 생각 뿐이라. 즉시 학교에 입학하여 열심히 공부하니 그 과공이 일취월장하여 열여섯 살에 중학교 졸업하고, 열아홉 살에 문과대학 졸업하니 그 학문이 훌륭한 청년 문학가가 되었는지라.

스미트 내외도 지극히 기뻐할 뿐 아니라 영국 문부성 관리들이

---

82) 조잔하다 : 빼빼 말라서 쇠약함.

극구 칭송 아니하는 자가 없더니 문부성 학무 국장이 스미트를 방문하고 자기 딸을 영창에게 통혼하는지라. 영창이 생각에,

'아무리 정임이와 서로 생사를 알지 못하나 내가 정임이 거취를 자세히 알기 전에는 다른 배필을 구하지 아니하리라.'

하고 그제야 자기 사실과 정임의 관계를 낱낱이 스미트에게 이야기하고 학무 국장의 의혼을 거절하였는데, 그 해 유월에 스미트가 대일본 요꼬하마 주차 영사(領事)가 되어 일본으로 나오매 영창이도 스미트를 따라 요꼬하마에 와서 있더니, 어느 때는 도쿄로 구경갔다가 지루한 가을 장마에 구경도 못하고 적적한 여관에서 파초잎에 떨어지는 빗소리를 들으며 소설을 저술하는데, 고국 생각이 새로 간절한 중 정임이 소식을 하루바삐 알고자 하는 회포가 마음을 흔들어서,

'아마 정임이는 그 사이 시집을 갔을 걸.'

하고 생각하며 하늘가에 돌아가는 구름을 유연히 바라보더니, 헤어져 가는 구름 너머로 쑥 솟아오르는 한 조각달이 수정 같은 광휘를 두루 날리는지라. 곧 상야 공원에 가서 산보하다가, 불인지 연못가에서 마침 어떤 사람이 칼로 여학생 찌르는 것을 보고 잔인한 생각이 왈칵 나서 소리를 지르고 급히 쫓아가니 여학생의 목에 칼이 박혔는지라. 그 칼을 얼른 빼어 들고 생각하매,

'그 놈은 벌써 달아났으니 경찰서에 고발하기도 혐의쩍고, 그대로 가자 하니 이것이 사나이 일이 아니라.'

사기가 대단히 민망하여 어찌할 줄 모르고 한참 생각할 때에 행순하

던 순사에게 잡혀가니, 신문하는 마당에 무어라고 발명할 증거는 없으나 사실대로 말하니, 그 말은 아무 효력 없고 애매한 살인 미수범이 되어 즉시 재판소로 넘어가서 감옥서에 갇혀 있더라.

정임과 영창의 만남

이때 정임이가 호출장을 가지고 재판소로 들어가니, 검사가 그날 저녁에 당했던 사실을 자세히 조사하더니 어떤 죄인을 대면시키고,

"저 사람이 공원에서 칼로 찌르던 사람 아니냐?"

하고 묻는데 정임이는 그 사람의 얼굴을 자세히 보고 병원에서 신문 보던 일을 생각하니 얼굴 전형도 흡사한 영창이 어렸을 때 모습이요, 눈·귀·콧날도 모두 영창이라. 은근히 반가운 마음이 염통 밑을 쑤시나, 한편으로 그 사람이 정녕 영창인지 아닌지 의심도 없지 아니할 뿐 아니라 경솔히 반색할 일도 못 되고 또 관청에서 사사로운 말도 할 수 없는 터이라 검사의 말대답할 겨를도 없이 그 죄인을 물끄러미 보다가 한참만에 대답을 한다.

"저이는 그 사람이 아니올시다. 그러나 저 사람에게 한 마디 물어 볼 말씀이 있사오니 잠깐 허가하심을 바랍니다."

"무슨 말을?"

"이 사건에 대한 일은 아니오나 사사로이 물어 볼 만한 일이 있습니다."

"무슨 말인지 잠깐 물어 보아."

정임이는 검사의 허락을 얻어 가지고 그 죄인을 대하여 조선말로 묻는다.

"당신은 어찌 된 사유로 이곳에 오셨소?"

"다른 까닭이 아니라 공원 구경 갔다가 어떤 놈이 젊은 부인을 모해코자 함을 보고 마음에 대단히 송연(悚然)[83]하여 급히 쫓아갔더니 그 놈은 달아나고 내가 발명할 수 없이 잡혀 왔습니다. 그 부인이 아마 당신이신게요그려. 그때는 매우 위험하더니 천만에 저만하신 것이 대단히 감축합니다."

"그러하시오니까. 나는 그때 정신을 잃고 아무것도 몰랐습니다그려. 위태함을 무릅쓰고 이만 사람을 구하여 주시니 대단히 고맙습니다마는, 애매히 여러 날 고생을 하여 계시니 가엾은 말씀을 어찌 다 하오리까. 그러나 존함은 누구신지요?"

"이 사람은 김영창이올시다."

"여러 번 묻기는 너무 불안합니다만, 내게 은인이 되시는 터에 자세히 알아야 하겠습니다. 황송한 말씀으로 춘부장은 누구시오니까?"

"은인이라 하심은 천만의 말씀이올시다. 우리 선친은 ○○올시다."

"그러면 관직은 무슨 벼슬을 지내셨습니까?"

"비서승 지내시고 초산 군수로 돌아가셨습니다."

하면서 눈살을 찡그리는데 정임이는 그 말 들으매 다시 물을 것 없

---

83) 송연 : 두려워서 오싹한 느낌.

이 뇌수에 맺혀 있는 그 영창이라. 죽은 줄 알던 영창이를 뜻밖에 만나니 정신이 아득아득하며 기쁜 마음이 진하여 슬픈 생각이 생겨서 아무 말 못하고 눈물이 비 오듯 하는데, 영창이는 감옥서에 갇혀서 발명하기를 근심하다가 여학생 대면시키는 것이 대단히 상쾌하여 이제는 발명되겠다고 생각하더니, 그 여학생이 일본말로 검사와 수작하매 무슨 말인지 몰라 궁금하던 차에, 여학생이 조선말로 자세히 묻는 것이 하도 이상하여 그 얼굴을 살펴보니, 남문역에서 한 번 이별한 후로 십 년을 못 보던 정임의 용모가 여전하나 역시 의아하여 다른 말은 할 수 없고 다만 묻는 말만 대답하더니, 마침내 낙루(落淚)하는 것을 보매 의심이 더욱 나서 한번 물어 본다.

"여보시오, 자세히 물으시기는 웬일이며, 또 낙루하시기는 어찌한 곡절이오니까?"

"나를 생각지 못하시오. 나는 이 시종의 딸 정임이오."

하며 흑흑 느끼는 철석 같은 장부의 창자도 이 경우를 당하여서는 어찌할 수 없이 눈물을 보내 수건을 적시더라. 신문하던 검사는 어찌 된 까닭을 모르고 정임을 불러 묻는지라. 정임이가 영창이와 같이 자라던 일로부터 부모가 혼인 정하던 말과, 초산 민요 후에 서로 생사를 모르던 말과, 도쿄 와서 유학하는 원인과 오늘 의외로 만난 말을 낱낱이 이야기하니 검사가 그 말을 들으매, 김영창은 백 배 애매할 뿐 아니라 그 사실이 매우 신기한지라. 검사도 정임의 절개를 무한히 칭찬하며 내어보내고, 강 소년을 잡으려고 각 경찰서로 전화도 하고 조선 유학생도 일변 조사하니, 각 신문에 '불행 위행'이라 제목하고 정임의 사실의 수미(首尾)[84]를 게재하여 극히 찬양하였으매 도쿄에 있는 조선 유학생이 그 사실을 모를 사람이 없더라.

정임이와 영창이가 재판소에서 나와서 같이 여관으로 돌아와 마주 앉으니 몽몽한 꿈속에 보는 것도 같고, 죽어 혼백이 만난 듯도 하여 그 마음을 이루 측량할 수 없는지라.

서로 울기도 하고 웃기도 하며 그 사이 풍파 겪고 고생하던 이야기를 작약(雀躍)[85]히 하다가 요꼬하마 영국 영사관으로 내려가서 정임이는 스미트를 보고 영창이 구제함을 감사히 치하하고, 영창이는 공교히 정임이 만난 말을 하여 본국으로 나가서 혼례 지낼 이야기를 하니, 스미트도 대단히 신기히 여기고 혼례 준비금 삼천 원을 주는지라. 정임이는 곧 장문의 전보를 본가로 보내고 영창이와 한가지 발정(發程)[86]하여 서울 남대문 정거장을 가까이 오니, 한강은 용용(溶溶)하고 남산은 의의(依依)하여 의구한 고국 산천이 환영하는 뜻을 머금었더라.

정임의 부모

정임이 도쿄로 가던 그 이튿날 아침에 이 시종 집에서는 혼인 잔

---

84) 수미 : 사물의 머리와 꼬리. 처음과 끝.
85) 작약 : 좋아서 날뛰어 기뻐함.
86) 발정 : 길을 떠남. 출발.

치 차리느라고 온 집안이 물 끓듯 하며 봉채 시루를 찐다, 신랑 마중을 보낸다 법석을 하는데, 신부는 방문을 척척 닫고 일고삼장(日高三丈)[87]하도록 일어나지 아니하매 이 시종 부인이 심히 이상히 여기고,

"이애 정임아, 오늘 같은 날 무슨 잠을 이리 늦게 자느냐. 어서 일어나서 머리도 빗고 세수도 하여라. 벌써 수모(手母)[88]가 왔다." 하며 방문을 열어 보니 정임이는 간 곳 없고 웬 편지 한 장이 자리 위에 펴 있는데,

<편지

불효의 딸 정임은 부모를 떠나 멀리 가는 길을 임하여 죽기를 무릅쓰고 두어 마디 황송한 말씀을 아버님께 어머님께 올리나이다. 대저 사람이 세상에 처하여 윤강(倫綱)을 지키지 못하면 가히 사람이 랄것 없이 금수와 다르지 아니함은 정한 일이 아니오니까. 그러하온데 부모께옵서 기왕 이 몸을 영창이에게 허혼(許婚)하였사오니 비록 성례(成禮)는 아니하였을지라도 영창의 집 사람이 아니라고 할 수 없는 터이라 어찌 영창이 있고 없는 것을 헤아리오리까. 지금 사세(事勢)로 말씀하오면 위에 늙은 부모가 계시고 아래에 사나이 동생이 없으매 그 정형(情形)이 대단히 절박하오니 그 사정을 알지 못하는 바는 아니오나, 지금 만일 부모의 두 번 명령하심을 복종하와 다른 곳으로 또 시집가오면 이는 부모로 하여금 그른 곳에 빠지

---

87) 일고삼장 : 아침 해가 높이 떴음.
88) 수모 : 구식 결혼 때, 신부의 단장 및 그 밖의 일을 곁에서 거들어 주는 여자.

게 하여 오륜(五倫)의 첫째를 위반함이요, 이 몸으로서 절개를 잃어
삼강(三綱)의 으뜸을 문란케 함이오니, 정임이가 비록 같지 못한 계
집아이오나 어찌 조그마한 사정을 의지하여 윤강을 어기고 금수에
가까운 일을 차마 행하오리까. 그러하므로 죽사와도 내일 일은 감
히 이행치 못하옵고 곧 만리붕정(萬里鵬程)[89]의 먼 길을 향하오니, 부
모의 슬하를 떠나 걱정을 시키는 일은 실로 불효막심하오나 백 번
생각하고 마지못하여 행하옵나이다. 그러하오나 멸학매식(滅學昧識)
한 천질(賤質)로 해외에 놀아 문명 공기를 마시고 좋은 학문을 배워
돌아오면 이 어찌 영화(榮華)가 되지 아니하오리까. 머지 아니하여
돌아오겠사오니 과도히 근심 마옵시기를 천만 바라오며, 급히 두어
자로 갖추지 못하오니 아버님 어머님은 만수무강하옵소서.>

"이거 변괴요그려. 요런 방정맞은 년 보아."
"왜그려, 이게 무엇이야…… 응?"
하고 그 편지를 받아 보는데 부인의 마음에는 그 딸이 죽어서 나간
듯이 서운 섭섭하여 비죽비죽 울며 목멘 소리로,
"고 년이 평일에 도쿄 유학을 원하더니 아마 일본을 갔나 보오.
고 년이 자식이 아니라 애물이야. 고 어린 년 어디 가서 고생인들
오죽할라구. 고 년이 요런 생각을 둔 줄 알았다면 아이 년으로 늙어
죽더라도 고만두었지. 그러나 저러나 아무 데를 가더라도 죽지나 말
았으면."

---

89) 만리붕정 : 멀고도 큰 앞길.

하며 무당 넋두리하듯 하는데 이 시종이 그 편지를 다 보더니,

"여보, 요란스럽소. 떠들지 마오."

하고 전보지를 내어 정임을 압류하여 달라고 부산 경찰서로 보내는 전보를 써 가지고 전보 부칠 돈을 꺼내려고 철궤를 열어 보니, 귀 떨어진 엽전 한 푼 아니 남기고 죄다 닥닥 긁어 내었는지라. 하릴없이 제일은행 소절수(小切手)⁹⁰)에 도장을 찍어 지갑에 넣더니,

"여보 마누라, 나는 전보 부치고 바로 부산까지 다녀올 터이니 집안 일은 마누라가 휘갑⁹¹)을 잘하오."

하고 나갔는데, 부인은 정신없이 허둥지둥할 사이에 잔치 손님이 꾸역꾸역 모여들고, 마침 중매아비 정임의 외삼촌이 오는지라, 부인이 그 동생을 붙들고 정임이 이야기를 한창 하는 판에 새신랑이 사모관대하고 안부(雁夫)⁹²)를 말머리에 앞세우고 우적우적 달려드니, 부인 남매는 신부가 밤 사이에 도망하였다는 말을 어찌하며, 또 갑자기 죽었다고 핑계도 할 수 없는 터이라 어찌할 줄 모르고 창황망조(蒼黃罔措)⁹³)하다가 동이 닿지도⁹⁴) 않는 말로 신부가 지나간 밤에 급히 병이 나서 병원에 가 있다고 우선 말하니 그 눈치야 누가 모르리오. 안손, 바깥손, 내 하인, 남의 하인할 것 없이 모두 이 구석에도 몰려서 수군수군 저 구석에도 몰려서 수군수군하는데, 신부 없는 혼인을

---

90) 소절수 : '수표(手票)'의 구칭.
91) 휘갑 : 너더분한 일을 잘 마무름.
92) 안부 : 전안할 때 기러기를 들고 신랑 앞에 서서 가는 사람.
93) 창황망조 : 다급하여 어찌할 바를 모름.
94) 동이 닿다 : 앞뒤의 조리가 맞음.

어찌 지낼 수 있으리오.

　닭 쫓던 개는 지붕이나 쳐다보지마는 장가들러 왔던 신랑은 신부를 잃고 뒤통수치고 돌아서고, 정임의 외삼촌은 즉시 신랑의 부친 박과장을 가서 보고 정임의 써 놓고 간 편지를 내어 보이며, 사실의 수미를 자세히 이야기하고 무수히 사과하였으니, 그 창피한 모양은 이루 말할 수 없으며, 이 시종은 그 길로 즉시 부산을 내려가서 연락선 타는 선창목을 지키나, 그때 색주가 서방에게 잡혀가 갇혀 있는 정임이를 어찌 그림자나 구경할 수 있으리오. 하릴없이 그 이튿날 도로 올라오는 길에 경찰서에 가서 간권(懇勸)히 다시 부탁하고 왔으나 정임이는 일본 옷 입고 일본 사람 틈에 끼어 갔으매 경찰서에서도 알지 못하고 놓쳐 보낸 것이더라.

　이 시종 내외는 생세지락(生世之樂)95)을 그 외딸 정임에게만 붙이고 늙어가는 터이라 응석도 재미로 받고, 독살도 귀엽게 보여, 근심이 있다가도 정임이 얼굴만 보면 없어지고, 화증이 나다가도 정임이 말만 들으면 풀어지며, 어디를 갔다 오다가도 대문께에서 정임이부터 찾으며 들어오는 터이더니, 정임이가 흔적 없이 한 번 간 후로 정임의 거동은 눈에 암암하고, 정임의 목소리는 귀에 쟁쟁하여 정임이 생각에 곤한 잠이 번쩍번쩍 깨어 미칠 것같이 지내는데, 어느 날 아침에는 하인이 어떤 편지 한 장을 가지고 들어오며 '경성 북부 자하동 108-10 이 시종 ○○귀하'라 쓰고, 후면에는 '됴쿄 시 하곡구 기

---

95) 생세지락 : 세상에 태어나서 살아가는 재미.

판정 11번지 상야관 이정임'이라 하였는지라, 이 시종이 받아 보매 눈에 번쩍 띄어,

"마누라 마누라, 정임이 편지가 왔소그려."

"아에그, 고 년이 어디 가서 있단 말씀이오."

하며 반가운 마음을 이기지 못하여 비죽비죽 우는데 이 시종이 그 편지를 떼어 보니,

<편지

미거(未擧)[96]한 여식이 오괴(迂怪)한 마음으로 불효됨을 생각지 못하옵고, 홀연히 한번 집 떠난 후에 성사(盛事)를 오래 궐(闕)하오니[97] 지극히 황송하옵고 또한 문후(問候)[98]할 길이 없사와 민울(悶鬱)[99]한 마음이 측량없사오며 그 사이 추풍은 불어 다하고 쌓인 눈이 심히 춤사온데 기체후(氣體候) 일향만안(一向萬安)[100] 하옵시고, 어머니께옵서도 안녕하시오니까. 복모구구(伏慕區區)[101] 불리옵지 못하오며, 여식은 그때 곧 도쿄로 와서 공부하고 잘 있사오나, 아버님 어머님 뵈옵고 싶은 마음과 부모님께옵서 이 불효 자식을 과히 근심하실 생각에 잠이 달지 아니하며, 먹어도 맛을 알지 못하고 항상 민망히 지내옵나이다.

---

96) 미거 : 철이 아직 나지 않아 아둔함.
97) 궐하다 : 해야 할 일을 하지 않음.
98) 문후 : 윗사람의 안부를 묻는 것.
99) 민울 : 민망스러운 걱정으로 가슴이 답답함.
100) 일향만안 : 한결같이 아주 평안함.
101) 복모구구 : '삼가 사모하는 마음 그지없습니다'의 뜻.

그러하오니 집에 있을 때에 지어 주는 옷이나 입고 다 해놓은 밥이나 먹으며 사나이가 눈에 띄면 큰 변으로 알아 대문 밖을 구경 치 못하옵다가, 이곳에 와서 처음으로 문명국의 성황을 관찰하오매 시가의 화려함은 좁은 안목에 모두 장관이옵고, 풍속의 우미(優美)함 은 어둔 지식에 배울 것이 많사와 날마다 풍속 시찰하기에 착심(着 心)102)하고 있사오니, 본국 여자는 모두 집안에 침복(沈服)하여 능히 사람된 직책을 이행치 못하고 그 영향이 국가에까지 미치게 함이 마음에 극히 한심하옵기, 속히 학교에 입학하여 신학문을 많이 공 부하여 가지고 귀국하와 일반 여자계를 개량코자 하옵니다. 이 자 식은 자식으로 생각지 마옵시고 너무 걱정 마시기를 천만 바라오 며, 내내 기운 안녕하옵시기 엎드려 비옵고 더할 말씀 없사와 이만 아뢰옵나이다.

년 월 일 여식 정임 상서>

그 편지를 내외분이 돌려가며 보다가,

"아이고 고 년이야, 어린 년이 도쿄를 어찌 갔나. 고 년, 조그만 년이 맹랑도 하지. 영감은 그때 부산서 무엇을 보고 오셨소. 경관도 변변치 못하지…… 그러고 저러고 아무 데든지 잘 가 있다는 소식을 알았으니 시원하오마는, 우리가 늙어 오늘 죽을지 내일 죽을지 모르 는 처지에 그 딸자식 하나를 오래 그리고는 못살겠소. 그렇게 할 것 없이 영감이 가서 데리고 오시오. 시집만 보내지 아니하면 고만이지

---

102) 착심 : 어떤 일에 마음을 붙임.

요. 제가 마다고 아니 가는 시집을 부모인들 어찌하겠소."

"그렇지마는 사유가 이렇게 된 이상에 그것을 데려오면 어떻게 한단 말이오. 점점 모양만 더 창피하니 나중에 어찌하던지 저 하는 대로 내버려두고 왁자히 소문 내지 마시오."

부인은 단지 그 딸을 간 곳도 모르고 그리던 끝에 보고 싶은 생각이 더욱 바빠서 한 말인데, 그 남편의 대답이 이렇게 나가매 조조(躁躁)[103]한 마음을 참고 있으나, 원래 부인의 성정이라 딸 보고 싶은 생각만 나면 그만 데려오라고 은근히 그 남편을 조르는 터이지마는, 이 시종은 그렇지 아니한 이유를 그 부인에게 간곡히 설명하고 다달이 학자금 오십 원씩 보내주며, 언제든지 제 마음 내키는 대로 돌아오기만 기다리고 두 내외가 비둘기같이 의지하여 한 해 두 해 지내는데, 늙어갈수록 정임의 생각이 간절하여 몸이 좀 아프기만 하면 마음이 더욱 처연한 터이라.

정임과 영창의 결혼

하루는 부인이 몸이 곤하여 안석에 의지하였는데 홀연히 마음이 좋지 못하여,

'몸이 이렇게 은근히 아프니 아마 정임이를 다시 못 보고 황천(黃

---

103) 조조 : 몹시 조급함.

泉)에 가려나 보다.'

하며 생각하고 누웠더니 서창으로 솔솔 불어오는 맑은 바람에 낮잠이 혼곤히 오는데, 전에 살던 교동 집에서 옥동 박 신랑과 정임이 혼인을 지낸다고 수선하는 중에 난데없는 영창이가 칼을 들고 별안간 달려들며 내 계집을 또 시집 보내는 놈이 누구냐고 소리를 벽력같이 지르고 이 시종을 칼로 찍으니 이 시종이 마루에 넘어져서 발을 버둥버둥하며,

"어······ 어······."

하는 소리에 잠을 번쩍 깨니, 대문간에서 어떤 사람이 문을 두드리며,

"전보 들여가오, 전보 들여가오."

하는 소리가 귀에 그렇게 들리는지라.

그때 하인은 다 어디로 갔던지 부인이 급히 나가 전보를 받아 보니 정임에게서 온 전보이라. 꿈 생각하고 정임이 전보를 받으매 가슴이 선뜩하여 급히 떼어 보니 전보지는 대여섯 장 겹치고 전문은 모두 꾸불꾸불한 일본 국문이라. 볼 줄은 알지 못하고 갑갑하고 궁금하여,

"이게 무슨 말인고, 이 사이 꿈자리가 어지럽더니 근심스러운 일이 또 생겼나 보다. 제가 나올 때도 되었지마는 나온다는 말 같으면 이렇게 길지 아니할 터인데, 아마 병이 들어 죽게 되었다는 말이겠지."

하며 중얼중얼 하는 때에 이 시종이 들어오는지라.

부인이 전보를 내어놓으며 꿈 이야기를 하는데 이 시종도 역시 소경단청[104]이라, 서로 답답한 말만 하다가 일본 어학하는 사람에게 번역해다가 보니 다른 말 아니요, 상야 공원에서 봉변하던 말과 의외에 영창이 만난 말과 영창이와 방금 발정하여 어느 날 몇 시에 서울 도착한다는 말이라. 일변 놀랍기도 하고 일변 반갑기도 하여, 이 시종은 감투를 둘러쓰고 돌아다니며 작은사랑을 수리해라, 건넌방에 도배를 해라 분주히 날치고, 부인은 안방으로 들어갔다 마루로 나섰다, 정신없이 수선하며 내외가 밥 먹을 줄도 모르고 잠잘 줄도 모르고, 칙사(勅使)[105]나 오는 듯이 야단을 치더니 정임이 입성한다는 날이 되매 남대문역으로 정임이 마중을 나가는데 정임이 타고 오는 기차가 도착하니, 그때 정거장 한 모퉁이에는 서로 붙들고 눈물 흘리는 빛이더라.

정임이는 좋은 학문도 많이 배우고 가슴에 못이 되던 영창이를 만나서 다섯 해 만에 집에 돌아와 그 부모를 뵈니 이같이 기쁜 일은 다시없이 여기고 왕사(往事)[106]는 다 잊어버린 터이지마는 이 시종은 좋은 마음이야 오죽할 것이나, 정임이를 박과장 집으로 시집보내려고 하던 생각을 하매 정임이 볼 낯도 없을 뿐더러, 더구나 영창이 보기가 면난(面赧)[107]하여 좋은 마음은 속에 품어 두고 정임이나 영

---

104) 소경단청 : 소경이 단청을 구경함. 즉 내용의 분별도 못하여 사물을 봄.
105) 칙사 : 임금의 명령을 전달하는 특사.
106) 왕사 : 지나간 일.
107) 면난 : 남을 대할 때에 부끄러워 얼굴이 붉어짐.

창이를 대할 적마다 부끄러운 기색이 표면에 나타나더니, 그 일은 이왕 지나간 일이라 그런 생각은 다 접어놓고 일변 택일을 하고 일변 잔치를 차리며, 일변은 친척고우에게 청첩을 보내서 신혼 예식을 거행하였는데, 예식을 습관으로 할 것 같으면 전안(奠雁)도 하고 초례도 하겠지마는 이 시종도 신식을 좋아하거니와 신랑 신부가 모두 신공기 쏘인 사람이라, 구습은 일변 폐지하고 신식을 모방하여 신혼식을 거행한다. 신랑은 문관 대례복에, 신부는 부인 예복을 입고 청결한 예식장에 단정히 마주 선 후에 신부의 부친 이 시종 매개로 악수례를 행하니, 그 많이 모인 잔치 손님들은 이런 혼인을 처음 보는 터이라, 혹 입을 막고 웃는 사람도 있고, 혹 돌아서서 흉보는 사람도 있으며 그 중에도 습관을 개혁코자 하는 사람은 무수히 찬성하는데, 한편 부인석에서 나이 한 사십 된 부인이 나서더니,

"이 사람이 아무 지식이 없사오나 오늘 혼례에 대하여 할 줄 모르는 말 서너 마디 할 터이오니 여러분은 용서하십시오."
하고 연설을 시작한다.

　＜연설
　대저 신혼 예식이라 하는 것은 한 남자와 한 여자가 비로소 부부가 된다고 처음으로 맹약하는 예식이 아니오니까. 그런 고로 그 예식이 대단히 소중한 예식이올시다. 어째 소중하냐 하면 한번 이 예식을 지낸 후에는 백 년의 고락을 같이하며 만대의 혈속을 전할 뿐 아니요, 남편 되는 사람은 또 장가들지 못하고 더군다나 아내 되는

사람은 다른 남자를 공경하는 일이 절대적 없는 법이니, 이렇게 소중한 혼례식이 어디 또 있습니까. 그러하나 그 내용상으로 말하면 이같이 중대하지마는 그 표면적으로 말하면 한 형식에 지나지 못하는 일이라고 하겠습니다. 왜 그러하냐 하면 이 예식을 지내고라도 남편이 아내를 버린다든지, 아내가 행실이 부정할 것 같으면 소위 예식이라 하는 것은 한 희롱이 되고 말 것이요, 만일 예식은 아니 지내고라도 부부가 되어 혼례식 지낸 사람보다 의리를 잘 지키면 오히려 예식 지내고 시종이 여일치 못하니보다 낫지 아니하겠습니까.

그러하니 그 의리라 하는 것은 이왕 말씀한 바와 같이 남편은 또 장가들지 못하고, 아내는 다른 남자를 공경치 못하는 것이올시다. 그러나 그 중에 아내 되는 사람의 책임이 더욱 중하니 서양 풍속 같으면 남녀가 동등 권리를 보유하여 남편이나 아내나 일반이지마는, 원래 동양 습관에는 남편은 어떠한 외입을 하든지 유처취처(有妻聚妻)[108]하여 몇 번 장가를 들어도 아무 관계없으나, 여자가 만일 한 번 실절(失節)하면 세상에 다시 용납치 못할 사람이 되니, 남녀가 동등하지 못하고 남편의 자유를 묵허(黙許)[109]함은 실로 불미(不美)한 풍속이지마는, 그는 여자가 권리를 스스로 잃는 것이라 말할 필요가 없거니와, 아내가 절개를 지키는 것은 원리적으로 여자의 직분이 아니오니까.

그러하지마는 음분난행(淫奔亂行)은 여자에게서 먼저 생기는 고로

---

108) 유처취처 : 아내 있는 사람이 또 아내를 얻음.
109) 묵허 : 잠자코 슬그머니 허락함. 묵인.

옛적 성인도 '열녀는 불경이부(不更二夫)'라 하여 여자를 더욱 경계하셨으니 남의 아내 된 사람의 책임이 얼마나 더 중합니까. 그러하나 그 의리와 직책을 잘 지키기 장히 어려운 고로 열녀가 나면 그 영명(榮名)을 천고에 칭송하는 바이 아니오니까.

그러한데 오늘 신혼식 지낸 신부 이정임이는 가히 열녀의 반열(班列) 참례하겠다 합니다. 그 이유를 말하고자 하면, 정임이 강보(襁褓)에 있을 때에 그 부모가 김영창 씨와 혼인을 정하여 서로 내외 될 사람으로 인정하고 같이 자라났으니, 그 관계로 말하든지 그 정리로 말하든지 그 형식에 지나지 못하는 혼례식 아니 지냈다고 어찌 부부의 의리가 없다 하리까. 그러나 중도에 영창 씨의 종적을 알지 못하니 만일 열녀가 아니면 다른 곳으로 시집갔으련마는 그 의리를 지키고 결코 김영창 씨를 저버리지 아니하여 천곤백난(千困百難)[110]을 지내고 기어코 김영창 씨를 다시 만나 오늘 예식을 거행하니 그 숙덕(淑德)[111]이 가히 열녀가 되겠습니까, 못 되겠습니까? 여러분 생각하여 보시오.(내빈이 모두 박수한다)

또 신혼 예식 절차로 말씀하면 상고 시대에 나무 열매 먹고 풀로 옷 지어 입을 때에야 어찌 혼인이니 예식이니 하는 여부가 어디 있으리까. 생생지리(生生之理)는 자연한 이치인 고로 금수와 같이 남녀가 난잡히 상교하매 저간에 무한한 경쟁이 있더니, 사람의 지혜가 조금 발달되어 비로소 검은 말가죽으로 폐백하고 일부일부(一夫一婦)가 작배(作配)함으로부터 차차 혼례라 하는 것이 발명되었는데, 그

---

110) 천곤백난 : 온갖 고난.
111) 숙덕 : 정숙하고 단아한 여성의 미덕.

예식은 고금이 다르고 나라마다 다를 뿐 아니라, 아까 말씀한 것과 같이 한 형식에 지나지 못하는 것이올시다. 그러하니 그 형식에 지나지 못하는 예식의 절차는 아무쪼록 간단하고 편리한 것을 취하는 것이 좋지 아니하겠습니까.

그러한데 조선 풍속에는 혼인을 지내려면 그날 신랑은 호강하지마는 신부는 큰 고생하는 날이올시다. 얼굴에는 회박을 씌워서 연지 곤지를 찍고 눈은 왜밀로 철걱 붙여 소경을 만들어 앉히고 엉덩이가 저려도 종일 꼼짝 못하게 하니 혼인하는 날같이 좋은 날 그게 무슨 못할 일이오니까. 여기 계신 여러 부인도 아마 그런 경우 한 번씩은 다 당해 보셨겠습니다마는 그렇게 괴악한 습관이 어디 있습니까.

이 중에 혹 '저것도 예식이라고 하나?' 하는 분도 계실 듯하지마는 그렇지 않습니다. 좋지 못한 구습을 먼저 개혁하는 사람이 없으면 어떠한 일이든지 도저히 개량하여 볼 날이 없습니다. 오늘 지낸 예식이 가히 조선에 모범이 될 만하오니 여러분도 자녀간 혼인을 지내시거든 오늘 예식을 모방하십시오. 나는 정임의 외삼촌 숙모가 되는 사람이나 조금도 사정(私情) 둔 말씀이 아니오니 여러분은 깊이 헤아리시기를 바라오며, 변변치 못한 말씀을 오래 하오면 들으시기에 너무 지리하고 괴로우실 듯하와 고만두겠습니다.>

연설을 마치매 남녀간 손님이 모두 박수 갈채하고 헤어져 가는데, 그날 밤 동방화촉에 원앙금침을 정답게 펴놓으니 만실춘풍(滿室春風)에 화기가 융융(融融)하고 이 시종은 희색이 만면하여 사랑에서 친구와 술 먹으며 그 딸의 사실 일장을 이야기하더라.

잡힌 강 소년

상야 공원에서 정임을 칼로 찌르던 강 소년은 대구 부자의 아들인
데, 열네 살에 그 부친이 죽으매 열다섯 살부터 외입에 반하여 경향
(京鄕)[112]으로 다니며 양첩도 장가들고 기생도 떼어 팔선녀를 꾸며서
여기저기 큰 집을 다 각각 배체하고 화려한 문방구나 잡화상을 벌이
며, 각종의 음악기는 연극장을 설립하여 놓고, 이 집 저 집 돌아다니
며 무궁한 행락을 하다가 못하여 그것도 오히려 부족히 여기고, 주
사청루(酒肆靑樓)[113]는 거르는 날이 없으며, 산사강정(山寺江亭)[114]에
아니 노는 곳이 없이 그 방탕함에 끝이 없으매, 저의 집 십만여 원
재산이 몇 해 아니 가서 다 없어지고 끝내는 토지 가옥까지 모두
강제 집행을 당하니 그 많던 계집들도 물 흐르고 구름 가듯 하나둘
씩 뿔뿔이 다 달아나고 제 몸 하나만 홀연히 남았다.
대저 음탕무도(淫蕩無道)하던 놈이 이 지경이 되면 개과천선할 줄
은 모르고 도적질할 생각이 생기는 것은 하등 인류의 자연한 이치
라. 그 소년도 제 신세 결딴나고 제 집 망한 것은 조금도 후회 없고,

---

112) 경향 : 서울과 시골.
113) 주사청루 : 술집·기생집 등의 통칭.
114) 산사강정 : 산 속에 있는 절과 강가에 있는 정자.

단지 흔히 쓰던 돈 못 쓰고 잘하던 외입 못 하는 것이 지극히 민망하여 곧 육촌의 전답문권(田畓文券)을 위조하여 만 원에 팔아 가지고 또 한참 흥청거리다가, 그 일이 발각되어 육촌이 정장(呈狀)[115]하였으므로 관가에서 잡으려고 하매 즉시 도쿄로 달아나, 산본이라 하는 노파 집에 주인을 잡고 있는데 아무 소관사(所關事) 없이 오래 두류하는 것을 모두 이상히 여길 뿐 아니요, 경찰서 조사에 대답하기가 곤란하여 유학생인 체하고 어느 학교에 입학하였다.

조금만 생각 있는 놈 같으면 별 풍상 다 겪고 내 재물 그만치 없앴으니 도쿄같이 좋은 곳에 와서 남의 경황을 구경하였으면 제 마음도 좀 회개할 듯하건마는, 개 꼬리를 땅에 삼 년 묻어 두어도 황모(黃毛)[116]가 되지 아니한다고, 학교에 입학은 하였으나 공부에는 정신없고 길원 같은 화류장(花柳場)에나 종사하며 얼굴 반반한 여학생이나 쫓아다니는 터인데, 정임이 학교에 가는 길이 강 소년 학교에 오는 길이라, 정임이는 몰랐으나 강 소년은 정임이를 다니는 학교에 갈 적 만나고 올 적 만나매 음흉한 욕심이 가슴에 탱중하여, 정임이 다니는 학교에까지 따라가 보기도 하고 정임이 있는 여관 앞까지 쫓아와 보기도 하였으나, 정임이가 대문 안으로 쑥 들어가기만 하면 한 겹 대문 안이 태평양을 격한 것같이 적막하고 다시 소식 없어 마음에 점점 감질만 나게 되매 항상,

---

115) 정장 : 소장(訴狀)을 관청에 냄.
116) 황모 : 족제비의 꼬리 털.

'그 여학생을 어찌하면 한 번 만나 볼꼬.'

하고 생각하더니 어떻게 알아보았던지 그 여학생이 조선 사람인 줄도 알고 이름이 이정임인 줄도 알았으나 어떻게 놀려 낼 수단이 없어 주인의 딸 산본 영자를 시켜 여학생 일요 강습회를 조직하고, 이정임을 유인하여 회장을 만들어 놓고, 자기는 재무 촉탁이 되어 정임이와 관계나 가까이 되고 면분이나 두터워지거든 어떻게 꾀어볼까 한 일인데 사맥(事脈)은 여의히 되었으나 정임의 정숙한 태도에 압기(壓氣)가 되어 말도 못 붙여 보고 또 산본 노파를 소개하여 정당히 통혼도 하여 보다가 그 역시 실패하매 이를 것 없이 분히 여기던 차에, 공교히 호젓한 불인지가에서 만나 달빛에 비치는 자색을 다시 보매 불같은 욕심이 바짝 나서 어찌 되었든지 한 번 쏘아보리라 하다가 종내 그렇게 행패하고, 그 길로 도망하여 조선으로 나왔으나 죄진 일이 한두 가지 아니매 집으로는 가지 못하고 바로 서울 와서 변성명(變姓名)하고 돌아다니더니, 하루는 북장동 네거리에서 도쿄 있을 때에 짝패가 되어 계집의 집에 같이 다니던 유학생 친구를 만나니, 그야말로 유유상종(類類相從)이라고 그 친구도 역시 강 소년과 한바리에 실을 사람이라.

장비(張飛)[117]는 만나면 싸움이라더니 이 두 사람이 서로 만나면 아무것도 할 일 없고, 요리가 아니면 계집의 집으로 가는 일밖에 없는 터이라. 이때에 또 만나서,

---

117) 장비 : 중국 삼국 시대 촉나라의 맹장.

"이애, 오래간만에 만났으니 술이나 한 잔씩 먹자."

"무슨 맛에 술만 먹는단 말이냐. 술을 먹으랴거든 은군자(隱君子)[118] 집으로 가자."

하며 두서너 마디 수작되더니 아늑하고 조용한 곳으로 찾아가느라 가는 것이 잣골 이 시종 집 옆에 있는 진주집이라 하는 밀매음녀 집에 가서 술을 먹는데, 그 친구는 도쿄서 <불행 위행>이란 신문 잡보도 보고 경찰서에서 유학생 조사하는 통에 강 소년이 그런 짓하고 도망한 줄 알고 조선을 나왔으나, 강 소년을 만나매 남의 단처(短處)[119]를 아는 체할 필요가 없어 그 일 아는 생색도 아니하고 계집을 데리고 술 먹으며 정답고 재미있게 밤이 깊도록 노는 터이러니, 원래 탕자 잡류의 경박한 행동은 정다운 친구 술 먹으러 가재 놓고도 수틀리면 때리고 욕하기는 항용 있는 일이라. 두 사람이 술이 잔뜩 취하여 횡설수설 주정을 하던 끝에 주인 계집 까닭으로 시비가 되어 옥신각신 다투다가 술상도 치고 세간도 부수더니, 점점 커져 큰 싸움이 되며 뺨도 때리고 옷도 찢으며 일장풍파(一場風波)가 일어나서 내가 옳으니 네가 옳으니, 재판을 가자 호소[120]를 가자 하며 멱살을 서로 잡고 이 시종 집 대문 앞에서 싸우는 소리가,

"이 놈, 네가 명색이 무엇이냐. 네까짓 놈이 뉘 앞에서 요따위 버르장머리를 하여. 네가 도쿄에서 여학생 정임이를 죽이고 도망해 나

---

118) 은군자 : 은근짜. 몰래 정조를 파는 사람.
119) 단처 : 부족한 점. 나쁜 점.
120) 호소 : 제 사정을 관부(官府)나 남에게 하소연함.

온 강가 놈이지. 너 같은 놈은 내가 경무청에 고발만 하면 네 죄는 경하여야 종신 징역이다. 요놈, 죽일 놈 같으니."

하며 닭 싸우듯 하는 소리가 벽력같이 이 시종 집 사랑에까지 들리더라. 이때는 곧 정임이 신혼식 지내던 날 저녁이라. 이 시종이 사랑에서 친구와 술 먹으며 정임이 이야기를 하는데, 상야 공원에서 강 소년이 행패하던 말을 막 하는 판에 모든 사람이 매우 통분히 여기는 때에 별안간 문 밖에서 왁자 하는 소리가 나는지라.

여러 사람이 모두 귀를 기울이고 듣더니, 그 좌석에 북부 경찰서 총순(總巡)[121] 다니는 사람이 앉았다가 그 싸움 소리를 듣고 즉시 쫓아나가 그 소년을 잡으니 갈 데 없는 강 소년이라 온 집안이 들썩들썩하며, '아이그, 고 놈 용하게도 잡혔다', '고놈 상판대기가 어떻게 생겼나 좀 구경하자', '요 놈이 살인 미수범이니까 몇 해 징역이 될꼬' 하며 어른 아이가 모두 재미있어 하다가 그 소년은 곧 북부 경찰서로 잡혀가니 온 집안이 고요하고 종려나무 그림자 밑에 학의 잠이 깊었는데, 정임이 신방에서 낭랑옥어(琅琅玉語)가 재미있게 나더라.

신혼 여행

조선 습관으로 말하면 혼인을 갓 한 신랑 신부는 서로 말도 잘

---

121) 총순 : 구한국 때 경무청에 두었던 벼슬.

아니하고 마주앉지도 못하여 가장 스스러운 체하는 법이요, 더구나 신부는 혼인한 지 삼 일만 되면 부엌에 내려가 밥이나 짓고 반찬이나 만들기를 시작하여 바깥은 구경도 못 하는 터이라 내외가 한가지 출입하는 일이 어디 있으리오마는, 영창이 내외는 혼인 지내던 제삼 일에 만주 봉천(奉天)으로 신혼여행을 떠난다. 내외가 나란히 서서 정답게 이야기하며 정거장으로 나가는 모양이, 영창이는 프록코트에 고모를 쓰고, 한 손으로 정임이 분홍 양복 땅에 끌리는 치맛자락을 치켜들었으며, 정임이는 옥색 우산을 어깨 위에 높이 들어 영창이와 반씩 얼러 받았는데, 그 요조(窈窕)한 태도는 가을 물결 맑은 호수에 원앙이 쌍으로 나는 것도 같으며, 아침볕 성긴 울에 조안화가 일시에 웃는 듯도 하더라.

신혼여행은 서양 풍속에 새로 혼인한 신랑 신부가 서로 심지(心志)도 흘러 보고 학식도 시험하며 처음으로 정분도 들이고자 하여 외국이나 혹 명승지로 여행하는 것인데, 만일 서로 지기(志氣)가 상합치 못하면 그 길에 이혼도 하는 일이 있지마는, 영창이 내외야 무슨 심지를 더 흘러 보고 어떤 정분을 또 들이며 어찌 이혼 여부가 있으리오마는, 유람도 할 겸 운동도 할 겸 서양 풍속을 모방하여 떠나는 여행이라 남대문 정거장에서 의주 북행차 타고 가며 곳곳을 구경하는데, 개성에 내려 황량한 만월대(滿月臺)와 처창한 선죽교(善竹橋)의 고려 고적을 구경하고, 평양 가서 연광정(練光亭)에 오르니, 그 한유한 안계(眼界)는 대동강 비단 같은 물결에 백구는 쌍으로 날고 한가한 돛대는 멀리 돌아가는 경개(景槪)가 가히 시인소객(詩人騷客)[122]의

술 한잔 먹을 만한 곳이라.

행장에 포도주를 내어 서로 권하며 전일 평양 감사 시대에 백성의 피를 빨아 가지고 이곳에서 기생 데리고 풍류하며 극호강들 하던 것을 탄식하다가, 곧 부벽루·모란봉·영명사·기린굴 낱낱이 구경하고, 그 길로 안주(安州) 백상루(百祥樓), 용천(龍川) 청류당(淸流堂) 다 지나서 의주(義州) 통군정(統軍亭)에 올라 난간에 의지하여 압록강 상의 풍범 사도와 연운 죽수를 바라보더니 영창이 얼굴에 초창한 빛을 띠고 손을 들어 사장을 가리키며,

"저곳이 내가 스미트 박사 만났던 곳이오. 저곳을 다시 보니 감구지회(感舊之懷)123)를 이기지 못하겠소. 이 완악(頑惡)124)한 목숨은 살아 이곳에 다시 왔으나, 우리 부모는 저 강물에 장사 지내고 다시 뵈옵지 못하겠으니 천추(千秋)에 잊지 못할 한을 향하여 호소할 데가 없소그려."

하고 바람을 임하여 한숨을 길게 쉬며 흐르는 눈물을 금치 못하니, 정임도 그 말을 듣고 그 모양 보매 자연 비감한 생각이 나서 역시 눈물을 씻으며,

"그 감창(感愴)한 말씀이야 어찌 다 하오리까. 오늘날 부모가 살아 계시면 우리를 오죽 귀해하시겠소. 그 부모가 우리를 그렇게 귀히

---

122) 시인소객 : 중국 초나라의 굴원이 지은 '이소부(離騷賦)'에서 유래한 말로, 서정적인 시부(詩賦) 및 글을 쓰는 사람.
123) 감구지회 : 지난 일을 생각하는 마음. 감회.
124) 완악하다 : 성질이 완만하고 모짐.

길러 재미를 못 보시고 중도에 불행히 돌아가셨으니, 지하에 가서 차마 눈을 감지 못하실 터이오. 우리도 그 부모를 봉양코자 하나 어찌할 수가 없으니 그야말로 자욕효이(子欲孝而) 친부재(親不在)요그려. 그러나 과도히 슬퍼 마시고 아무쪼록 귀중한 몸을 보전하시오."

이렇게 서로 탄식도 하며 위로도 하다가, 즉시 압록강을 건너 구련성(九連城) 구경하고 계관역에 내려 멀리 계관산·송수산을 지점하며,

"이곳은 일로전역(日露戰役) 당시에 일본군이 대승리하던 곳이오그려. 내가 이곳을 나가 본 지 몇 해가 못 되는데 벌써 황량한 고전장(古戰場)이 되었네."

"아……, 가련도 하지. 저 청산에 헤어진 용맹한 장사와 충성된 병사의 백골은 모두 도장 속 젊은 부녀의 꿈속 사람들이겠소그려."

"응, 그렇지마는 동양 행복의 기초는 이곳 승첩(勝捷)[125]에 완전히 굳고 저렇게 철도를 부설하며 시가를 개척하여 점점 번화지가 되어가니, 이는 우리 황색 인종도 차차 진흥되는 조짐이지요."

이렇게 수작하며 가을빛을 따라 늦은 경을 사랑하며 천천히 행보하여 언덕도 넘고 다리도 건너며 단풍가지를 꺾어 모자에 꽂기도 하고, 잔잔한 청계수를 움켜 손도 씻더니 어언간에 저문 해는 서산을 넘고 저녁 연기는 먼 수풀에 얽혔는지라.

"해가 저물었으니 고만 정거장 근처로 돌아갑시다. 오늘 밤은 이

---

125) 승첩 : 승전(勝戰). 싸움에 이김.

곳에서 자고 내일 일찍이 떠나가며 구경하지."

"내일은 어디어디 구경할까요. 요양백탑(僚陽白塔)과 화표주(華表柱)는 어디쯤 있으며, 여기서 심양(瀋陽) 봉천부(奉天府)는 몇 리나 남았소. 아마 봉황성(鳳凰城)은 가깝지. 그러나 계문연수가 구경할 만하다는데 그 구경도 할 겸 이 길에 북경까지 갈까."

하며 막 돌아서서 정거장을 향하고 오는데, 한편 산모퉁이에서 난데없는 청인(淸人) 한 떼가 혹 말도 타고, 혹 노새도 타고 우 달려들며 두말 없이 영창이를 잔뜩 결박하여 나무 수풀에 제쳐 매어놓고 일변 수대(手帒)[126]도 빼앗고, 시계도 떼고, 안경도 벗겨 모두 주섬주섬하여 가지고 정임이를 번쩍 들어 말에 치켜 앉혀놓고 꼼짝도 못하게 층층 동여매더니 채찍을 쳐서 급히 몰아가는지라.

정임이는 여러 번 놀라 본 터에 또 꿈결같이 이 변을 당하매 가슴이 덜컥 내려앉고 간이 콩알만해지며 자기 잡혀가는 것은 고사하고 그 남편이 어찌 된지 몰라 눈이 캄캄하고 정신이 아득아득하여 그 마음을 지향할 수 없으나 그 형세가 불가항력이라 속절없이 잡혀가는데, 어디로 가는지 한없이 가다가 한 곳에 다다라 궁궐같이 큰 집 속으로 들어가더니, 정임이를 대청에 올려앉히고 그 여러 놈이 좌우로 늘어서서 똥 본 오리처럼 무엇이라고 지껄이매 그 상좌에 기골이 장대하고 용모가 준수한 청인이 흰 수염을 쓰다듬고 앉아서 기쁜 빛이 얼굴에 가득하여 빙글빙글 웃으며 정임을 향하고 무슨 말을

---

126) 수대 : 손에 들고 다니는 작은 전대나 부대.

묻는 것 같으나, 정임이는 말도 알아듣지 못할 뿐더러 그때는 놀란 마음 무서운 생각 다 없어지고 단지 악만 바짝 나는 판이라.

"나 도무지 개 같은 오랑캐 소리 몰라."

하고 쇠 끊는 소리를 지르니 그 청인의 옆에 앉았던 한 노인이 반가운 안색으로,

"여보, 그대가 조선 사람이오그려. 조선말 소리를 들으니 반갑기는 하구먼. 응…… 집이 어디인데 어찌 되어 저 지경을 당하였단 말이오?"

하는 말이 조선말을 듣고 대단히 반갑게 여기는 모양이니, 정임이도 역시 위험한 경우를 당한 중에 본국 사람을 만나니 마음에 적이 위로되어,

"집은 서울인데 만주로 구경왔다가 불의에 이 변을 만났습니다."

하고 대답하며 그 노인을 자세히 보니, 의복은 청인의 복색을 입었으되 그 얼굴이든지 목소리가 일호도 틀리지 않고 흡사한 자기 시아버지 김 승지 같으나 김 승지는 태평양으로 떠나갔는지 인도양으로 떠나갔는지 모르는 터에 이곳에 있을 리는 만무한데, 암만 다시 보아도 정녕한 김 승지요, 어려서 볼 때와 조금 다른 것은 살쩍이 허옇게 셀 뿐이라. 심히 의아한 중에 약은 생각이 나서 내가 저 노인의 거동을 좀 보고 만일 우리 시아버지는 아닐지라도 보기에 그 노인이 아마 주인과 정다운 듯하니 이 곤란한 중에 언턱거리127)나 좀 하여

---

127) 언턱거리 : 남에게 말썽을 부릴 만한 핑계.

보리라 하고 혼자말로,

"아이그, 세상에 같은 얼굴도 있지. 그 노인이 영락없이 우리 시아버님 같애."

하며 별안간 좍좍 우니, 그 노인이 정임이 우는 것을 한참 바라보고 무슨 생각을 하다가,

"여보, 그게 웬 말이오. 내가 누구와 같단 말이오. 그대는 누구의 따님이 되며, 그대의 시아버님은 누구신가요?"

"나는 이 시종 ○○의 딸이요, 우리 시아버님은 김 승지 ○○신데, 시아버님께서 십여 년 전에 초산 군수로 참혹히 돌아가신 후에 다시 뵙지 못하더니, 지금 노인의 용모를 뵈오니 이렇게 죽을 경우를 당한 중에도 감창한 생각이 나서 그리합니다."

그 노인이 그 말 듣더니 깜짝 놀라며,

"음, 그리야, 그러면 네가 정임이지?"

하고 묻는데 정임이가 그 말 들으니 죽은 줄 알던 시아버지를 의외에 찾았는지라 반가운 마음에 정신이 번쩍 나서,

"이게 웬일이오니까. 신명(神明)이 도와 아버님을 뜻밖에 만나뵈오니 이제는 죽어도 한이 없겠습니다."

하고 일어나 절하며 생각하니, 그제야 정작 설움이 나서 흐느껴 우는데 김 승지는 눈물을 흘리며,

"네가 이게 웬일이냐, 이게 웬일이냐. 네가 이곳을 오다니. 그러나 영창이 소식을 너는 알겠구나. 대관절 영창이가 초산 봉변할 때에 죽지나 아니하였더냐?"

"장황한 말씀은 미처 할 수 없삽고 영창이도 이 길에 같이 오다가 이 변을 당하여 그곳에 결박하여 놓은 것을 보고 잡혀 왔는데 그간 어찌 되었는지 궁금하기 이를 길 없습니다."

김 승지가 그 말 듣더니 벌떡 일어나서 안을 향하고,

"마누라, 마누라, 정임이가 왔소그려. 영창이도 같이 오다가 중로에서 봉변을 했다는걸."

하는 말에 김 승지 부인이 신을 거꾸로 끌고 허둥지둥 나오며,

"그게 웬 말이요, 정임이가 오다니. 영창이는 어떻게 되었어?"

하고 달려들어 정임이 손목을 잡고 뼈가 녹는 듯이 울며 목멘 소리가 잘 알아들을 수 없는 말로,

"너는 어찌 된 일로 이곳에 왔으며, 영창이는 어디쯤서 욕을 본단 말이냐?"

하고 느끼며 묻는 모양은 누가 보든지 눈물 아니 날 사람 없겠더라.

그 상좌에 앉았던 청인은 정임의 화용월태(花容月態)[128]를 보고 기쁜 마음을 이기지 못하는 모양이더니, 김 승지 내외가 서로 붙들고 울매 그 거동이 보기에 이상하고 궁금하던지 김 승지를 청하여 무슨 말을 묻는데, 김 승지는 그 말대답을 아니하고 정임이를 불러 하는 말이,

"저 주공(主公)에게 인사하여라. 내가 저 주공의 구원으로 살아나서 저간에 은혜를 많이 받은 터이다."

---

128) 화용월태 : 아름다운 여자의 고운 용태.

하며 인사를 시키는지라. 정임이는 일어나서 머리를 굽혀 인사하고, 김 승지는 그제야 말대답을 하더니 그 대답이 그치매 청인은 무릎을 치며 정임을 향하여 무슨 말을 하는데 그 통변(通辯)은 김 승지가 한다.

"당신이 김 공의 며느님이 되신다지요. 나는 왕자인(王自仁)이라 하는 사람인데, 당신의 시아버님과는 형제같이 지내는 터이오. 그러나 아마 대단히 놀랐지요. 아무 염려 말고 부디 안심하시오. 잠시 놀란 것이야 어쩌하리까. 오래 그리던 부모를 만나뵈니 좀 다행한 일이 되었소."

"각하께오서 돌아가실 부모를 구호하시와 그처럼 친절히 지내신다 하오니 각하의 은혜는 실로 백골난망(白骨難忘)이오며, 이 사람은 부모를 오래 그릴 뿐 아니라, 부모가 각하의 덕택으로 생존해 계신 줄은 모르고 망극한 마음을 죽어 잊지 못하겠삽더니, 오늘 의외에 만나 뵈오매 이제는 아무 한이 없사오니 어찌 잠깐 놀란 것을 교계(較計)하오리까."

정임이는 그 왕씨를 대하여 백배사례(百倍謝禮)하는데 왕씨는 일변 정임이 잡아오던 도적을 불러 그때 정형을 자세히 조사하더니 곧 영창이를 급히 데려오라 하는지라. 그때 정임이 마음에는,

'우리 내외가 두수없이 죽는 판에 천우신조(天佑神助)하여 부모를 만나고 화색(禍色)을 모면하니 이같이 신기할 데는 없으나 영창이는 그간 오죽 애를 쓰리.'

하는 생각이 나서 잠시라도 마음을 놓게 하리라 하고 명함 한 장을

내어 김 승지를 주며,

"아버님, 영창이를 데리러 여러 사람이 몰려가면 필경 또 놀랄 듯하오니 이 명함을 보내는 것이 어떠합니까?"

김 승지가 그 말 들으매 그럴 듯하여 왕씨와 의논하고 곧 그 명함을 주어 보내고 정임이는 자기 내외의 소경사를 대강 이야기하니, 김 승지 내외는 눈물 씻기를 마지 아니하고 왕씨도 역시 무한히 칭찬하더라.

영창이는 삽시간에 혹화(酷禍)를 당하여 정임이를 잃고 나무에 동여매인 채로 꼼짝 못하고 앉았으매, 이 산에서는 여우도 울고 저 산에서는 올빼미도 울며 번쩍번쩍하는 인광(燐光)[129]은 여기서도 일어나고 저기서도 일어나서 남한산성 줄불 놓듯 발부리로 식식 지나가나 평시 같으면 무서운 생각도 있으련마는 그것저것 조금도 두렵지 않고, 단지 바작바작 타는 속이 차라리 죽느니만 같지 못하게 그 밤을 지내더니, 하룻밤이 삼추(三秋)[130]같이 지나가고 동방에 새벽빛이 나며 먼 수풀에 새소리가 지껄이는데, 언덕 밑으로 어떤 청인 농부 한 사람이 지나가다가 그 광경을 보고 웅얼웅얼 탄식하며 동여매인 것을 끌러주고 가는지라. 그 농부를 향하여 무수히 사례하고 다시 앉아 생각하니, 정임이는 결코 욕보고 살지 아니할 터이요, 두 말 없이 죽을 사람이라.

---

129) 인광 : 도깨비불.
130) 삼추 : 긴 세월. 삼 년의 세월.

그 연유를 관원에서 호소하자 하니 그 호소가 대단히 맑은 호소가
될 터이요, 그대로 돌아가자 하니 정임이는 죽었는데 나는 살아가는
것이 사람의 의리가 아닐 뿐 아니요, 설령 혼자 돌아간다 한들 정임
이 부모 볼 낯도 없고 장래 신세도 다시 희망할 바이 없는지라. 혼자
말로,

   "허, 저간에 우리 두 사람이 그러한 천신만고를 지내고 간신히 다
시 만난 것이 모두 허사가 되었구나!"
하고 목을 매어 죽으려고 양복 질빵을 끌러 막 나뭇가지에 치켜 거
는 판에 별안간 어떤 청인 십여 명이 어젯밤 모양으로 또 달려들어
죽 둘러서는지라.

   속마음으로,

   '저 놈들이 또 왔구나. 오냐, 암만 또 와도 이제는 기탄없다. 어젯
밤에 재물 빼앗기고 계집까지 잃었으니, 지금에는 죽이기밖에 더하
겠느냐. 이왕 죽을 사람이니 죽인대도 두려울 것은 없다마는 너의
손에 우리 내외가 죽는 것이 지극히 통한하다.'
하고 생각할 즈음 그 중 한 사람이 머리를 숙여 경례하고 명함 한
장을 내어주며 금안준마(金鞍駿馬)[131]를 앞에 세우고 말에 오르기를
재촉하는데, 그 명함은 정임이 명함이요 명함 뒤에 연필로 두어 자
기록한 말은, '천만의외(千萬意外)에 부모가 이곳에 계시니 기쁜 마음
은 꿈인지 생시인지 깨닫지 못하겠사오며, 나도 역시 무사하오니 아

---

131) 금안준마 : 금장식 안장의 좋은 말.

무 염려말고 급히 오시오' 하였는지라. 그 명함을 받아 보매 반가운
마음에 기가 막혀서,

"응, 부모가 계셔?"

하는 소리가 하는 줄 모르게 절로 나가나 마음을 진정하여 그 사리
를 다시 생각하니 한편으로 의심이 나서,

'그러한 이치가 만무한 일인데 이게 웬일인고, 만일 이 말이 사실
같으면 희한한 별일이다.'

하고 이리저리 연구하여 보니 다른 염려는 별로 없고, 그 글씨가 정
임이 필적이라 반가운 마음이 다시 나서 곧 그 말 타고 귀에 바람이
나도록 달려가더라.

김 승지 내외와 정임이는 영창이를 데리러 보내고 오기를 고대하
더니 문 밖에서 말굽 소리가 나고 영창이가 지도자를 따라 들어오는
지라. 김 승지 내외는 정신없이 내려가서 영창이 목을 안고 얼굴을
한데 대며,

"네가 영창이로구나!"

하고 대성통곡하는데, 영창이는 명함을 보고 오면서도 반신반의하
다가 참 부모가 그곳에 있는지라.

평생에 철천지원이 되던 부모를 만나니 비감한 마음이 자연 나서
역시 부모를 붙들고 우니, 정임이도 따라 울어 울음 한판이 또 벌어
졌더라.

돌아오는 길

이때 주인 왕씨는 즉시 크게 연회를 배설하고 김 승지의 가족 일동을 위로하는데, 왕씨가 영창이 손을 잡고 술을 들어 김 승지에게 권하며,

"김공은 이러한 아들과 저러한 며느리를 두었으니 장래에 무궁한 청복(淸福)을 받으시겠소."

하는지라 김 승지는 그 말 교대해 대답하는 말이,

"여년(餘年)이 몇 해 아니 남은 터에 복을 받으면 얼마나 받겠습니까마는, 내가 주공의 덕택으로 살아나서 천행(天幸)으로 저것들을 다시 보니 그것이 신기한 일이지요. 그러나 공께 잠깐 여쭐 말씀은 내가 주공을 모시고 있은 지 십 년에 이 은혜는 태산이 오히려 가벼우니 능히 갚을 길이 없사오며, 그간 깊이 든 정분(情分)은 차마 주공을 이별할 수 없습니다마는, 서로 죽은 줄 알던 저것들을 만나니 다시 헤어질 마음이 없을 뿐 아니라, 내가 늙어 죽을 날을 알지 못하는 터이오니 이번에 저것들과 한가지 돌아가서 몇 날이 되든지 부자가 서로 의지하고 살다가 백골을 고국 청산에 묻고자 하오니 존의(尊意)에 어떠하시오니까?"

하며 눈물을 흘리매 왕씨가 그 말을 듣고 한참 침음(沈吟)[132]하더니,

"사정이 그러하시겠소."

---

132) 침음 : 속으로 깊이 생각하는 것.

하고 곧 행장을 차려 김 승지와 그 가족을 전송하는데, 친히 십 리 장정(十里長程)에 나와 김 승지 손을 잡고,

"김공은 다행히 자제를 만나서 오래간만에 고국을 돌아가시니 실로 감축할 일이올시다마는, 나는 십 년 친구를 일조(一朝)에 이별하니 이같이 감창한 일은 다시 없소그려."

하며 수대를 열고 금화 일만 원을 내어주며,

"이것이 비록 약소하나 내가 정의를 표하고자 하여 드리는 것이올시다. 행자는 필유신이라 하니 가지고 가다가 노자나 하시오."

"공은 정의로 주신다니 나도 정의로 받아 가지고 가서 노래(老來)에 쇠한 몸을 잘 자양(滋養)하겠습니다마는, 우리가 모두 늙은 터에 한 번 이별하면 다시 만나기를 기약할 수 없으니 그것이 지극히 비창한 일이올시다그려."

하며 서로 붙들고 울어 차마 놓지 못하다가 김 승지 가족 일동은 모두 왕씨를 향하여 백배사례하고 떠나니, 왕씨는 섭섭한 마음을 이기지 못하며 보호자를 보내 정거장까지 호송하더라.

영창이 내외는 천만의외에 그 부모를 찾으매 구경도 더할 생각 없고 여행도 다시 할 필요가 없어, 즉시 부모를 모시고 만주 남행차 타고 서울로 돌아오며, 차 속에서 영창이는 영창이 소경력을 이야기하고, 정임이는 정임이 지내던 일을 자세히 말하니 김 승지는 자기 역사를 이야기한다.

"내가 초산서 그 봉변을 당하고 뒤주 속에 들어앉았으니, 늙은이들이 그 지경을 당하여 무슨 정신이 있었겠느냐. 그 놈들이 떠메고

나가는지 강물로 떠내려 가는지 누가 건져 가는지 도무지 몰랐더니, 아마 그 뒤주가 강물로 떠내려 가는데, 그때 마침 상마적[133]이 물 건너와서 노략질해 가지고 가다가 그 뒤주를 만나매 그 사람들 눈에 는 무엇이든지 모두 재물로 보이는 터이라, 뒤주 속에 무슨 큰 재물 이 있는 줄 알았던지 죽을 힘을 써서 건져 메고 갔나 보더라. 어느 때나 되었는지 간신히 정신을 차려 보니 평생에 보지 못하던 큰 집 대청에 우리 내외가 같이 누웠고 낯모르는 청인들이 좍 둘러섰는데, 어리와리하는 생각에 우리가 죽어서 벌써 염라부(閻羅府)에 들어왔나 보다 하였더니, 그 중 어떤 사람이 지필을 가지고 와서 필담을 하자 고 하니, 눈은 침침하여 잘 보이지는 아니하고 손은 떨려 글씨도 쓸 수 없으나, 간신히 정신을 수습하여 통정을 하는데, 그 사람이 주인 왕씨더라. 그 왕씨는 상마적 괴수인데 도적질은 하나 사람인즉 글이 문장이요, 뜻이 호화하여 훌륭한 풍류 남자요, 또 천성이 지극히 인 자한 사람이더라. 그런데 그 사람이 나를 어떻게 보았던지 그때로부 터 극진히 보호하여 의복 음식과 거처 범백을 모두 자기와 호리[134] 가 틀리지 아니하게 대접하며 글도 같이 짓고 술도 같이 먹고 바둑 도 같이 두고 어디를 가도 같이 가니, 자연 지기가 상합하여 하루 이틀 지내는데, 너희들이 어찌 되었는지 몰라 애가 타서 한시를 견 딜 수 없으나 통신은 자유로 못하게 하는 고로 이 시종에게 편지도

---

133) 상마적 : 말을 타고 떼지어 다니며, 살인·약탈을 일삼는 도둑의 무리.
134) 호리 : 매우 적은 분량.

한 번 못 하고 있다가 어느 때인지 기회를 얻어 우체로 편지를 한 번 부쳤더니, 다시는 소식이 없기에 너희들이 모두 죽은 줄 알고 그 후로는 주인도 놓지 않지마는 나도 돌아갈 생각이 적어 그럭저럭 지내니 그 상하는 마음이야 어떠하겠느냐. 그러나 모진 목숨이 억지로 죽지 못하고 두 늙은이가 항상 울고 오늘날까지 부지(扶支)하더니, 천만 몽매(夢寐) 밖에 정임이가 그곳에 왔더구나. 정임이 그곳에 온 것이 실로 다행하게 된 일이나 정임이가 그곳에 잡혀온단 말이 되는 말이냐."

이렇게 이야기할 사이에 탄환같이 빠른 차가 어느 겨를에 벌써 압록강을 건너니 총울(蔥鬱)135)한 강산이 모두 보이는 대로 새롭더라.

이 시종 내외는 정임이 부부 신혼여행을 보내매 그 길이 아무 염려 없는 길이지마는, 두 사람은 천연적 풍파를 많이 만나는 사람들이라 하도 여러 번 위험한 경우를 지내 본 터인 고로 어린아이를 물가에 보낸 것같이 근심하다가 회정(回程)해 온다는 날이 되니 잠시가 궁금하여 평양까지 내려가서 기다리더니, 그때 정임이 내외가 화기가 만면하여 오다가 이 시종 내외를 보고 차에 내려 인사하는지라. 이 시종은 그 두 사람이 잘 다녀오는 것을 기뻐할 때에 옆에 서 있는 사람이 별안간 손목을 잡으며,

"허……, 자네 오래간만에 만나겠네그려."

하는데 돌아다보니 생각도 아니하였던 김 승지가 왔는지라 마음에

---

135) 총울 : 총총하고 울울함.

깜짝 놀라서,

"아, 자네 이게 웬일인가……, 응…… 대관절 어찌 된 일인가?"

"우리가 다시 못 만날 줄 알았더니 서로 죽지 않고 오늘 만난 것이 다행한 일이오. 이 못생긴 목숨이 살아오는 것이 이게 내 복이 아니라 우리 며느리 덕일세."

하며 반가운 이야기를 하고, 한편에는 이 시종 부인과 김 승지 부인이 서로 붙들고 울더니, 이 시종과 김 승지는 가족들 데리고 그 길로 곧 부벽루(浮碧樓)에 올라가서 그 사이 지내던 역사와 서로 생각하던 정회를 말하며 술잔을 들고 토진간담(吐盡肝膽)136)하는데, 이때에 아아(峨峨)137)한 청산과 양양(洋洋)138)한 유수가 모두 그 술잔 가운데 비치었더라.

---

136) 토진간담 : 거짓 없는 실정을 숨김없이 다 말함.
137) 아아 : 산이나 큰 바위 등이 험하게 우뚝 솟은 모양.
138) 양양 : 호수나 큰 강물에 물이 넘칠 듯이 가득한 모양.

구연학

설중매

"매우 어여쁘기도 하려니와 학문도 있지마는 행실은 말 못 되어 이번까지
몇 번째 신문에 오르내리는지 모르겠네. 일전에 북한사에 가 있는 동안에도
정부(情夫)를 얻은 일이 낭자히 소문이 나서 무인부지(無人不知)라고 신문
잡보에 있던데, 대체 그 신문은 무슨 일이든지 자세한 사실을 일등 수탐(搜
探)하나 보던데."

(설중매 중에서)

설중매 ^{雪中梅}

제 1 회

"아가 매선아, 이리 좀 오너라. 매선이 거기 있느냐?"

하는 소리는 한 오십여 세 된 부인이니, 긴 병이 들어 전신이 파리하고 근력이 쇠약하여 자리에서 이기지 못하고 누워 밭은기침을 하면서 그 딸 장 소저(小姐)¹⁾를 부르는 것이라. 소저의 나이 십육칠 세는 되었는데, 나직한 소리로 선뜻 대답하며 문을 열고 조용히 들어오더니 베개 옆에 와 나붓이 앉으며,

"어머니, 부르셨습니까. 아까까지 길에 모시고 있삽더니, 어머니께서 잠이 곤히 드신 듯하기로 밖에 좀 나가 신문을 보았삽나이다. 벌써 네 시나 되었사오니 약을 잡수시지 아니하시려나이까?"

---

1) 소저 : 아가씨.

부인이 얼굴을 찡그리며 가로되,

"약은 그만두어라 먹기도 지리하나 매선아, 아마 나의 명이 장구치 못할 듯하다."

소저 초연낙담(悄然落膽)하여 눈물을 머금다가 다시 생각하고 천연한 목소리로,

"어머니, 어이 그리 심약하신 말씀을 하시나니까. 어젯밤에 의원이 돌아갈 때에 이르는 말씀을 들은즉, 어머니 병환이 이렇듯 미류(彌留)하사 척골(瘠骨)2) 되셨으나 아직 그리 연만(年晚)한 터 아니시니 약이나 잘 쓰고 조리하시면 차차 회춘하시리니, 아무 염려하지 말라 하더이다. 어머니, 너무 걱정 마시고 안심하시압소서."

부인이 머리를 세차게 흔들며,

"너의 거짓말 듣기 싫다. 어제 의원이 갈 때에 문간에서 너더러 무슨 말을 하는 모양이기로 귀를 기울이고 들어도 말소리는 들리지 아니하나, 너 들어올 때에 너의 눈물 흔적을 보고 의원의 한 말을 대강 짐작하였다."

매선이 아무쪼록 그 모친 마음을 위로하려고 꾸며 대답하되,

"그러함이 아니오. 그때 마침 부엌에서 밥짓는 연기가 너무 나기로 매워서 눈물을 흘렸삽나이다."

부인 왈,

"그렇지 아니하다. 의원은 무엇이라 말하였는지 모르겠으나, 벌써

---

2) 척골 : 바짝 말라서 뼈가 앙상하게 드러남.

일 년이나 지난 중병으로 이같이 신고하여 뼈만 남았으니 어찌 살기를 바라리오."

매선이 느끼며,

"어머니 병환이 회복치 못하시면 소녀 홀로 누구를 의지하고 사오리까. 그런 말씀 하시지 마옵소서."

부인이 눈물을 머금으며,

"나도 죽고 싶지는 아니하나 천명(天命)을 어찌하리오. 내가 너를 데리고 고향을 떠나 서울에 온 지 일 년이 못 되어 너의 부친은 세상을 버리시고 금석같이 믿던 심랑(沈郞)은 지금껏 간 곳을 알지 못하고 다만 우리 모녀 서로 의탁하여 지내다가 이렇듯 병이 깊어 이기지 못할 지경에 이르니, 너의 외로운 마음이 오죽하리오. 이는 죽어도 눈을 감지 못할 바로다. 세상을 버리기 전에 너의 말을 듣고자 하는 일이 있도다."

하면서 병의 피곤함을 이기지 못하여 어느덧 슬며시 잠이 드는지라. 매선이 초연히 넋을 잃은 듯이 앉았으니 얼굴은 백설을 업수이 여기고 콧줄기는 씻은 배추 줄기 같으며, 눈은 새벽 별이 비친 듯하고 눈썹은 초생달을 그려 낸 듯한 절대미색(絶對美色)으로 수일 전에 땋은 머리채가 반쯤 흐트러져 옥 같은 얼굴을 가리웠는데, 잠든 병모(病母)의 얼굴을 바라보면서 방울방울 흐르느니 눈물이라. 일폭 비단 수건으로 씻는 모양은 한 가지 배나무 꽃이 봄비를 띤 듯하더라.

이윽고 부인이 눈을 떠보고,

"매선아, 그저 여기 앉았느냐. 내가 잠깐 잠이 들었더니 꿈에 너의 부친을 만나 따라가 보았다. 매선아, 내가 아무리 하여도 세상에 오래 있지 못할지라. 네가 지금 심랑을 만나면 그 용모를 기억하겠느냐?"

소저의 옥 같은 얼굴이 홀연히 연짓빛이 되며 단순(丹脣)[3]을 열어 대답하되,

"심랑의 사진은 잘 간수하여 두었사오나 전일에 아버님께 듣자오니, 그 사진이 십삼 세 때에 박은 것이라 하온즉, 그 동안 기골이 장대하여 설혹 만나 보아도 자세히 알지 못할까 하나이다."

하면서 애연히 상심이 되어 어린 듯이 앉았거늘, 부인이 이르되, "너도 아는 바 너의 부친 같으신 호협(豪俠)한 기상으로 일찍이 말씀하시기를, 지금 세상의 계집아이는 예전 풍기와 같지 아니한 고로 침선방적(針線紡績)은 대강이나 알아두면 그만이로되, 학문은 넉넉히 힘쓰지 아니치 못한다 하여 너로 하여금 서책에 종사케 하시고 아름다운 사위를 얻어 아들과 같이 데리고 있고자 하나, 시골 소년에는 한 사람도 합의한 자 없기로 경성에 가서 서서히 가랑(佳郎)을 택하여 기별하리라 하시고 서울로 가시더니, 그 후 심랑의 인품을 편지로 자세히 기별하시되, 장안에 이같이 장취성(將就性) 있고 자격이 합당한 남자는 처음 보았기로 사위를 삼을 터이라 하시고 사진까지 박아 보내신 것을 너도 보고 흠앙한 바이거니와, 내가 너를 데리고 경성에 왔더니 심랑은 그전에 일본으로 들어갔다 하나 자세한 일은

---

3) 단순 : 붉은 입술.

모르고 소식을 들은즉 국사범(國事犯)에 참여하여 피신한다는 풍설이 있기로 낙담하였으나, 그러나 너의 부친 말씀은 심랑이 학문도 연숙(鍊熟)하고 지식도 명민하니 기필코 몹쓸 무리에 참여치 아니하였으리니 이는 무슨 곡절이 있음이라 하시고 어느 누가 무슨 말을 하든지 믿지 아니하시더니, 너의 부친 기세(棄世)하신 후 벌써 두 해가 되도록 심랑의 소식은 묘연하고 다만 우리 모녀 서로 의탁하여 지내더니, 불행히 나는 병이 깊어 명일 일을 알지 못하겠으니, 너도 깊이 생각하여 결정할 일이 있도다."

매선이 묻자와 가로되,

"어머니, 이는 무슨 일을 말씀하심이니까?"

부인이 가로되,

"너는 아무리 하여도 계집아이라, 어느 때까지든지 홀로 장씨의 집을 지키고 있지 못할지라, 내가 죽으면 너는 곧 출가하지 아니치 못하리니 얼마든지 심랑의 소식을 기다리고 있으려 하느냐, 다른 곳이라도 합당할진대 즉시 허신(許身)코자 하느냐? 나의 듣기를 원하는 바는 다만 이 일이로다. 매선아, 네가 잠잠히 있고 말하지 않으면 내가 너의 마음을 어찌 알리오."

매선이 머리를 숙이고 이윽히 생각하는 모양이러니 수삽(羞澁)[4]한 말로 대답하되,

"심랑이 우리 집과 굳은 언약을 정한 바 아니나 아버님께서 일찍

---

4) 수삽 : 부끄러워 머뭇머뭇함.

이 말씀하시되 심랑의 문장과 학문이 타인에 비할 바 아니요, 이미 통혼하였으니 경선(經先)히 타처로 언약을 옮기지 말라 하셨을 뿐더러, 소녀도 또한 심랑의 사진을 가졌사온즉, 만일 어머니께서 회춘치 못하시면 가사(家事)는 숙부에게 부탁하옵고 소녀는 어느 여학교에 들어가서 공부나 하다가 이삼 년이 지나도록 심랑의 소식을 모르면 그때는 숙부와 의논함이 좋을까 하나이다."

부인이 희색이 만면하여 매선의 등을 어루만지며 가로되,

"너의 말을 들으니 내가 안심하여 죽어도 눈을 감으리로다. 너의 부친이 하세하실 때까지 심랑의 일을 잊지 아니하고 너무 엄위(嚴威)하기도 하고 남의 전하는 말도 과히 소요(騷擾)하기로 너의 생각이 어찌 드는지 알지 못하여 심중으로만 걱정하였더니, 인제는 너의 부친의 마음을 본받으리로다. 매선아, 결단코 이삼 년을 기다리면 심랑의 거취를 알 것이니 안심하여 지내어라. 또 할 말이 있다. 너도 아는 바 숙부는 본래 타인이요, 또한 깊이 믿지 못할 사람이라. 우리 집의 약간 재산과 문권은 다 너의 부친이 진력하여 장만하신 바라, 아무쪼록 잘 보전하여 남에게 빼앗기지 말지로다."

이럭저럭 담화하다가 정토사(淨土寺)의 저문 쇠북이 울고 추풍이 소슬하여 낙엽이 창을 두드리더라.

제 2 회

이때는 춘삼월 호시절이라, 천기가 온화하니 광통교 변 수월루 하에 유인재자(遊人才子)의 거마(車馬)가 낙역부절하는 중에 어느 두 신사가 양복을 선명히 입고 앞서거니 뒤서거니 분분한 거마를 좌우로 피하여 다리를 건너오다가 한 신사가 우연히 다리 가에 붙인 광고를 보니, 금 이십 일 오후 일 시에 새문 밖 독립회관에서 정치 연설회를 개회한다 하고 그 옆에 허다한 출석 변사(辯士)의 성명을 기록한지라. 같이 오는 친구를 불러 말하되,

"오늘 독립회관 연설회에 가보지 아니하려는가?"

앞에 가던 사람이,

"아무려나 가볼까. 추우강남(追友江南)⁵⁾이라 하는 말도 있으니."
하면서 두 사람이 서문 밖으로 나아갈 새,

"여보게, 엔간히 사람이 많이 모였으리. 연설도 오래간만이지마는 오늘은 더구나 연설마다나 한다는 사람의 성명이 이삼 인 되는 고로 노는 사람들은 필경 모두 왔을까 하네. 그러나 문간에 순검들이 또 있을 터이니 연설도 좋지마는 순검의 서신은 실로 아니꼽네."

"여보게, 그 말 말게. 자기가 범법만 아니하면 그만이지 순검이 상관 있나."

이와 같이 담화하는 중 벌써 독립관에 당도하였더라.

---

5) 추우강남 : 친구 따라 강남감.

문간에 순검이 서서 들어가는 사람마다 불러 성명을 조사하다가 학도같이 보이는 사람은 그 거주와 통호를 수첩에 적고 분명히 학도가 아님을 변명한 후에 입장하게 하더라. 원래 어느 정치 연설이든지 그 발기(發起)한 자가 연설의 문제와 대의를 일일이 먼저 고하여 치안의 방해가 될 듯하면 인가(認可)하지 아니하고, 또 연설장에 경찰관이 출장하여 언론의 과격함이 있으면 중지시키고 방청하는 사람을 해산케 하니, 대체 광무년간에 외국 유학한 생도 중 정치를 개량하고 국세를 유지코자 하여 세력이 너무 강대하며 언론이 또한 과격하여 일세를 경동(驚動)하고 정부를 공격하거늘, 이러므로 정부에서 율문(律文)을 제정하여 단속을 엄중히 하는 고로 각처 연설회와 각 학교 토론회까지 모두 금지하니, 이는 빙설(氷雪)이 들에 덮여 초목이 영락(零落)함과 같아서 참담한 기상이 있어라. 그러나 군음이 궁극함에 일양이 회복함은 천지의 떳떳한 이치라. 마침내 한 호걸의 선배가 세상에 나서 성심으로 상하를 감동하고 사회를 조직하여 점차로 정치 개혁할 사상을 일으키려 함이 풍설의 간고(艱苦)[6]함을 돌아보지 아니하고 백화(白花)의 괴수가 되어 춘색을 만회코자 하니, 어느 사람이 그 높은 절개를 흠모치 아니리오.

그때 두 신사가 순검의 허가를 얻어 당상(堂上)에 오르니, 백여 간 대청에 방청하는 사람이 가득하여 송곳 꽂을 틈이 없는데, 정면에는 팔선 탁자를 놓고 한 변사가 그 위에 서서 한참 연설하는 중에 웃는

---

6) 간고 : 곤궁, 가난, 고생.

자도 있으며 부르짖는 사람도 있어 가부의 평론이 분분하고, 그 변사 옆에는 두 경무관이 복장에 칼을 짚고 엄연히 교의에 걸터앉았으며, 서기 일인은 손에 연필을 가지고 자주 연설의 대의를 필기하고 동벽에는 육칠 장 되는 종이에 변사의 성명과 연설의 문제를 써서 걸었으되, 제1에는 가로되 '분발함'이니 변사에 권중국이요, 제2는 가로되 '동포 형제에게 바라는 바가 있다' 하였으니 변사에 전학삼이요, 제3에는 가로되 '동등의 권리'니 변사에 문전철이요, 제4는 가로되 '사회 형편은 행인의 거취와 같다' 하였으니 변사에 이태순이요, 제5에는 가로되 '누가 정당의 경쟁에 권리를 무용하다 하리오' 하였으니 변사에 하상천이요, 그 나머지 종이는 바람에 불리고 또 변사의 등에 가리운 바 되어 일일이 보이지 아니하더라.

단 위에 선 변사는 벌써 삼사십 분 동안이나 연설한 모양인데 면상에 홍색을 띠고 유리병의 물을 찻종에 따라 한숨에 들이마시고 다시 연설하여 가로되,

"나의 말씀한 바 권리가 동등이 됨은 여러분도 다 아시는 바이어니와, 타일 협회 성립할 때에 재산과 지식이 없는 자라 하여 하등 인민을 정권에 참여치 못하게 할 이치가 없는 것은 명백함이오. 유럽에서도 영·미 제국은 동등 권리의 주의를 행하고 홀로 압제를 주장하는 독일과 러시아 등에는 전제정치를 행하여 형법상에는 편리하나 인민의 권리는 조금도 진보되지 못하였으니, 여러분은 우리 나라 정치 개량을 영·미 제국을 본받을지요, 독일과 러시아 같이 전제정치를 행치 말지어다."

연설을 마친 후 주먹으로 탁자를 두드리고 단에서 내려오니 좌상의 갈채하는 소리 요란하더니 뒤미처 한 소년이 나와 단 위에 오르니, 그 소년의 나이는 이십사오 세 가량이요, 몸은 조금 파리한 듯하고 흰 얼굴에 검은 눈썹이요, 입술이 붉고 눈이 맑으며 위의당당(威儀堂堂)하여 사람이 감히 범하지 못할 듯하더라. 그러하나 다만 머리에 운동 모자를 쓰고 몸에 회색 목 주의를 입었으며 헌 구두를 신었으니 묻지 아니하여도 초초한 일개 서생(書生)인 줄 알겠더라. 탁자 위에 있는 유리병의 물을 찻종에 따라 들고 여러 사람을 향하여 머리를 굽혀 예하고 바야흐로 입을 열어 말하고자 할 새, 처처에서 손뼉 치는 소리 요란한데 그 소년이 의기안한(意氣安閑)[7]하여 조금도 급거한 사색이 없고 먼저 자기의 성명은 이태순이라 통한 후, 백 리 갈 사람은 구십 리에 그치지 아니한다는 말로 인증하되, 한 사람이 지방에 내려갈 새 일찍 신지에 도달하려 하였더니 도로가 험하여 인력거를 마음대로 몰지 못하고, 또 중로에서 풍우를 만나 곤란함을 겪고 밤중까지 겨우 삼십 리를 갔다는 말을 하면서 홀연히 눈을 크게 뜨고 소리를 높여 가로되,

"다만 하루에 수십 리 길 가는 사람도 오히려 이러한 일이 있으니, 특별히 십 년을 작정하고 만 리를 가려 할진대 깊이 생각하지 아니하면 되지 못할 바이라. 벌써 다섯 해를 지나도록 큰 산 한 곳도 넘지 아니하고 깊은 물 한 곳도 건너지 못하면, 이 다음 또 다섯 해 동안에

---

7) 의기안한 : 장한 마음과 평안하고 한가로움.

처음에 작정한 곳에 다다를 일은 생각도 못할 바라. 그러한즉 장래 우리 협회 확장함을 깊이 예산치 아니하면 불가할지로다."

이때에 소년의 용모가 엄연하고 연사가 활달하매, 방청의 갈채하는 소리 사벽을 진동하며 여러 사람의 눈이 다 소년의 얼굴로 쏘이더라. 소년이 서서히 찻종의 물을 마시고 다시 가로되,

"여러분, 연전 일을 생각하여 보시오. 우리 동포 형제 중에 신 공기를 흡수하신 신사들이 정치 사상이 간절하여 독립협회를 창기하매, 각처의 유지하신 선비들이 서로 소리를 응하여 재조(在朝)⁸⁾하신 신사와 재야(在野)하신 사자를 권면(勸勉)하여 일심으로 단체를 결합코자 할 새 풍우를 피치 아니하며 한서(寒暑)를 무릅써 신세의 간고함을 사양치 못하고 시사(時事)의 급업(岌嶪)⁹⁾함을 개탄하여 회포를 부르짖고 사회에 분주하여 근근히 협회를 창기하였으나 생각하면 마치 길 갈 사람이 처음으로 집을 떠나서 백 리 운산을 운무 아득한 중에 바라보는 것 같도다. 그러하나 세상의 무슨 일이든지 처음부터 완전함은 구치 못할지라. 오늘날 그때 성립한 회당의 형편을 생각하면 무수한 각색 폐단이 있으니, 우리 나라가 근 천 년을 남에게 의뢰하던 습관을 혁파하지 못하여 독립의 사상을 연구하며 자유의 권력을 양성치 못하고 다만 급거히 정부를 공격할 뿐이라. 규모를 개량치 못하면 마침내 협회의 세력이 완전치 못할지라. 태순이 비록 불

---

8) 재조 : 벼슬을 살고 있음.
9) 급업 : 산이 위태롭게 높음.

민하나 그때에 극진히 협회 규모 개량할 방침을 생각하였으니, 제1은 문벌(文閥)에 거리끼지 아니하고 다만 인재를 가려 정부에 등용함이요, 제2는 널리 배운 선비와 실지 공부 있는 사람을 회중에 망라하여 활발한 운동을 시험함이요, 제3은 허탄(虛誕)하여 사실의 기초가되지 못하고 격렬하여 공격하는 성질을 포함한 언론을 금지하여 전국에 정치 사상을 일으킴이요, 제4는 회중에 과정을 나누어 입법 · 행정의 사물을 조사하여 어느 때든지 국가의 대사를 담당할 만한 준비를 정리함이니 회중에 이 같은 정당이 없으면 협회가 확장될지라도 실지의 이익을 보지 못하리로다. 그러하니 일시 성립되었던 회당은 공중의 부운10)같이 사라져 버리고, 장래의 준비는 한 가지도 정리한 바 없이 벌써 이삼 년을 지냈으니, 이는 곧 백 리 길 갈 사람이 겨우 이삼십 리를 가서 해가 저문 것과 같으니 지금부터 바삐 갈지라도 가는 길에 높은 산도 있고 큰 내도 있으며 혹 뜻밖에 풍우를 만남도 있으리니, 매우 주의치 아니하면 밤길 가는 위태함을 면치 못하리로다."

이때에 갈채하는 소리가 만장일치하여 진실로 변사의 괴수가 되리라 하더라. 소년이 면상에 초창한 빛을 띠고 가로되,

"슬프다. 사오 년 전에 사방의 협회당이 벌처럼 일어나 사회 준비에 분주할 새, 여러분 그때 생각에 삼사 년이 지나면 일국이 결합하여 협회의 확장함을 보리라 하였을 터이나, 오늘날 당하여 형편을

---

10) 부운 : 뜬구름.

비유할진대 백일(白日)11)이 서천에 기울어졌는데, 행인이 주점에서 낮잠이 곤히 든지라. 옆의 사람이 흔들어도 눈도 뜨지 아니함과 같으니, 이러한즉 어느 때나 협회가 확장되리오. 사회를 성취코자 하는 자는 오늘날 먼저 전정(前程)의 방침을 정하여 운동할지니, 내가 지금 시험하여 나의 생각을 말씀하리니 여러분은 용서하여 들으심을 바라오. 제1은 학문가와 실지가의 화동(和同)함을 구할지니, 연전에 협회가 사분오열하여 결합치 못함은 학문가와 실지가가 서로 방탄(放誕)12)이 됨을 인함이라 장래 사회를 위하여 주의할 바요, 제2는 문벌 지키는 부패한 사상을 버릴지니 우리는 다같이 대한 동포 형제라 문호를 교계하여 당파를 분열하는 습관을 버리지 아니하면 협회가 성립치 못할 것이요, 제3은 격렬한 언론으로 하등 인민의 열심을 감발(感發)13)함이 또한 사회상에 일시 방침이 될지라도 필경 결과의 후환이 되리니, 십분 주의하여 보통 지식으로 인도할 것이요, 제4는 오활(迂闊)14)한 의논을 물리치고 실지 사업을 힘씀이 금일의 급무가 될지니 민정(民政)을 익히 알며 세계 형편을 두루 살피고 법률 제도와 군정·경찰과 철도·전신까지 실지로 조사치 아니하면 협회가 설립될지라도 정치를 개량치 못하리니, 여러분 오늘날부터 이 네 종목을 주의하여 날이 저물고 길이 먼 한탄이 없게 함을 바라노라."

---

11) 백일 : 쨍쨍하게 비치는 해.
12) 방탄 : 턱없이 허튼 소리만 함.
13) 감발 : 감동하여 분별함.
14) 오활 : 실제와 관련이 멀고 사정에 어두움.

이같이 열심하여 연설을 마치고 여러 손님께 경례한 후 단에서 내리매 만당의 박수하는 소리 그치지 아니하더라. 인하여 간사원이 단 위에 나와 말씀하되, 하상천 씨는 병으로 출석치 못하기로 그만 폐회를 고한다 하거늘, 수백 명이 일시에 나갈 새 회관 문 앞이 개미 떼가 구멍으로 나오는 것 같더라.

제 3 회

"소진(蘇秦)15)이 진왕(辰王)을 달래어 열 번이나 상소하되, 그 말을 듣지 아니하는 고로 검은 갓옷16)이 하얘지고 황금이 다하여 객비가 핍절(乏絶)17)하매, 서책과 행장을 이끌고 고향에 돌아가니 형용이 초췌하고 면목이 가중하여 부끄러운 빛이 있는지라. 그 아내는 베틀에 내리지 아니하고 제수는 밥을 짓지 않으며 부모는 접어(接語)18)하지 아니하는지라. 소진이 위연히 탄식하고 그날 밤부터 서책을 뒤져 강태공의 음부경(陰符經)19)을 내어 읽을 새 잠이 오면 송곳으로 다리를 찔러 피가 흘러 발등까지 내려오며 왈, '어찌 임금을 달래어 부귀와 공명을 얻지 못하느뇨' 하더니, 일 년만에 공부가 성취한지라. 이로

---

15) 소진 : 중국 전국시대의 모사(謀士).
16) 갓옷 : 모피로 안을 댄 옷.
17) 핍절 : 계속하여 생기지 않고 아주 없어짐.
18) 접어 : 서로 말을 주고 받음.
19) 음부경 : 병서, 군서.

좋아 능히 당시 임금을 달래었도다."

하면서 탄식하는 한 서생이 전국책을 읽을 새 아프고 간절한 사정이 마음을 감동시키니 이는 진실로 유명한 글이라. 소진이 고심하던 모양을 그려 내었도다. 다만 세 치 혀로서 한 세상을 놀래고 움직이던 호걸로 처음에 부녀에게도 업수이 여김을 받아 큰소리를 못하였으니 가엾도다. 인정이 고금의 다름이 어찌 있으리오. 이렇듯 너른 세상에 나의 뜻을 아는 자 없어 이때까지 무슨 일이든지 실패되어 객주 주인에게도 식채(食債)20)를 지고 큰소리를 못하니 이는 진실로 개탄할 바이로다.

그러하나 간고(艱苦)함은 장래 대업을 이루는 근본이어니와, 아직 세상에 이름을 나타내지 못하고 공명이 지완(遲緩)21)하여 부모에게 수다한 걱정을 끼침은 불초함을 면치 못할 바라 하여 근심에 잠겼다가 다시 두루쳐 생각하되 이만한 일을 어찌 억제치 못하리오. 소진도 일시의 곤란을 겪으며 뜻을 가다듬어 필경 육국 상인(霜刃)을 허리에 띠었다 하니, 나도 재주와 담력을 가지고 신고22)를 견디어 큰사업을 성취할지니, 속담에 이르되 '고진감래(苦盡甘來)'라 하고 '궁한 즉 통한다[窮則通]'하니 좋은 때 돌아오기를 기다릴지로다 하면서 책상을 의지하여 탄식도 하며 신음도 하니 이는 곧 독립관에서 연설하던 이태순이라.

---

20) 식채 : 외상으로 음식을 먹고 갚지 못한 빚.
21) 지완 : 더디고 느즈러짐.
22) 신고 : 어려운 일을 당하여 몹시 애씀. 그 고생.

사오 칸쯤 되는 객주집 아랫방에 낡은 자리는 군데군데 하얘지고 창살이 바람에 울리며 햇빛은 내려쪼이는데, 상 위에 서양 서적 육칠 권과 당판책 오륙 질을 여기저기 벌여놓고, 그 옆에 보던 편지 휴지는 산란히 흐트러져 있으며, 상자 위에 입던 옷을 걸쳐놓고 연상에는 모지러진 붓 두어 자루를 필통에 꽂아놓고, 붉은 담요 하나를 네 가닥으로 접어 깔았으니, 이는 매우 간난한 객주집 본색인 줄 가히 알겠더라.

마침 밖에서 찾는 소리 나며 문을 열고 들어오니, 이는 전성조라 하는 친구라. 양복을 선명히 입고 시계줄을 길게 늘이고 눈을 크게 떠 사방을 둘러보다가 앉으며 예(禮)하거늘, 태순이 황망히 답례하며 가까이 앉음을 청하고 아이를 불러 화로와 차를 가져오라 하니 성조 가로되,

"차는 제례(除禮)²³⁾하고 이야기나 하세. 일전에 자네 두 번 연설은 세상에 매우 소문이 났네. 자네는 학문도 넉넉하거니와 언사도 잘하니 진실로 부럽네. 그전에 회관에서 연설할 때 두 번이나 어떠한 계집이 자네 얼굴만 유심히 보기로 정녕히 자네와 상관이 되었다는 소문까지 있데."

태순이 정색하며,

"나는 어느 계집이 왔던지 부인이 왔던지 자세히 여겨보지도 아니하였노라."

---

23) 제례 : 갖추어야 할 예의를 덞.

성조 웃으며 가로되,

"자네인들 그러한 미색이 눈에 들지 아니한단 말인가?"

태순이 대답하되,

"내가 비록 용렬(庸劣)24)하나 연설장에서 부인에게 마음을 두는 정신없는 사람은 아니로다."

하면서 기색이 불평하거늘 성조가 얼굴이 붉으며,

"자네가 상관하였다는 말이 아니요, 그 여자가 자네를 욕심내어 상관코자 하는 모양이라 하는 말이나 그 말은 그만두고 자네 무슨 근심이 있는지 아까부터 안색이 불평하니 어쩐 연고이뇨?"

태순이 대답하되,

"근심이라 할 것은 없으나, 조금 관심 되는 일이 있도다."

성조가 웃으며 이르되,

"불평한 것은 유지(有志)한 사람의 떳떳함이라. 지금 세상에 충분 있는 남자들이 누가 국사에 대하여 강개(慷慨)하고 통분치 않으리오마는, 특별히 자네 같은 유지한 남자는 쓰이지 아니하고 용렬한 무리들이 양양자득(揚揚自得)25)함은 진실로 거꾸로 된 일이나, 필경 자네 같은 사람은 뜻을 이룰 기회가 멀지 아니하리로다."

하면서 가장 강개한 체하여 태순의 안색을 살펴보거늘, 태순이 태연히 마음을 움직이지 아니하고 웃으며 가로되,

---

24) 용렬 : 범용하고 열등함.

25) 양양자득 : 득의하는 빛을 외모와 행동에 나타내는 기색과 스스로 마음에 흡족하게 여김.

"나의 불평함은 자네의 말한 바이 아니로다."

성조가 다시 묻되,

"그러할진대 무슨 불평한 일이 있음이뇨?"

태순이 대답하되,

"이는 이야기하기도 도리어 용졸(庸拙)[26]하여 말하기 어렵도다."

성조 가로되,

"자네 일이야 무슨 일이든지 나를 대하여 말 못할 바 어디 있으리요. 나라도 도울 만한 일이 있을진대 진력할지니 듣기를 원하노라."

태순이 추연(惆然)히 말하되,

"나도 사방에 표박[27]하여 아무 일도 이룬 바 없고 세월만 헛되이 보내며 경성에 온 후로부터 서책을 번역하여 생계를 하더니, 지난 달에 근대사(近代史) 초권을 어느 서관에서 출판할 차로 가져가더니, 아무리 재촉하여도 번역비를 보내지 아니하여 지난 달부터 식가를 갚지 못하였기로 아까도 주인에게 불쾌한 말을 듣고 심화가 나는 중에 마침 시골집 편지를 보니, 양친이 나의 직업 없음을 걱정하여 벼슬이 되지 아니하거든 하루라도 바삐 내려오라 하셨으니, 오늘날을 당하여 대답할 말씀이 없으며 번역하여 책권이나 만들면 혼자 생계는 되나, 연로하신 양친의 봉양할 도리가 없으니 이로 걱정이로다."

---

26) 용졸 : 못나고 졸렬함.
27) 표박 : 흘러 떠돎. 표류. 일정한 주거나 생업이 없이 떠돌아다니며 지냄.

성조가 머리 긁으며 가로되,

"자네도 양친이 계셔 매사를 간섭하시는 모양이나 우리 부형들도 너무 완고하셔서 참 민망하여 견딜 수 없네. 나의 소소한 월급량이라도 돈을 좀 보내어라, 집에나 좀 다녀가거라, 별말씀을 다 하시니, 원래 사십 이후 사람들은 세상 형편을 모르기로 장성한 자식을 어린 아이와 같이 신칙하여 진퇴를 마음대로 못하게 할 뿐 아니라 가만히 들어앉아서 자식의 봉양이나 받으려 하는 모양일세. 자네도 아는 바서양서는 부모가 자식에게 재산을 전하여 주는 일은 있으나, 자식이 부모를 들여앉히고 공급하는 규모는 없지 아니한가. 자네도 사회를 개량코자 하는 사람이니 말이로세."

하면서 의기양양하여 지껄이거늘 태순이 잠잠히 앉아 듣다가 오래 간만에 가로되,

"자네 말은 나의 마음과 같지 아니하도다. 서양 풍속이라고 어찌 다 아름다우며 우리 나라 풍속이기로 다 악하리요. 마땅히 그 긴 것은 취하고 짧은 것은 버릴지라. 부자의 관계는 우리 나라에서 순실(淳實)[28]한 도덕을 주장하여 극히 아름다우나, 법이 오래면 폐가 생김은 면키 어려움이라. 근래에 부모가 자녀를 노예같이 대하여 완고한 구속으로 전정을 그르치는 것은 거세(擧世)[29]가 일반이라. 사회상 발달에 방해가 되게 하니 우리가 마땅히 진력하여 이 폐단을 없이 할

---

28) 순실 : 순박하고 진실함.
29) 거세 : 온 세상.

터이나, 이 일을 행코자 할진대 차서가 있어 천륜을 상치 말며 감정이 없도록 할 바이니 우리 부모들은 아직 동양의 전하여 오던 습관을 당연한 바로 아는데, 자식들은 서양 풍속을 홀지(忽地)30)에 행코자 하면 피차의 생각이 같지 아니하여 가정의 풍파를 일으키고 천륜의 친애함을 잃어버릴지라. 하물며 우리를 아이 때부터 부모가 구로(劬勞)31)하심을 모르시고 양육하심은 우리 장성한 후 만년에 재미를 보고자 하심이어늘, 만일 나의 한 몸만 생각하여 부모를 돌아보지 아니하고 곧 서양 풍속을 가정에 행함은 무리한 일이오. 우리는 자식을 두거든 저의 임의로 직업에 나아가게 하고 우리는 자기의 재산으로 몸에 맞도록 생계함이 당연하나, 동양의 습관으로 당연한 법리로 아시는 부모에게 서양 각국의 규모를 행코자 함은 불가한지라. 오늘날 서양 아름다운 풍속에 한 지아비가 한 지어미를 거느리는 규모도 본받지 못하고 문명이니 개화니 하여 부모의 은덕을 먼저 저버리고 돌아보지 아니하는 자도 많이 있으나, 부모도 모르는 사람이 어찌 사회상에 열심하여 몸을 잊어버리리오."

하면서 언론이 창쾌(暢快)하거늘, 성조가 마음에 생각하되 부질없는 말을 내가 하였다 하면서 외면으로는 그러하지 않은 체하고 대답하되,

"지금 자네 말을 들으니 나도 비로소 꿈을 깨달은 듯하거니와 자

---

30) 홀지 : 갑작스럽게.
31) 구로 : 자식 낳아 기르는 수고.

네는 참 효자이로다. 그러하나 지금 자네 말도 사회를 위하여 몸을 잊어버린다 하니, 자네는 양친이 계셔도 부득이한 경우를 당하면 나라를 위하여 몸을 버릴 결심이 있는가?"

태순이 그 말을 듣더니 한참 주목하여 성조를 보다가 가로되,

"이는 별로이 물을 바 아니라. 나도 사회를 조직하여 세상에 행복히 될 바 있을진대 몸을 버리더라도 사회를 위하여 힘을 다할지니, 구구히 목전의 간고함을 두려워하면 자손을 위하여 행복의 사회를 설립치 못하리니, 나도 대담은 못하나 사회에 나간 후에는 아무리 불행한 일을 만날지라도 뜻을 변치 아니할지며, 부모도 응당 허락하시리로다. 근일(近日)에 유지하다는 사람도 믿기 어렵도다. 처음에는 매우 열심하다가 필경은 목적이 변하여 반대하는 자도 적지 아니하니 어찌할 수 없도다."

성조가 그 말을 듣더니 가장 열심을 내는 듯이 가까이 앉으며,

"참, 자네 말대로 연전에 협회당이라고 떠들던 사람의 이허(裏許)32)를 파 보면 결심이 조금도 없어 목숨만 돌아보는 고로 대사를 이루지 못한지라. 소홀히 사회를 개혁코자 함은 부질없는 일이로다. 우리도 여간 운동으로는 목적을 달치 못하리니 결사당을 조직하여 비밀한 수단을 쓸 수밖에 없네."

태순이 정색하며,

"이 사람 떠들지 말지어다. 자네 말 같을진대 과격한 수단을 좋아

---

32) 이허 : 속내평, 겉으로 드러나지 않은 일의 실상.

하나, 나는 공론을 좇아 정치를 개량함이 합당하노니 앞뒤를 돌아보지 아니하고 낭패스러운 일은 단정코 할 바 아니니라."

성조가 홀연히 얼굴이 붉으며,

"자네는 고식지계(姑息之計)33)만 함이로다. 우리가 진실한 자유 권리를 확장코자 하매 범상한 수단으로는 되지 못하리라."

태순이 가로되,

"자네도 연전 협회당의 하던 말을 또 하나 깊이 생각하여 볼지니, 전국에 순검과 병정이 편만(遍滿)하여 민간에 아무리 불평한 일이 있을지라도 세력으로 별안간에 정부를 항거치 못하리니, 원래 사회라 하는 것은 강한 자가 이기고 약한 자가 패할지라. 정치가로서 자담하는 자는 정치 권리를 바라지 아니할 자 없을 것이요, 정부에 있어 지위를 얻은 자는 권력을 유지하여 타인에게 빼앗기지 아니하도록 주의할 바요, 사회 중에서도 뜻을 얻은 자는 기회를 타서 정권을 잡으려 함은 곧 생존경쟁 하는 자연한 형세라. 서양 각국 정치도 다만 이 경쟁하는 세력만 있을 뿐이요, 실상 이치는 아무것도 없다 할지로다. 또 전제정치를 쓰는 나라는 입헌정치와 같지 아니하여 그 지위를 당한 자가 기초를 공고히 하고 성벽을 견고케 하매, 인민이 용이히 경쟁치 못하나니 정부에서는 임의로 법률을 지으며 임의로 조세를 받고 병정과 순검도 다 정부의 지위를 좇아 동하는 고로 위험한 수단으로 정부 항거하는 자를 제어하기 용이하니, 대저 사회 주

---

33) 고식지계 : 당장에 편한 것만 취하는 계책.

장을 장담하는 자가 깊이 주의할 바이로다."

성조 가로되,

"세상에서 그대는 사회상에 격렬한 마음과 수단이 있는 사람으로 지목하더니, 지금 그대 말하는 바를 들은즉 실상은 그러하지 아니한 듯하며, 자네 말과 같을진대 세상 일을 다 정부에 맡겨 두어도 좋을 것 같으나 오늘날 형편을 보면 장래 사회가 어찌 되는지 듣기를 원하노라."

태순이 답 왈,

"인민이 분발한즉 국가의 유지자가 될 것이요, 공론이 균일한즉 완전한 협회가 되리로다."

성조 왈,

"그대의 말을 짐작하나 회원들이 다 그대 마음과 다름이 없다 하는지 듣기를 청하노라."

태순이 이윽히 생각하다가 가로되,

"하상천은 권모(權謀)가 있어 그 마음을 헤아리기 어려우나 시세 형편을 보는 재주가 있으니 아니 될 일을 할 이치는 없거니와, 다만 재물에 정신을 잃어버림은 흠절(欠節)이요, 문전철은 정직한 사람이나 언론이 너무 황당하여 심려할 바이로다."

성조가 홀연히 무슨 일을 생각하는 모양으로 시계를 내어 보며 가로되,

"벌써 네 시가 지났도다. 오늘 세 시 반에 남문 밖에 나가기로 문전철과 연약하였더니 이야기에 팔린 바가 되어 잊어버렸도다. 오늘

은 해공(害工)34)을 많이 시켜 불안하노라."

하고 즉시 몸을 일으켜 나갈 새 태순이 문 밖에까지 따라나가 전송하고 들어와 앉아서 혼자말로,

"그 사람이 학문은 없으나 두루 박람(博覽)한 일이 있어 모르는 일이 없기로 사귈 만한 벗이라 하였더니, 오늘 하던 말 같을진대 불량한 사람이라. 대저 전후를 헤아리지 아니하고 남을 선동하기만 좋아하는 자는 가까이할 바 아니어니와 회중에도 아마 전성조와 같은 사람도 많이 있으리로다."

하더니 별안간 문 밖에 인적이 있으며,

"서방님 계시오?"

하는 소리에 태순이 놀라 안색이 변하더라.

제 4 회

서방님을 찾으며 들어오는 사람은 그 집 주인 구두쇠라 하는 자라. 나인 사십오륙 세 가량이요, 얼굴은 몹시 얽고 찌그러져서 꿈에도 보고 싶지 아니한 상판에 거무충충한 무명 두루마기를 입고 단상투 바람으로 주제넘게 태순의 앞으로 와락 대들어 앉으며 쌈지를 끄르더니 장죽을 딱딱 떨면서 태순의 얼굴을 쳐다보고 하는 말이,

---

34) 해공 :힘써 일하는 데 방해함.

"서방님은 아마 나더러 야속하다 할 터이나 나도 군색하여 또 재촉하오. 아까 말씀하던 것은 어찌할 터이오?"

태순이 불안한 빛을 띠고 대답하되,

"참 자네 볼 낯이 없으나 수일 기다리면 책값이 생길 터일세."

구두쇠 껄껄 웃으며,

"서방님, 요사이 책값 책값 하시니 언제나 되겠소. 우리 아는 사람에도 책 만드는 사람이 있으나 요사이 매매(賣買)가 없어서 아무리 좋은 책이라도 팔리지 아니한다 합더이다. 내가 수년 밥장사하기로 서생들을 많이 지내 보았으나 처음은 집에서 객비(客費)도 보내고 동향 친구의 주선도 있어서 이삼 삭은 어찌하든지 밥 값을 잘 주다가 차차 건체(愆滯)35)되어 셈을 내지 못하고 도망하여 간 곳도 모르는 사람이 얼마인지 모르겠소. 서방님은 그러할 이치는 없으나 나도 옹색하여 언제까지든지 기다릴 수는 없으니 오늘은 절반이라도 주지 못할 터이면 아무리 불안하나 갚을 돈을 보증 얻어 세우고 다른 데로 가시오."

태순의 안색이 붉으며,

"주인의 말이 당연하나 어느 친구에게 부탁한 일이 있으니 아무리 염치는 없으되 잠시간 기다리기를 원하노라."

구두쇠가 품에서 치부책을 내어놓으며,

"서방님, 이것 좀 보시오. 처음 오실 때에 한 달에 오 원 오십 전씩

---

35) 건체 : 돈 갚을 기한을 넘김.

하는 밥값을 특별히 오 원씩 작정하고 정결한 처소를 가리어 드렸더니, 지난 달부터 식가도 받지 못하고 손님 대접한 주육값도 먼저 치르고 우표값까지 합하여 팔 원 구십육 전이오니, 물가도 비싸며 집세도 물 수 없고 또 근래는 청결부(淸潔夫)비도 대단하여 잠시 견딜 수 없으니 아무 주선을 하든지 식가를 지금 주시오."

하며 욕설이 나올 듯하니, 태순이 일변으로는 분연36)하나 빚진 죄인이 되어 대답치 못할 경우를 당하매 연설장에서는 수천 인을 일시에 감동하는 구변(口辯)으로도 아무 말도 못하고 심중에 분함을 억제하여 좋은 말로 대답하나, 구두쇠는 얼굴이 푸르락붉으락하면서 무엇이라고 지껄이는데, 마침 그때에 가만히 문을 열고 들어오는 사람은 이 집의 사역하는 계집아이인데 이름은 금년이요, 나이는 십육칠 세쯤 되고, 의복은 화려치 아니하나 사람됨이 영리하고 얼굴도 그다지 밉지 아니한 모양으로 손에 편지를 들고 태순의 앞에 나아와,

"서방님, 어디서 편지 왔삽나이다."

태순이 그 편지를 받아 보니 겉봉에 하였으되, '이태순 선생 여차37) 입납(入納)38) 무명씨(無名氏) 상장(上狀)39)'이라 하였더라. 태순이 마음에 이상히 여겨 편지 봉을 떼어 보니, 백지 별봉 하나가 무릎 위에 떨어지고 그 별봉에 썼으되, '금자 삼십 원'이라 하였더라.

---

36) 분연 : 벌컥 성을 내면서 분해함.
37) 여차 : '여행 중 머무르는 곳'이라는 뜻. 아랫사람에게 보내는 편지에 씀.
38) 입납 : 삼가 편지를 드림. 봉투에 쓰는 말.
39) 상장 : 경의나 조의를 표하는 편지.

태순이 그 까닭을 알지 못하나 편지를 펴 보니 자획도 기발하고 사연도 능란하니 그 글에 하였으되,

<슬프다. 대장부가 세상에 나서 몸을 버려 나라에 허락함은 떳떳한 일이라. 그대의 근본 뜻을 이룸이 머지 아니할지니 목전에 군색함을 근심 말지어다. 무례함을 돌아보지 아니하고 별봉을 바치나니 지금은 아직 나의 종적을 명백히 말씀하지 못할지라. 부득이하여 모르게 보내오니 다른 날 의심 구름이 걷고 청천 백일에 한 가지 담화할 때가 있으리니 타인에게 보이지 말기를 원하노라.>

태순이 두세 번 편지를 펴 보아도 누구의 편지인지 알지 못할지라. 별봉을 떼어 보니 과연 지폐 삼십 원이 들었거늘, 심히 이상히 여겨 한참이나 눈썹을 찡그리고 앉았다가 금년을 불러 묻되,

"이 편지가 어디서 왔다 하며 그 하인이 있거든 자세히 물어 보아라."

금년이 고하되,

"어디서 왔는지 알지 못하나 하인은 인력거꾼 같은데 편지는 두고 간다 하고 즉시 어디로 갑더이다."

태순이 하릴없이 다시 편지를 보니 아무리 하여도 보지 못하던 글씨라. 문장이 간단하고 사의(辭意)가 극진하나 누가 보낸 것인지 조금도 생각이 나지 아니하는데, 이때에 구두쇠는 우두커니 옆에 앉아서 그 동정을 보더니 큰 입이 떡 벌어지며,

"서방님, 알지 못하는 사람에게서 돈이 왔단 말씀이오? 참 희한한 일이로소이다."

태순이 가장 엄전한 목소리로,

"글쎄, 받는 것이 옳을지 모르나 나의 성명이 씌었으니 아마 잘못 오지는 아니한 것이로다."

돈 봉지를 구두쇠 앞으로 던지며,

"이 속에서 식가를 제하라."

하니 구두쇠가 한없이 기꺼하며,

"서방님은 참 영웅이로소이다. 성명을 숨기고 금자를 보내옴은 세상에 없는 일이니, 서방님은 젊으신 터에 공부 잘한다 우리 집안 사람들이 칭찬하오며, 연설도 잘한다 세상에 소문이 있으니, 공명(功名)을 이루실 날이 머지 아니하리로소이다."

하더니 금년을 불러 이르되,

"안에 들어가 차를 가져오너라. 화롯불도 꺼졌다. 벗어 놓으신 의복은 저렇게 내어버려 두는 법이 있느냐. 좀 개켜 놓아라."

이렇듯 별안간 공손하여지니 지전(紙錢)의 효력이 태순의 권리보다 나음을 가히 알 터라. 구두쇠가 지폐를 세면서,

"서방님, 지난 달 식가 오 원만 먼저 가져가오니 나머지는 월말에 셈하옵소서. 그런데 서방님께 여짜올 말씀이 있으되 이때까지 잊어버렸습니다. 서방님도 아시는 바 저편 방에 있던 학도가 지난 달에 시골 갈 때 밥값을 내지 못하여 책을 오륙 권이나 두고 갔는데 값도 매우 헐하오니 사 보시지 아니하려나이까."

태순이 이르되,

"한적중이 보던 책이면 좋은 책일 듯하니 잠시 보기를 바라노라."

구두쇠가 지전을 싸 갖고 들어가더니 낡은 책 칠팔 권을 갖다 놓는지라, 그 제목을 보니 정다산[40]의 문집 네 권과 일어 국민 독본 두 권과 일영 자전 다이아몬드 한 권이라.

"이 책은 하나도 나에게 쓸 것 없으나 문전철이라 하는 친구가 다이아몬드라 하는 책을 구하니 오십 전이면 사 두었다가 줄까 하노라."

구두쇠가 책을 집어들고 가로되,

"서방님, 보십시오. 이렇게 참깨 같은 글씨도 읽을 수 있삽나이까? 아까 서방님 무슨 책이라 하셨던지요?"

태순이 웃으며,

"다이아몬드라 하는 옥편일세."

하며 벼룻집을 열고 주지(周紙)[41]를 내어 편지를 쓸 새 구두쇠는 다른 책을 정리하며,

"다이, 다이, 다이너마이트 이것 외에는 사지 아니하시나이까?"

태순 왈,

"아직 이 책밖에는 아니 사겠네. 아차, 잘못 썼다. 주인이 옆에서 다이너마이트라 하기로 편지에도 다이너마이트라 썼네. 다이너마이

___

40) 정다산 : 본명은 약용, 다산은 그의 호. 조선 왕조 말의 대학자. 1762~1836.
41) 주지 : 두루마리.

트를 샀다 하면 폭동당(暴動黨)으로 알게? 고쳐야 하겠다."

하고 대여섯 글자를 흐리고 다시 써 편지를 봉투에 넣고 왈,

"주인이 어찌 다이너마이트라 하는 것을 아는가?"

구두쇠 대답하되,

"지난번에 집에 있던 손님들이 신문을 보다가 다이너마이트를 맞추었다 하던 그 소리가 귀에 젖었사오이다."

태순이 웃으며,

"다이너마이트는 폭발약이라는 것일세. 주인, 수고스럽지마는 이 편지를 우체통에 넣고 금년이 시켜 불을 켜게 하라."

하더라.

옛말에 하되, 화복(禍福)이 뜻밖에 나온다 하더니, 이때에 태순이 장차 액운(厄運)을 만남이 지금 켜는 등불에 바람 불어오는 것 같아 귀신의 능력으로도 면치 못할 바더라.

제 5 회

"하상천이, 그만 일어나지 아니하나? 잠도 한이 있지 벌써 아홉 시가 되었네."

하는 소리에 한낱 서생이 이불 속에서 고개를 들고,

"아, 어제 저녁에 늦게 잤더니 매우 곤하다. 자네 어느 때에 왔던가. 아주 몰랐네."

"여보게, 일어나게. 오늘 신문에 큰일났네."

"또 사람을 놀래고 나중에 깔깔 웃으려고?"

"아니, 거짓말 아닐세. 이 신문 좀 보게."

서생이 신문을 집어 보니 제목에, '양씨 구류(兩氏拘留)'라 하였는데, 근래 독립협회 중에 유명한 이태순 씨는 작일 오전 열 시에 상동여관에서 잡히고, 문전철 씨는 일본에 유학할 차로 부산까지 가서 윤선회사에서 잡혀 경성 경무 북서로 보내었다는 풍설이 있는데, 그 내용인즉 이상한 서찰이 있어 국사범에 반연(絆緣)[42]이 있는 듯하다 하나 지휘가 분명치 못하다 하였더라. 하상천이 눈이 둥그래지며,

"이는 참 이상한 일이로다. 그러나 요사이 전성조가 이태순·문전철의 종적을 탐지하는 모양이더니, 무슨 사건의 증거가 있는 듯하니 자네도 자세히 모르나?"

"아니, 나도 지금 신문만 보고 왔으나 송군서는 자세한 일을 알겠지. 송군서가 어젯밤에 늦게 오더니 일어났는지?"

건넌방을 향하여 송군서를 부르며,

"여보게, 자네 이태순·문전철의 일을 들었는가?"

"글쎄, 나도 어제 저녁에 그 두 사람 구류된 말을 듣고 놀라워서 친한 신문사에 가서 알아보니 그 풍설로는 알지 못하고 다른 곳에서 적실(的實)[43]한 듯한 말을 들으니, 태순이 전철의 부탁을 듣고, 폭발

---

42) 반연 : 얽혀서 맺는 인연.
43) 적실 : 틀림없이 확실함.

약을 샀다든지 맞추었다든지 증거할 필적이 있다 하니, 그것이 진실한 말 같으면 걱정일세."

　문전철은 권력이 있는 사람이라 하니 그런 일도 괴이치 아니하나 이태순은 학자이라 평생에 근신하여 황잡(荒雜)한 일이 없기로 유명한 사람이니 어찌 그러한 생각이 있을 줄 알았으리오. 대저 사람이라 하는 것은 외양으로는 알지 못하겠다 하고, 여기저기서 두 사람의 소문을 탐지하되 적실한 일은 아는 자가 없더라.

　이때에 이태순은 오월 열흘날 아침에 볼일이 있어서 출입하려 할 즈음에 난데없는 순검이 형사를 데리고 와 국사범의 반연으로 잡힌 문적을 보이고 인하여 북서 경무청으로 가더니, 그 후에 순검이 다시 와서 그 여관 주인을 불러 세우고, 그 여관하였던 방에 들어가서 책을 수탐하여 가니라, 이태순은 작죄(作罪)한 일이 없으니 무슨 연고인지 알지 못하여 의혹 중 취수(就囚)[44]하여 있다가 문초(問招)하는 마당에 불려 나아가니, 책상을 앞에 놓고 경무관 세 사람이 엄연히 교의에 걸터앉았고 상 위에 필연(筆硯)[45]과 허다한 문부[46]가 쌓여 있더라. 가운데 앉은 그 중 강포(强暴)하여 보이는 경무관이 태순을 보고 그 문벌·직업과 평생 교제하던 친구의 성명을 자세히 물으며,

　"금월 이 일에 문전철에게 편지한 일을 생각하는가?"

　태순이 이윽고 답 왈,

---

44) 취수 : 옥에 갇힘.
45) 필연 : 붓과 벼루.
46) 문부 : 뒤에 상고할 문서나 장부.

"이 일이던지 삼 일이던지는 기억지 못하나 월초에 문전철에게 편지한 일은 있나이다."

"그러할진대 무슨 일로, 편지는 무엇이라 하였던지 생각하는가?"

"편지에 별 말한 바는 없고 문전철의 부탁하던 서책을 사두고 통기(通寄)하였노라."

경관이 빙긋이 웃으며 왈,

"그뿐 아니라 전철더러 무슨 일 결심하라 권하지 아니하였느뇨?"
태순이 고개를 기울이고 한참 생각하다가,

"지금 물으심을 인하여 생각하니 전철이 일본에 유학코자 하나 회중에서 만류하는 자가 있다 하기로, 남의 말로 중지하지 말고 속히 결심하여 유학하라 하였나이다."

경관 왈,

"그러하면 사두었다 하는 것은 무슨 물건인고?"

"매우 조그마한 영어 옥편이로소이다."

그 경관이 동관들을 돌아보고 소곤소곤하더니, 책상 위에 있는 편지 한 장을 내어 보이며 왈,

"그래 이 편지를 아는가?"

태순이 받아 보니 구기고 찢어져 헌 휴지가 되었으되 분명히 자기의 필적이라. 그 글에 하였으되,

　　<삼가 묻노니 인간의 형체가 만왕(萬旺)[47]하시며 유의한 일은 친구의 이론(異論)을 듣지 말고 속히 결심하기 바라노라. 형의 구하는

다이아몬드를 사서 놓았기 기별하노라. 여불비상(餘不備詳)[48].>

제 6 회

태순이 보기를 마치더니, 이 편지는 분명히 자기가 문전철에게 부친 편지라 하고 경관에게 도로 주니 경관이 정색하여 왈,

"그러할진대 책을 샀다 함은 뒷감당도 못할 거짓말이로다. 친구의 이론을 듣지 말고 결심하기를 바라노라 하였고, 먹으로 흐린 곳을 비쳐 보매 다이너마이트라 한 글자가 분명히 보이거늘, 그 옆에 다이아몬드라 고쳤으나 그대가 여관에 있는 일개 서생으로 이 같은 위험한 물건을 사 무엇하려 하였느뇨?"

하며 가장 엄숙히 질문하거늘, 태순이 조금도 굽히지 아니하고 껄껄 웃으며 왈,

"전후 사단(事端)은 모르고 이 편지만 보면 의혹되기 괴이치 아니하나 결심하라 함은 아까 말함과 같이 일본 유학함을 말함이요, 다이너마이트라 함은 잠시 그릇 썼기로 고쳐서 쓴 일이오."

다이아몬드는 영어 옥편 이름이라 하여 그때 하던 형편 말을 자세히 하여 가로되,

---

47) 만왕 : 원기가 매우 왕성함. 상대의 안부를 물을 때 쓰는 말.
48) 여불비상 : 나머지는 예를 갖추지 못한다는 뜻으로 편지의 본문 뒤에 쓰는 상투어.

"사정이 의심될진대 문전철과 여관 주인까지 불러 대질하면 명백하리이다."

하며 변설이 도도하여 흐르는 물 같은지라, 경관들이 서로 보며 이윽히 말이 없더니 또 일봉 서찰을 내어 보이며 왈,

"이 편지는 어디서 왔더뇨?"

태순이 받아 보고 또한 그날 무명씨의 돈 보낸 편지라 하니 경관들이 냉소하며,

"성명도 모르는 사람이 돈을 보내면 받기 어려울 것이요, 또 그 편지 사연을 볼진대 전부터 교제가 있어 그대의 마음을 익히 아는 모양이라. 편지에는 무명씨라 하였으나 그대는 짐작하리로다."

태순이 대답하되,

"이 편지의 문장은 연숙(鍊熟)하나 필법이 잔약(孱弱)49)한 곳이 있어 부인의 글씨 같기로 나도 지금껏 이상히 여기나이다."

가운데 앉은 경관이 일러 왈,

"오늘 문초는 이만 그칠 터이나 그대에게 이를 말이 있노니, 이 편지 출처를 그대도 정확히 변명치 못하고 문전철에게 가는 편지도 또한 비상(非常)하니, 비록 먹으로 흐렸을지라도 국가의 법전으로 그 직업하는 자가 아닌데, 폭발약이 손에 들어왔다 하면 경관이 엄중히 조사를 아니치 못할지라. 아직 감옥서에 가두어 두리니 그리 알지어다."

---

49) 잔약 : 튼튼하지 못하고 약함.

태순이 깜짝 놀라 무엇이라 말하려 한즉 경관이 다시 가로되,

"이는 본관의 권한으로는 아니할 말이나, 그대는 매우 세상에 명망 있는 자로 정부에 대하여 만족치 못한 사상으로 무슨 운동을 하다가 실패하였으니, 차라리 숨기지 말고 명백히 토설함이 대장부의 일이거늘 어찌 소인(小人)과 필부(匹夫)⁵⁰⁾같이 거짓말을 하다가 이후 사실이 탄로나면 자기 양심을 저버릴 뿐 아니라, 세상에 대하여 일후(日後)까지라도 부끄럼을 면치 못하리니, 증거물을 잡고 보증인을 대하여 조사하는 마당에 아무리 발명(發明)⁵¹⁾한들 어찌하리오. 익히 다시 생각하여 보라."

하며 은근히 달래고 알아듣게 타이르니 이는 국사범(國事犯)에 경력 있는 경관이라, 태순이 작죄함은 없으나 혐의쩍은 형적(形迹)이 있어 일시에 발명키 어려울지라. 하릴없이 옥사장을 따라서 감옥서로 들어가니라.

경성에 미결수 죄인 가두는 감옥서가 서소문 안에 있으니 사방으로 겹담을 둘러쌓되 높기가 하늘에 닿을 듯하고 그 속이 사방 입구자로 되었는데, 한가운데 둥근 방은 간수인의 처소요, 죄인 있는 방은 좌우로 다하여 사십 칸이 있으되 나무로 판장을 하고 전면에는 우물 정자 문을 하여 닫고 큰 자물쇠로 채웠고, 후면에는 높기가 다섯 자는 되는 곳에 유리창을 노끈으로 매어 개폐를 하고 그 안에

---

50) 필부 : 한 사람의 여자. 신분이 낮은 여자.
51) 발명 : 죄 없음을 변명함.

쇠난간을 쳤으며, 방마다 한편에 뒷간을 만들었으되 밤에도 등불을 켜지 아니하여 지척을 분별치 못하며, 엄동설한에도 불을 때지 아니하고 담요 하나로 춥고 긴 밤을 지내며, 북풍받이에 유리창으로 눈이 날려 들어오매 수족이 얼어 터지고, 삼복염천에는 조금도 바람이 통치 못하며 남향한 방에 철창으로 일광이 내려쪼이되 피할 곳이 없어 가마에 찌는 듯하고, 간수인은 양복 입고 칼을 차고 엄연히 교의에 걸터앉은 형상은 염라대왕으로 보이고, 옥사장은 검정 털요를 뒤집어썼으매 죄인들 눈에는 귀신인가 싶고, 병인의 신음하는 소리는 죽은 사람이 부르짖는가 의심하니, 이는 진실로 살아서 지옥에 빠졌다 할러라. 서양에서도 전에는 이러하더니, 벤담(Bentham)[52]이라 하는 사람이 나서 옥을 짓는 법과 죄인 두는 법을 개량하매 각국이 다 본받아 일신(一新)히 개량하고 인하여 그 후로 죄인도 감성(減省)[53]되었다 하니, 우리 나라도 급히 옥을 개량함이 좋으리로다.

이때는 오뉴월이라 수일 장마가 그치지 아니하고 음음(陰陰)한 안개는 창으로 들어오매 죄수의 의복이 누습하고 처량한 처맛물 소리는 사람의 창자가 끊어질 듯한데 슬픔을 머금고 잠잠히 앉았는 소년은 이태순이라. 홀로 이윽히 생각하되, 내가 평생에 정치가가 될 뜻으로 사방에 분주하다가 사업을 이루지 못할 뿐 아니라 일조에 조심하지 못함을 말미암아 옥중에 들어왔도다.

---

52) 벤담 : 영국의 법학자, 윤리학자.
53) 감성 : 덜어서 줄임.

그날 함께 잡혀온 문전철과 구두쇠는 어찌 대답하였는지 적연(的然)히 모르나, 만일 변명이 되지 못하면 경하더라도 삼사 년 금고(禁錮)를 당할지니, 이렇듯 언약한 몸이 옥중의 귀신을 면치 못할지라. 수년 전에 기회 있을 때 장씨 집 데릴사위로 갔다면 이러한 횡액은 당하지 아니하였으리로다. 양친(兩親)이 이 몸의 화난(禍難) 만남을 들으시면 오죽 걱정하시리오. 옛말에 빠른 바람에 굳센 풀을 안다 하였으나, 또 높은 가지가 부러지기 쉽다는 말도 있으니, 슬프다, 아무리 천질(天質)이 강명(剛明)54)한 사람이로되 옥중의 고초를 이기지 못하면 굳센 마음이 자연 사라지고 눈물이 흐르는도다.

제 7 회

높은 산이 아아(峨峨)하여 창취(蒼翠)를 머금고 산하에 간수(澗水)가 쟁쟁하여 폭포를 이루었고, 산상의 유명한 백운대(白雲臺)는 하늘에 꽂힌 듯하고, 그 아래 북한사(北漢寺)라 하는 절이 있어 누각이 나는 듯하며, 아래로 만호장안(萬戶長安)을 임하여 경개도 절승하고 수석(樹石)도 기이하므로 가인재자(佳人才子)55)가 낙역부절하여 구경함을 마지 아니하더라. 이때는 칠월 망간(望間)이라. 한편에 있는 승방을

---

54) 강명 : 성질이 강직하고 두뇌가 명색함.
55) 가인재자 : 고운 여자와 재주 있는 젊은이.

치우고 조용히 앉아 글 읽는 사람은 어떠한 사람인지 얼굴은 주렴(珠簾)에 가리워 보이지 아니하고 청아한 글 소리만 폭포성(瀑布聲)을 화답하여 은은한 풍편(風便)에 들리는데, 한편 누상에서 아무 생각 없이 귀를 기울이고 앉았는 사람은 한 서생이라. 군산 가을 밤에 육방응이 병서를 읽는가, 여산(廬山) 깊은 곳에 이태백이 쇠공이를 가는가, 양양한 저 글 소리가 옥패를 부수는 듯하여 비량(悲凉)한 나의 회포를 적이 도웁는도다. 이 모양으로 혼자말로 하면서 누하(樓下)에 내려 그 절에서 밥짓고 있는 노파를 불러 조용히 묻되,

"저 초막에서 글 읽는 사람이 누구라 하던가?"

노파 가로되,

"일전부터 어떠한 부인이 소저를 데리고 와 계신데, 그 소저의 나이 십팔구 세나 되어 보이고 얼굴도 어여쁘고 인품도 온화하거니와 글을 좋아하여 잠시도 쉬지 아니하고 읽나이다."

서생이 머리를 끄덕이며 가로되,

"함께 와 있는 부인은 그 소저의 어찌 되는 부인이라 하던가?"

노파가 대답하되,

"그 부인은 그 어머니인지 숙모인지는 모르나 오십여 세 가량이나 된 부인이더이다."

서생이 탄식하되,

"우리 나라 교육 정도가 아직 발달이 못 되어 부인은 고사하고 남자도 열심히 공부하는 자가 드물거늘 어떤 규수로 저렇듯 사상이 고명(高明)한고."

노파가 듣다가 웃으며,

"그 소저는 서방님을 아는 것 같더이다. 저녁에 서방님 오실 때에 소저가 사립문에서 내다보다가 반기는 빛이 얼굴에 나타나고, 또 어떠한 사진 한 장을 손에 들고 보는데 흡사한 서방님 모양이더이다."

이때 노파와 수작하는 사람은 이태순이라. 오월 초에 편지의 글자 그릇 씀을 말미암아 경무청에 잡힌 바 되어 경관이 조사한즉, 죄는 없는 듯하나 사체(事體)가 중대하고 익명서(匿名書)의 출처도 분명치 못하여, 문전철을 준 편지도 의심처가 있으므로 조사를 소홀히 하지 못할지라. 이러므로 몇 달을 옥중에 가두어 두었더니 태순의 구초(口招)[56]와 한가지로 잡힌 사람들의 말이 일일이 다름이 없어 별반 의심이 되지 아니하는 고로 칠월 초에 문전철과 한가지로 방면되었더라. 태순이 염천(炎天)을 당하여 옥중에서 곤경을 지낸 후 신체도 피곤하고 심신도 울적하여 소풍할 생각도 있고 삼 년 전에 북한사 절에 놀던 일이 있어 그 절의 중도 친숙히 아는 고로 이때에 와서 산수의 경개도 구경하고 정결한 처소를 빌어 몸을 조섭(調攝)도 하러 왔더니, 마침 건너 초막의 글 소리를 듣고 마음에 감동하여 누다락에 내려서 노파더러 그 동정을 물은 것이라. 노파의 말을 들으니 첩첩한 구름이 구의산에 가리운 듯 의심을 깨치기 어려워 글 한 수를 지어 달 아래에 읊으니, 그 글에 하였으되,

"서상(書床)에 밝은 달이여, 누구를 위하여 비치었소. 청조(靑鳥)[57]

---

56) 구초 : 죄인의 공술.

의 사자가 없음이여, 나의 회포를 어찌 전할꼬."

옳기를 마치매 소저 글 소리를 멈추고 듣다가 청아한 목소리로 그 글을 화답하니 갈왔으되,

"일신의 처량함이여, 하늘 높고 땅이 두터움을 모르도다. 사람은 같고 성이 다름이여, 백 년을 의탁할 곳이 아득하도다."

태순이 더욱 심회를 정치 못하여 스스로 그 글 뜻을 풀어 가로되, 하늘과 땅을 모른다 하였으니 일정 부모가 없는 여자이요, 백 년 의탁이 아득하다 하였으니 아직 정혼치 아니한 듯하나 다만 셋째 구에 이른바 사람은 같고 성이 다르다 함은 누구를 가리킴인지 알 길이 없도다. 아무러나 내일은 자세히 그 규수의 내력을 탐지하리라 하고 침실에 들어 밤이 맞도록 전전불매(輾轉不寐)[58]하더라.

제 8 회

이태순이 북한산 북한사에서 우연히 초막에 있는 한 여자와 글을 화답한 후로 세상에 범상한 부인은 눈꼬리로도 보지 아니하던 성미로되, 열석(熱石) 같은 심장이 자연히 황홀한지라 혼자 헤오되,

'세상을 건질 큰 뜻을 품은 남자가 아녀자에게 고혹(蠱惑)할 바는 아니로되 이같이 재덕을 겸비한 여자는 가히 나의 지기지우(知己之

---

57) 청조 : 반가운 사자(使者) 또는 편지.
58) 전전불매 : 누워서 이리저리 뒤척이며 잠을 못 이룸.

友)⁵⁹⁾라 할 만하나, 이 몸은 전후에 불행한 일이 많아서 사방에 표박하고 공명을 이루지 못하며, 지금은 여관에 있어 책권이나 번역하여 일신(一身)의 호구(糊口)⁶⁰⁾하기를 일삼으니, 아무리 생각하여도 아직 한집 배포(排鋪)⁶¹⁾를 생의(生意)하지 못할지요, 타일에 공업(功業)을 성취하더라도 저러한 여자는 벌써 푸른 잎이 그늘을 이루매 열매가 가지에 가득한 모양같이 되리니 진실로 창연한 일이로다. 그러하나 그 여자가 어느 곳에서 생장하였던가, 마음에 생겨나는 일도 있으나 누구를 인연하여 물으리오. 응당 이곳에서 아직 두류(逗留)⁶²⁾할 듯하니 다시 서서히 물어 보아도 늦지 아니하리로다.'

하여 홀로 이윽토록 등잔불을 대하여 이리저리 생각하다가 열두 점이 지나매 비로소 침소에 나아갔다가 이튿날 눈을 떠 보니 아침 햇빛이 창에 비치고 산중이 적적하여 다만 폭포 소리만 베개 위에 이르는지라. 태순이 금침(衾枕)을 의지하여 무료히 앉았더니 노파가 문을 반쯤 열고 방안을 엿보며 가로되,

"서방님, 매우 곤히 주무시나이다."

태순이 묻되,

"지금 몇 시 가량이나 되었는고?"

"지금 여덟 점을 쳤삽나이다."

---

59) 지기지우 : 서로 마음이 통하는 벗.
60) 호구 : 겨우 먹고 삶. 입에 풀칠을 함.
61) 배포 : 배짱, 머리를 써서 이리 저리 조리 있게 계획함.
62) 두류 : 여행을 가서 머물러 있음.

태순이 눈을 비비며,

"그러하면 아침잠을 대단히 늦도록 잤도다."

노파 웃으며,

"주무시느라고 건너 초막에서 글 읽던 소저 떠나가는 것도 모르셨습니다."

하는 말에 태순이 깜짝 놀라 급히 묻되,

"무엇이라 하던가. 그 여자가 성문 안으로 들어간다 하던가, 다른 절로 간다 하던가?"

노파 대답하되,

"문산포(汶山浦)가 어디인지 그곳으로 간다 하더이다. 무슨 일은 모르나 서방님께 할 말씀 있는 모양으로 오래 기다리고 있삽기로 제가 자주 와서 뵈오나, 너무 곤히 주무시는 듯하기로 감히 깨우지 못하였삽나이다."

태순이 창연히 앉았다가 또 묻되,

"그러나 그 소저 떠날 때 혹 무슨 말을 함이 있던가?"

노파 허리춤에서 편지 한 장을 내놓으며,

"이것을 서방님께 드리라 하더이다."

태순이 받아 급히 피봉(皮封)을 떼어 본즉 편지가 아니요 글 한 편이 있으니 하였으되,

　　<적설(積雪)이 공산(空山)[63]에 가득하니 초목이 모두 영락(零落)하도다. 외로이 섰는 저 소나무는 굳센 절개를 변치 아니하는도다. 조

물(造物)이 부질없이 시기함이여, 인생이 달같이 둥글기 어렵도다.
뒷기약이 아득함이여, 신(信) 있는 군자에게 맡김이로다.>

태순이 두세 번이나 그 글을 보며 생각하되,

'적설 공산에 초목 영락함으로 세상을 탁의(託意)[64]하고, 외로운 솔의 변치 아니하는 절개로 자기를 비하고, 조물의 시기와 달의 둥글지 못함으로 의외에 떠나감과 아름다운 언약을 맺지 못함을 한탄함이요, 끝의 구는 정녕히 나에게 부탁한 말이로다.'

하고 주승(主僧)을 불러 묻되,

"저 앞 초막에서 유숙하던 부인이 어느 곳에 산다 하며 성씨는 누구라 하던고?"

주승이 식가(食價) 기록한 책자를 상좌(上座)더러 가져오라 하여 차례로 내려보더니 책 한 장을 접어 주며,

"그 부인의 거주가 여기 있나이다."

태순이 받아 자세히 보니,

'경성 남촌 후곡 이 통일 호 권 첨사 부인, 연이 오십일 세요, 소저 매선, 연이 십팔 세'라 하였는지라 태순이 심중에 헤오되,

'정녕히 경성에 있는 여자일시 분명하나, 그러나 그 글 읽는 소리를 들어본즉 전라도 음성 같던데.'

---

63) 공산 : 사람이 없는 산 중.
64) 탁의 : 자기의 의사를 다른 일에 비유해 붙여서 나타냄.

하며 또 주승더러 묻되,

"그 부인이 어디로 향하여 간다 하던고?"

주승이 웃으며 가로되,

"남의 댁 부인의 거처는 무슨 연고로 물으시나이까. 그 부인의 일가댁이 문산포 땅에 있어 그곳으로 가신다 하더이다."

태순이 천연한 기색으로 말하되,

"우연히 물은 것이어니와 문산포가 이곳서 몇 리나 되는고?"

주승이 대답하되,

"칠십 리라 하더이다."

태순이 그 절에서 육칠 일이나 두류하매 잠적한 회포도 너무 지리하고 의중지인(意中之人)⁶⁵⁾의 자취도 실로 궁금하여 문산포로 가려 하더니, 그날부터 비가 오고 생량(生凉)⁶⁶⁾ 기운이 나매 감기로 신기 불편하여 떠나지 못하고 중지하니, 귀에 익지 못한 폭포 소리는 실로 태순의 심사를 산란케 하며 잠을 이루면 몸이 나는 듯이 문산포로 향하더라.

사오 일을 지나 병이 조금 나으매 주승에게 부탁하여 짐꾼 한 명을 얻어 행구(行具)⁶⁷⁾를 지워 길을 인도하라 하고, 자기는 죽장망혜(竹杖芒鞋)⁶⁸⁾로 새벽 하늘 처량한 기운을 타서 북한산성을 떠나 북으

---

65) 의중지인 : 마음속에 지목한 사람.
66) 생량 : 가을이 되어 서늘한 기운이 생김.
67) 행구 : 행장(行裝).
68) 죽장망혜 : 대지팡이와 짚신. 먼길 떠날 때 간편한 차림새를 이르는 말.

로 물을 따라 수삼십 리를 가니, 점점 산이 높고 골이 깊어 굽이굽이 시냇물은 잔잔하고 고요하고, 중중한 수목은 참치(參差)[69]하여 풍경이 청수하니 가장 별유천지(別有天地)에 이른 듯하더라. 또 수십 리를 가매 한 촌락이 있어 인가가 즐비한데 남으로 삼각산이 첩첩하여 구름 밖에 솟아 있고, 북으로 멀리 임진강이 거울같이 둘러 고기 잡는 돛대는 역력히 눈앞에 왕래하고 길가에 한 주점이 있는데, 그 앞에 시냇물이 바위 사이로부터 쟁쟁히 흘러 심히 정결하매 내왕하는 행객이 모두 그 주점에서 쉬더라.

태순이 좌우로 산천경개(山川景槪)를 구경하며 주점 앞에 다다르니, 험한 길에 삐쳐 자연히 몸도 곤뇌하고 목도 마른지라. 관(冠)을 벗어 솔가지에 걸고 표주박으로 석천(石泉)에 흐르는 물을 떠서 마시며 바위 위에 걸터앉아 수건을 내어 땀을 씻고 다리를 쉴 새, 주막 주인더러 문산포 이수(里數)를 물으니 겨우 이십 리가 남은지라. 마음에 바빠서 짐꾼을 재촉하여 저물기 전 바삐 가자 하며 주머니에서 돈을 내어 주인을 주고 길에 오르려 할 즈음에, 문득 산모롱이로 좇아 교군 하나가 그 주점을 향하여 오더니 교군을 놓고 쉬는데, 어떠한 젊은 여자가 교군에서 좇아 나오더니 나무 그늘 으슥한 곳에 가 서늘한 바람을 향하여 섰다가 태순을 정신없이 건너다보고 무슨 생각을 침착히 하는 모양이라. 태순이 가려던 길을 머무르고 그 여자의 거동을 여겨보더라. 이 여자는 별사람이 아니라 권 첨사의 질녀

---

69) 참치 : 길고 짧거나 또는 서로 드나들어서 가지런하지 아니함(參差不齊).

매선이니, 그 모친 별세한 후로 권 첨사 내외와 동거하더니, 권 첨사가 불량한 뜻으로 매선의 집을 전당코자 하여 전집(典執)[70]하는 사람이 집을 보러 올 때에 매선으로 하여금 알지 못하게 할 계교로, 방학한 동안에 조용한 절에 가 배운 바 서책을 복습하라고 좋은 말로 속여 그 처 임씨더러 데리고 북한사에 가 여름을 지내고 오라 하였더니 임씨가 매선이 태순과 글을 화답하는 양을 보고 행여나 저희가 부부 되면 재산을 다시 간섭치 못하려니 하여 그 이튿날로 문산포로 데리고 갔더니 마침 권 첨사의 급히 올라오라는 전보를 보고 가는 길이라.

매선이 부친의 유언을 굳게 지키고 심랑의 사진을 항상 품에 품고 그 사람을 만나 평생을 의탁코자 하여 여학교에 들어 공부도 할 겸 그 복색은 우리 나라 본래 입던 여복과 같지 아니하여 내외하는 좁은 규모가 없는지라, 이에 사람 많이 모인 연설장마다 쫓아다니며 살펴보더니, 다행히 독립관 정치 연설하는 날 마음에 사모하던 얼굴은 보았으나, 다만 그 성이 같지 아니함을 한탄하던 차에 북한사에서 다시 보았으나 여자의 부끄러운 마음으로 차마 먼저 말을 묻지 못하고 한갓 글을 지어 그 뜻을 시험할 뿐이요, 종시 반신반의하여 진정치 못하더니, 이곳에서 제삼차 상봉하여 다시 보고 또 볼수록 심랑의 사진과 십분 의심이 없는지라, 규중 여자로 타인 남자를 대하여 말을 물음은 온당한 일이라 못할지나, 부모도 아니 계시고 동

---

70) 전집 : 전당을 잡히거나 잡음.

기도 없어 사고무친(四顧無親) 외로운 내 몸으로 사소한 예절에 구애하여 평생을 그르침보다 차라리 부끄러움을 무릅쓰고 구곡간장(九曲肝腸)[71]에 맺혀 있는 의점(疑點)을 깨쳐 보리라 하고 연보(蓮步)[72]를 옮겨 태순 앞으로 오더니 수삽한 목소리로,

"군자의 존성이 심씨가 아니시며, 일찍이 장씨 가(家)에 언약한 일이 있지 아니하시니까?"

태순이 공손히 대답하되,

"소생의 성명은 이태순이어니와, 특별히 약조라 할 것은 없으나 삼사 년 전에 장씨 가와 혼사로 설왕설래한 일은 있나이다."

매선이 말을 들으니 더욱 의혹이 자심(滋甚)하여 또 그 말을 묻고자 할 즈음에, 교군 하나가 또 오더니 나이 근 오십 되는 여인이 두 눈썹에 살기가 등등하여 포악한 목소리로 교군을 재촉하여 매선을 데리고 풍우같이 가는지라, 태순이 넋이 없어서 교군 가는 곳만 바라보고 섰더니, 어떠한 사람이 별안간에 태순의 어깨를 치며,

"이 사람, 무엇을 그리 정신없이 보고 섰나?"

하는 소리에 깜짝 놀라 돌아보며 하는 말이,

"누구인가 하였더니 자네더란 말인가!"

---

71) 구곡간장 : 굽이굽이 깊이 든 마음속. 깊은 마음속.
72) 연보 : 미인의 걸음걸이의 비유.

제 9 회

층암과 절벽이 상대(相對)하여 병풍을 세운 듯한데 높기는 몇백 길
인지 알지 못하며, 시내에 둘린 수목은 울울창창(鬱鬱蒼蒼)한데 그 아
래 물소리는 길이 굴곡하여 바위 모롱이를 둘렀고, 두 언덕 좁은 곳
에 한 외나무다리를 놓아 앞산으로 통하였으며, 그 옆 석각 사이에
냉천(冷泉)이 솟아나매 청상(淸爽)한 기운이 사람의 골수에 침노하니
이곳은 곧 일산(一山)이라. 절벽 위에 올연(兀然)[73]한 수간 정자가 산
을 등지고 물을 임하였는데, 한편 벽에 산수도(山水圖)를 걸었고 병에
백합화를 꽂아놓고 화로에 철병을 올려놓았으며, 그 옆에 찻종을 놓
고 두 낱 서생이 의관을 벗어 난간에 걸어놓고 서로 대하여 앉았으
니, 이는 곧 이태순이 문전철을 만나 동행하여 오다가 피서(避暑)함이
러라.

태순이 가로되,

"바람도 시원하고 경치도 절승하다. 그러니 아까 주점에서 그대
만나기는 참 의외가 아닌가. 무슨 일을 말미암아 그곳에를 왔던가?"

문전철이 대답하되,

"그대도 아는 바이어니와 옥중에서 놓여 나온 후 이천(利川) 고향
집으로 내려갔더니, 모친의 병환 계시단 말은 실상이 아니고 전혀
나를 불러 내려서 슬하에 두시려 하는 뜻이시기로, 사세(事勢)가 그렇

---

73) 올연 : 홀로 우뚝함.

지 아니함을 고하고 다시 서울로 올라가는 길이어니와 처음 생각에
는 오래간만에 시골을 가니 일이 삭 두류하여 올까 하였더니, 향중
서생들이 모두 전일 풍기(風紀)만 지키고 인순고식(因循姑息)[74]하는 사
람뿐이라, 하나도 가히 데리고 말할 만한 자가 없어 나의 취수(就囚)
되었던 일을 듣고 국사범이나 되는 줄로 짐작하고 상종을 꺼리는
것 같고, 나도 역시 재미없어 이렇게 속히 오네. 여보게 태순이, 근일
에 지방의 하잘것없는 무리는 모두 쓸 곳이 없데.”

하면서 정자 주인을 불러 술 가져옴을 재촉하는지라. 태순이 만류하
되,

“그만두게. 우리가 낮에는 술 먹지 말자 약조하지 아니하였나? 그
대는 모름지기 옥중에서 한 잔도 아니 먹고 지내던 일을 생각하여
좀 참아 보게.”

이에 전철이 고담준론(高談峻論)하며,

“대장부가 술을 먹지 아니한단 말인가? 술 있는 강산에 뛰어난
인사가 많다는 옛말도 모르나?”

태순이 가로되,

“그대는 술을 편벽(偏僻)되이 즐기는 것이 큰 결점이니, 사회에 나
와서 사업을 하려 하는 사람이 술로 본성을 잃어버림은 불가한 것이
니 조심하기를 바라노라.”

---

74) 인순고식 : 낡은 인습에서 벗어나지 못하고 눈앞의 평안함만 취하는 것을
이름.

전철이 앙천대소하며,

"그대의 범절과 지식은 나의 우러러보는 바이로되, 술에 대하여는 너무 졸(拙)한 규모를 웃노라. 이번에도 그대를 반가이 만나기는 전혀 술의 공일세. 만일 내가 주점마다 술을 먹느라고 지체치 아니하였다면 수일 전에 벌써 경성에 득달(得達)하였을 터이니, 어디 가서 그대를 만났을까."

이와 같이 이야기할 즈음에 주인이 주안을 갖추어 나오거늘, 전철이 일배일배(一杯一杯)로 취하도록 마시더니, 그때 마침 오래 이별하였던 친구 두 사람이 들어오니 하나는 강순현이요, 하나는 남덕중이라. 한훤(寒暄)75)을 마친 후 오래 만나지 못한 회포를 말씀할 새, 술을 새로 가져오라 하고, 네 사람이 한가지로 앉아 술잔을 나누며 각 지방 형편을 담론할 새, 태순이 술잔을 내려놓고 남덕중을 보고,

"남형은 전과 같이 군회(郡會)에 진력하시며 그 지방의 회(會) 형편은 근일에 어찌된 모양이니까?"

남덕중이 탄식하며 대답하되,

"선생도 아시는 바이어니와, 연전에 우리가 서로 동지지인(同志志人)을 천거하여 지회를 조직하매 백사가 진취되더니, 이삼 년 후로부터 지방 관리가 민권을 비리로 속박하여 회원이 영성(零星)76)하여질 뿐 아니라, 무슨 의안이 있든지 모두 빙빙과거(氷氷過去)77)할 뿐이

---

75) 한훤 : 일기의 춥고 더움을 물음. 서간문.
76) 영성 : 수효가 적어서 보잘것없는 모양.
77) 빙빙과거 : 세상을 어름어름 지낸다는 뜻의 신소리.

니 의회가 있어도 없는 모양이라, 진실로 절통할 바이로다."

태순이 가로되,

"정치당이 어지간히 번성하던 귀군이 그 지경에 이름은 천만의외나, 그러나 물론 무슨 일이든지 한 번 굴(屈)하면 한 번 신(伸)하는 것은 정한 이치라, 오늘날 회의 조잔(凋殘)함을 근심치 말지어다. 이는 타일(他日)에 왕성할 장본이라. 인민이 정치 사상이 없어 의회를 향하여 공동함이 없고 부정체에 경험이 없어 정치상에 깊이 감각이 없음은 면치 못할 사세라. 점차 정치상이 진보되어 의회를 공동하는 예론이 강대하면 어떠한 법률을 시행하든지 실제상 이익을 보기 어렵지 않다 하노니, 이는 제일 여자 사회를 개량하여 사치하는 풍속과 비루(鄙陋)[78]한 행실이 없도록 하여야 속한 효험을 볼지니, 완고한 습관이 뇌수에 인 박인 이십 이상 인물은 말할 것 없고 천진(天眞)으로 있는 소아들을 새 정신, 새 사상이 들도록 하자면 여자 사회가 진보되어 집집이 가정 학문이 있은 연후라야 가히 되리라 하나이다."

남덕중이 태순더러 왈,

"아이와 부인 말씀을 하시니 생각이 나는 일이 있나이다. 내가 향일 문산포에 갔다가 주점에서 지나가는 부인을 만나매 연기가 십팔구 세 가량이나 되었는데, 국한문과 양서를 능히 보기로 주인더러 물은즉 경성 사람이라 하더이다. 근래 젊은 부인에는 과연 학문 있

---

78) 비루 : 마음이 고상하지 못하고 더러움.

는 자가 더러 있으니 업수이 여기지 못하리로다."

태순이 잠시도 잊지 못하는 중 이 사람의 말을 들으매 자연 심히 산란하여 진정키 어려워 묵묵히 앉았는데, 문전철이 웃어 가로되,

"근래 여자들이 조그만치 학문이 있으면 너무 주제넘어 남녀 동등권리나 말끝마다 내세워 가정을 문란케 하니 그야말로 식자우환(識字憂患)[79]이라 하노라."

태순이 분연히 대답하되,

"부인의 교육이 발달됨은 사회에 대하여 큰 행복이라 하겠거늘, 문형은 어찌하여 시세 적당치 아니한 말을 하느뇨?"

제 10 회

제비는 남으로 가고 기러기는 북으로 감은 인생의 면치 못할 일이라. 문전철은 강순현과 지회를 조직할 일로 파주(坡州) 지방으로 향하여 가고, 이태순과 남덕중은 경성으로 올라오며 양인의 지회 설립 방법도 이야기하고 근일 경성 형편도 문답할 새 태순이 가로되,

"문군이 유여(有餘)[80]한 학문으로 매사에 열심함은 매우 감사하나, 원래 술이 과하므로 세상일에 대하여 매양 불평한 말을 고귀함이

---

79) 식자우환 : 글자를 아는 것이 도리어 근심을 사게 된다는 말.
80) 유여 : 남을 만큼 넉넉함.

없음을 근심하여 이번에도 매우 권고하여 보내었으니 연설하는 마당에 격분함을 못 이기어 실수나 아니하면 좋을까 하노라."

남덕중이 가로되,

"그는 걱정할 바 아니라 하노니, 유지하다는 사람이라 자칭하는 자가 모두 의식(儀式)만 일삼는 세상에 문전철같이 마음과 말이 한결같은 사람은 별로 없다 하노라."

태순이 가로되,

"그대 말씀이 가장 옳으니, 대개 사람의 상(相)은 지위를 인하여 변하나니, 오늘날 수염을 다스리고 사인마차(四人馬車)에 올라앉아 노성(老成)[81]한 사람을 깔보고 업신여기고 협회당을 과격하다 추직하다 하는 사람들도 개혁하기 전 국사에 분주할 때에는 거개 황당한 거동이 많았으니, 문전철도 뜻을 얻어 상등 사회에 있는 날에는 기상도 자연히 온화하게 되리니, 어느 때까지든지 오늘날 모양으로 있지는 아니할지나, 본래 평등의 자유라 하든가 빈부의 평준(平準)이라 함을 좋아하는 남자인 고로 잘못하면 격렬당(激烈黨)이 되지 아니할까 모르겠도다. 서양 제국에서도 하등 인민들이 사회당을 조직하여 사회의 질서를 문란케 함은 다 세상에 뜻을 얻지 못한 학자들이 선동함을 인함이라 하나이다."

이같이 이야기를 하며 가는데, 어떠한 조그마한 아이가 신문 한 장을 들고 지나거늘, 남덕중이 그 아이에게 신문을 빌어 태순과 나

---

81) 노성 : 숙성. 노련하고 성숙함.

무 그늘 밑에 잔디를 깔고 앉아서 잡보(雜報)부터 차례로 볼 새, 연희장(演戲場) 개량이라는 제목에 이르러 그 취지를 자세히 본즉, 어떠한 유명가의 주장으로 말미암아 연희장의 누습(陋習)[82]을 일체 개량하기 위하여 동지를 구할 새 유지 신사와 신문 기자 제씨(諸氏)가 모두 찬성하는 뜻을 표하였다 하였거늘, 덕중이 보기를 마치고 가로되,

"이는 연희 개량을 발기하는 자가 있는 모양이니 이도 구습의 고루함을 고치지 못할지나, 그러나 오늘날 정치와 사회상에 개량할 일이 허다하거늘, 유지자들이 어느 여가에 그만 일로 떠드는고."

태순이 가로되,

"연희의 필요함을 형이 모르는도다. 동서양을 물론하고 풍속 개량하는 효험이 학교가 제일이라 하겠으나, 그 효험의 속함으로 말하면 연설이 학교보다 앞서고 소설이 연설보다 앞서는데, 소설보다도 앞서는 것은 연희라 하나니, 서양 각국에서는 연희장을 극히 장하게 건축하고 화려하게 설비하였으며, 그 주모(主謀)하는 사람은 상당한 학문이 있어 물정을 추직하고 고금을 통달하는 고로 연희하는 일이 모두 시세에 적당하여 부인·아동의 구경거리가 아니요, 상등 사회의 심신을 기껍게 하는 처소가 되나니, 그런 고로 각국에는 제왕과 후비(后妃)라도 으레 구경하여 우리 나라 연희장과 같지 아니하니, 우리 나라 연희장의 건축은 약간 서양제도를 모방하였으나 다만 외양뿐이요, 그 유희하는 규모는 모두 이십 년 전 구풍으로 압제 정치

---

82) 누습 : 더러운 풍습·습관.

만 알던 시대의 사상을 숭상하여 이도령이니 춘향이니 하는 잡설과 어사(御使)니 부사(副使)니 하는 기발한 글귀를 주장하며, 꼭두각시니 무동(舞童)이니 의미 없는 유희로 다만 부랑자의 도회장이 되어 문명 풍화에는 조금도 유익할 바가 없으니, 이는 연희를 설시하는 자가 학문이 없어 동양의 부패한 풍습만 알 뿐이요, 구경하는 사람도 또한 유의유식하여 무항산(無恒産)[83]한 사람과 경박허랑(輕薄虛浪)[84]하여 무지각한 무리뿐이니 진실로 개탄할 바로다. 하루라도 바삐 그 방법을 개량하여 역사의 선악과 시세의 가부를 재미있게 형용한 후에야 남녀 구경하는 사람의 안목에 만족할 것이요, 외국 사람에게도 조소를 면하리로다."

남덕중이 무릎을 치며 가로되,

"선생의 말씀을 들으니 비로소 연희를 개량함이 필요함을 가히 알지라, 나도 어디까지든지 찬성하고자 하노라."

태순이 수건으로 땀을 씻으며,

"날도 대단히 더워진다. 목욕이나 좀 하여 볼까."

하며 그 앞의 시내 둑으로 나아가 그늘 밑에 의복을 벗어놓고 물로 들어가려 할 새 마침 어느 두 소년이 겨우 목욕을 마치고 바위 위에 걸터앉아 서로 수작함을 들은즉 한 사람이,

"옳지, 그래서 그 여인이 어떠하던가."

---

83) 무항산 : 일정한 재산 또는 생업이 없음.
84) 경박허랑 : 언행이 허황하고 착실하지 못하고 경박함.

"매우 어여쁘기도 하려니와 학문도 있지마는 행실은 말 못 되어 이번까지 몇 번째 신문에 오르내리는지 모르겠네. 일전에 북한사에 가 있는 동안에도 정부(情夫)를 얻은 일이 낭자히 소문이 나서 무인부지(無人不知)라고 신문 잡보에 있던데, 대체 그 신문은 무슨 일이든지 자세한 사실을 일등 수탐(搜探)[85]하나 보던데."

"그래, 그 여자가 어느 곳에 산다 하였던가?"

"남촌 근처라고만 하였고 그 골목 이름은 쓰이지 아니하였으나, 필경 우리가 문산포에 갔을 때 보던 여인인 듯하데."

"옳지, 자네 말이 어지간하이. 그 여인이 인물도 똑똑하고 잔부끄럼이 도무지 없는 것을 보니까 수상은 하던걸. 나는 바빠 먼저 가네."

"나도 바빠 가야 하겠네."

하면서 동서로 각각 헤어져 가더라.

태순이 목욕을 하면서 그 두 사람의 이야기하는 것을 듣고 심중에 헤오되,

'남촌 근처 여자로서 북한사에 갔던 사람이라 하니 나 만난 여자가 아닌지 모르겠으나, 그러하나 그같이 학문도 고명하고 처신도 단정한 여자로서 함부로 그러한 행실은 아니할 듯하되, 사람이라 하는 것은 외양만 보고 알지 못할 바라, 어찌된 사실인지 모르리로다. 그러하나 근일 신문은 형적(形迹)도 없는 말도 하도 잘 나니 어찌 믿으리오. 만일 나와 글 화답하던 일을 누가 알고 오전(誤傳)하여 애매한

---

85) 수탐 : 수사하고 탐지함.

말을 내었으면 진실로 그 여자에게 원통할 일이라 발명이라도 아니 치 못하겠으니, 하루바삐 경성으로 가서 자세한 사상을 탐지하리라.'

아무리 생각하여도 마음에 관계가 되매 목욕을 못 다 마치고 그대 로 옷을 입고 남덕중과 길을 떠나더라.

제 11 회

누대(樓臺)가 참치하고 수음(樹陰)이 울밀한 중으로 후원을 돌아 들 어 육 칸 초당이 있으되 분벽사창(粉壁紗窓)[86]이 극히 정결하고 뜰 가 운데 작은 연못이 있어 금붕어는 물결을 불고 못가에 괴석과 화초분 을 나란히 놓았으니 한적한 운치가 반점 티끌이 없는데, 방 안에 나 이 십팔구 세 된 여자가 꽃 같은 얼굴과 눈 같은 살에 담장소복(淡粧 素服)[87]을 하고 책상을 의지하여 소설을 보다가 입 안의 말로,

"여자의 마음은 어느 나라이든지 모두 같도다. 이 미스 세시마례 의 정인을 이별하고 각색으로 고생한 곳을 보면 눈물을 금치 못할지 로다. 이 몸은 초년에 양친을 여의고, 기다리는 사람은 진가(眞假)를 알지 못하니 이같이 가련한 인생이 어디 있으리오. 그러한 중 숙부 라 하는 사람은 진실한 혈속이 아니요, 다만 의로 정한 터이라. 외양

---

86) 분벽사창 : 하얗게 꾸민 방과 집으로 바른 창이라는 뜻으로 아름다운 여자 가 거처하는 곳.
87) 담장소복 : 요란하지 아니한 담박한 화장에 흰 옷을 입음.

은 친절한 듯하나 내심은 알지 못할 뿐더러 근일에는 의심되는 일이 한두 가지가 아니기로 맡겨 둔 전재(錢財)의 출납한 장부를 보자 하면 이리저리 칭탁(稱託)[88]만 하고 종시 보이지 아니하며, 모친의 유언으로 심랑의 소식을 기다리고 있음을 번연히 알면서 타문(他門)에라도 급히 결혼하라 재촉하니 그 뜻이 가장 괴이함이요, 부친 생전에 무슨 필적을 받아 두었다 하면서 오늘날까지 나를 뵈이지 아니함은 까닭을 알지 못하리로다. 동무가 아무리 많아도 모두 계집아이라 쓸데없고, 어느 명민(明敏)하고 친절한 사람이 이때 있다면 무슨 일이든지 모두 의논이나 하여 보고 싶으나, 지금 모양으로는 그러한 사람도 만나기 극난(極難)하니 마음을 진정할 곳이 없도다."

하면서 보던 서책을 땅에 던지고 상 위에 있는 수건을 집어 하염없이 흐르는 눈물을 씻더니, 마침 연기(年紀)[89]가 오십여 세 가량이나 된 남자가 들어오며,

"네 몸이 그저 편하지 못하냐. 왜 오늘도 학교에를 아니 가느냐?"

하는 자는 본래 장흥 사족(士族)[90]으로, 십사오 년 전에 덕적(德積) 첨사(僉使)[91]를 다녀온 권 첨사라. 원래 글자는 하되 욕심은 대단한 터인데, 매선의 부친이 처음 경성으로 올라와 사고무친하여 심히 외로울 때에 권 첨사를 만나 동향세의(同鄕世誼)[92]만 생각하고 의형제

---

88) 칭탁 : 어떠하다고 핑계를 댐.
89) 연기 : 대강의 나이.
90) 사족 : 문벌이 높은 집안, 또 그 자손.
91) 첨사 : 첨절제사. 조선 때 각 진영에 속했던 종삼품 무관 벼슬.
92) 동향세의 : 같은 고향의 대대로 사귀어 온 정의.

를 한 까닭으로 매선이가 숙부라 칭하는 것이라.

매선이 불편한 기색을 감추고 천연히 대답하되,

"오늘부터 쾌차하오니 염려 마옵소서."

권 첨사가 교의에 걸터앉으며,

"네 병이 낫다니 나의 마음이 얼마쯤 기쁘도다. 너를 보러 들어 옴은 다름이 아니라 지난번부터 이삼 차 말하였거니와 이는 첫째는 너의 신세를 위함이요, 그 다음은 자격이 합당한 사람이 있기로 너의 말을 듣고자 하노니, 재삼 생각하여 좋은 기회를 잃지 말지어다."

하면서 매선의 안색을 살펴보거늘, 매선이 심중에 놀라우나 사색을 나타내지 아니하고 나직한 말로 대답하되,

"그 말씀은 지난번부터 자주 듣자왔으나 숙부께서도 아시는 바, 어버이 생존하셨을 때에 약조한 사람이 있었으므로 모친께서 기세 (棄世)하실 때에 정녕한 유언이 계시고, 소녀도 아직 일이 년 안에는 출가치 아니하려 하나이다."

권 첨사가 갈범[93] 같은 소리로,

"옹졸한 소견도 있다. 나도 여러 번 심랑을 보았으나 이는 너의 부친이 무부(珷玞)[94]를 진옥(眞玉)으로 보심이라. 인물도 그다지 준수치 못할 뿐 아니라, 무슨 작죄를 하였는지 어디로 도망한 이후로 지

---

93) 갈범 : 칡범. 범을 표범과 구별하여 일컫는 말.
94) 무부 : 붉은 바탕에 흰 무늬가 있는 옥 비슷한 돌.

금껏 그 생사도 알지 못하거늘, 만리 전정을 생각지 아니하고 이팔 광음95)을 허송하랴 하심은 너의 모친의 병환 중 혼미한 정신으로 하신 난명(亂命)96)이라. 지금 너의 처지에 난명을 준수하여 앞일을 생각지 아니함은 만만불가(滿滿不可)하니 고집 말지어다. 네가 아무리 학문이 유여하고 범절이 영리한 터이나 종시 계집아이라. 세사(世事)를 알지 못하여 능히 가간사(家間事)를 정리하기 어렵기로, 내가 실상은 타인이로되 매사를 주선하여 아무쪼록 그르침이 없도록 보살폈거니와 이제는 점점 나이 많아 오매 정신이 현황(眩慌)97)하여 분란한 일은 상관하기 염증이 나고, 반년 간 회계도 계산하기 어려워서 지난번에 네게 재촉을 당하였거니와, 너는 일찍이 몸을 의탁하여 집을 보전함이 합당할 듯하며, 또 네가 집을 맡은 사람이 되었은즉 만일 타처로 가기를 즐기지 아니할진대 내가 데릴사위로 정하여 같이 있어도 무방하며, 나의 말하는 바 남자는 범상한 인물이 아니라 정히 너의 배필이 될 만하기로 강권함이라. 필경 너도 이전에 일이 차 만나서 얼굴도 알 듯하나 만일 그 사람과 결혼치 아니하면 이는 나의 좋은 뜻을 저버림이라."

하여 달래고 권하는지라.

매선이 마음에 숙부가 무슨 관계가 있어 자기의 즐기지 아니하는 일을 억지로 권하는가 하여 듣기 싫은 말로 대답할 듯하나, 원래 그

---

95) 광음 : 세월, 때.
96) 난명 : 숨이 넘어가면서 정신없이 하는 유언.
97) 현황 : 어지럽고 황홀함.

성질이 온화한 고로 진정하여 가로되,

"숙부의 말씀이 진실로 감격한 바이오나, 소녀의 사정은 아까도 말씀함과 같아서 그 남자는 아무리 비범한 사람이라도 지금은 결혼할 생각이 없사오며, 듣자오니 서양서는 마음에 합당한 사람으로 부부의 언약을 정한 후 외양으로만 그 부모에게 의논한다 하오니, 은덕(恩德)을 받은 숙부의 말씀을 거역하기는 죄송하오나 다만 결혼 일사(一事)는 소녀의 마음대로 하게 버려 두심을 바라나이다."

권 첨사 급급한 모양으로 가로되,

"아무리 하여도 나의 말을 듣지 못할 터이냐?"

매선이 대답하되,

"결단코 이 말씀은 봉행(奉行)치 못하겠나이다."

권 첨사 얼굴에 푸른 힘줄이 일어나면서 담뱃대로 재판을 두드리며 고성(高聲)하여 수죄(數罪)를 할 듯하다가 별안간에 좋은 말로,

"옳지, 그러하지. 너의 마음이 기특하다. 인자(仁者)된 도리에 그러하지 아니하면 불가하니 나의 말을 자세히 들어라. 너의 말이 그러할진대 무슨 일이 있든지 부모의 유언을 지키고 변치 아니코자 하느냐?"

매선이 응답하되,

"이는 다시 물으실 바 아니로소이다."

권 첨사가 가로되,

"그러할진대 너는 장씨 재산을 자기 물건으로 알지 못하리로다."

매선이 변색하여 고하되,

"이는 숙부의 말씀이라도 알지 못할 바이오니, 소녀가 비록 계집 아이오나 부모의 후를 이은 재산을 자유로 못한다 하심은 무슨 까닭인지 모르나이다."

권 첨사 가로되,

"너의 생각이 저러하기로 부당한 고집으로 나의 이르는 말을 듣지 아니하는도다. 자식을 알기는 아비 같은 이가 없다 하더니, 너의 부친의 지감(知鑑)[98]이 있음은 탄복할 바이로다. 매선아, 이것을 보아라."

하면서 네모진 얼굴을 뒤틀고 입 속으로 중얼중얼하면서 손궤 속에서 편지 한 장을 내어 주거늘, 매선이 괴상히 여기며 즉시 받아 보니 자기 부친 생전에 권 첨사에게 유언으로 부탁한 것이라. 그 글에 하였으되,

'나의 사후(死後)에 여식 매선으로 집주인을 삼고 그대는 뒷배[99] 보는 사람이 되어 일가의 재산을 정리하여 주심을 바라노니, 일찍이 여식을 심랑과 결혼하여 데릴사위 삼기를 경영하였더니 그 후에 심랑이 종적을 감추어 간 바를 알지 못하니 만일 나의 사후에 삼 년 내로 심랑이 돌아오면 전 언약을 좇아 부부를 삼고 일가의 재산을 사양하여 줄 것이요, 만일 이 기한이 지나도록 심랑은 돌아오지 아니하고 매선이 다른 곳에 출가하기를 불긍(不肯)[100]하거든 재산을 십

---

98) 지감 : 지인지감(知人之鑑). 사람을 잘 알아보는 감식(鑑識).
99) 뒷배 : 표면에 나서지는 않고 남의 뒤에서 보살펴 주는 일.
100) 불긍 : 즐겨하고자 안 함.

분의 일만 분깃101)하여 주어서 각거(各居)하게 하고 장씨의 후를 이을 사람을 양자하여 영구히 재산을 보전케 함을 원하노니, 아무쪼록 범연히 마심을 바라노라.'

매선이 불의에 이 유서를 보고 기가 막히나, 원래 지혜 있는 여자인 고로 마음을 진정하여 두세 번 그 유서를 훑어보고 접어서 도로 권 첨사를 주며 왈,

"부친의 유언이 이러하실진대 일후에 숙부의 말씀을 좇으려 하나이다. 그러하나 부친 병환 중에 소녀와 모친이 주야에 부친 곁에 있어 여러 가지 유언을 자세히 들었사오나, 이러한 유서를 숙부에게 드렸다 하시는 말씀은 듣지 못하였고, 또 모친께도 그런 말씀은 듣지 못하였나이다."

하면서 이야기하는 중이라도 그 양친의 병중사(病中事)를 생각하고 눈물이 비 오듯 하거늘 권 첨사는 보지 못하는 체하고 말하되,

"너의 부친 하세(下世)하시던 사오 일 전에 뵈오러 갔더니 그때 마침 너도 없고 너의 모친도 계시지 아니한데 이 유서를 가방 속에서 내어 주시며 그 밖에 다른 일도 모두 부탁하시던 것이 지금도 목전(目前)에 뵈옵는 듯하다. 아무리 기질이 좋은 사람이라도 대병 중에는 평상시와 다르니 아마 잊으시고 너에게 말씀을 못하셨나 보다."

매선이 웃음을 머금고 말하되,

"말씀과 같을진대 한 가지 알지 못할 일이 있소이다. 부친 병환시

---

101) 분깃 : 유산을 나누어 받는 몫.

에 숙부께서는 고향에 가 계시고 경성에 계시지 아니하셨다가 겨우 부친 하세하시던 전날에야 비로소 오시지 아니하였삽나이까."

권 첨사가 말이 막혀 묵묵히 있다가,

"이는 내가 잘못 생각하였다. 늙어지면 정신조차 없어져서 삼 년 된 일을 아득히 잊어버렸도다. 다시 생각한즉 이 유서도 역시 그 전날 받았나 보다."

매선이 권 첨사를 잠깐 흘겨보더니,

"그 유서를 다시 한 번 보여주시옵소서."

하면서 받아 펴들고 가로되,

"숙부는 이것을 자세히 보옵소서. 이 글씨가 부친의 필적과 흡사하오나 먼저 쓴 글씨는 부친의 명함 쓴 글씨보다 먹빛이 다르기로 나중에 써서 넣은 모양 같아 뵈오니 어인 일인지 이상하여이다."

권 첨사가 소리를 높여 말하되,

"이 글씨를 어디로 보아 이필(異筆)이라 하여, 소위 숙부라 하며 필적 위조한 흉악한 무리로 돌려보내느냐. 매선아, 자세히 나의 말을 들어 보아라. 나도 원래 벼슬 다니던 사람으로 세상일도 짐작하는 터이요, 그뿐 아니라 이 유서를 그 사이 법률을 정통한 사람들에게 뵈고 그 말도 들어 보았거니와, 네가 아무리 고집하여도 이미 삼 년 기한이 지났으니 나는 너의 부친의 유서와 같이 가합(可合)[102] 한 자를 양자하여 장씨의 후를 잇는 것이 당연한 일이라. 만일 재판

---

102) 가합 : 무던하여 합당함.

을 할진대 대언인(代言人)이 되어 결단코 이겨 보겠다 하는 사람도 여럿이 있더라마는 너를 보아 아직 거절하고 친절한 마음으로 출가하기를 권하나 너는 고마운 생각은 없고 도리어 정녕 무의(無疑)한 유서를 위조하였다 하니, 이 어찌 숙부를 대하여 네가 차마 할 말이리오.”

하면서 이를 악물어 사람을 씹어 삼킬 것같이 하거늘 매선이 부복(俯伏)하여 이윽토록 말이 없다가 돌이켜 생각하고 가로되,

“소녀가 잘못하였사오니 용서하심을 바라나이다. 이렇듯 부친의 유서도 있사오니 숙부의 말씀을 봉행하여 일찍이 신세를 정하리이다.”

권 첨사는 가장 곧이듣고,

“벌써부터 나의 말을 순종하였으면 이치를 장황히 말할 것도 없고 큰소리도 아니하였으리로다. 너의 말을 들으니 내가 안심하노라.”

하면서 저의 마누라를 불러내니 권 첨사의 마누라 정씨가 장지를 열고 들어와 매선의 곁에 앉아서 쪼그라진 입에 버스러진 이가 입술 밖으로 나오며 호호 웃더니,

“너는 효행이 있는 아이라 기특하다. 너의 부친이 지하에서 기꺼워하시리로다. 지금 급히 출가하라 함도 아니니 천천히 상당(相當)한 사람을 기다리는 것도 좋을지라. 매선아, 좀 웃어나 보려무나. 무슨 일을 그다지 생각만 하느냐.”

그때 마침 하인이 뜰 앞에 와 고하되,

"작은아씨, 문 밖에 송 교관이 오셔서 그 누이님의 말씀을 전하고자 하여 잠깐 뵈옵기를 청하더이다."

매선이 이르되,

"오냐, 무슨 일인지 모르거니와 나도 할 말씀 있으니 잠깐 계시라 하여라. 지금 나가마."

하고 문간으로 향하여 가니 권 첨사가 그 노처(老妻)를 대하여 숨을 휘이 내어 쉬며,

"계집아이가 주제넘게 글자를 보아서 세밀한 일까지 모르는 것 없으므로 이번에 내가 땀을 흘렸도다. 그러하나 저의 부친의 도장 찍힌 유서가 있는 데는 하릴없을지니 하상천의 지혜는 짐짓 탄복할 바이오. 이 외에 송 교관이 잘 꾀었으면 하상천과 혼인이 십분지 구는 되기 무려(無慮)[103]할지라. 이제부터 전당 잡힌 문서도 발각될 염려가 없을 뿐 아니라 천 원이나 되는 큰 돈이 손에 들어올지니 어찌 다행치 아니리오. 마누라 여보오, 하인 불러 앞집에 가서 술이나 좀 받아 오라 하오. 우리 이 일 잘 되라고 축원을 하여 봅시다."

제 12 회

낙자 정정하여 바둑 두는 소리에 백 일은 일 년같이 길고, 제비는

---

103) 무려 : 꽉 믿을 만하여 아무 염려할 것이 없음.

쌍으로 날아드는 곳에 한 사람은 연기가 삼십 내외간쯤 되었는데, 높은 코와 큰 눈에 안색이 백설 같아 당당한 장부의 기상이 사람을 압도할 만하고, 무슨 일을 생각할 때마다 미간에 내 천자로 주름이 잡히니 이는 별 사람이 아니라 그 집 주인 하상천이니, 머리에 정자관(程子冠)104)을 쓰고 몸에 생주주의(生紬紬衣)105)를 입고 청공단 보료에 안석(安席)을 의지하여 앉았고, 벽상에 전렵도(畋獵圖)를 걸었으며, 화병에 백일홍 두어 가지를 꽂았고 책상 위에 법규유취(法規類聚) 이 삼 권이 있고, 그 옆에 수십 장씩 묶은 문부가 쌓여 있으니, 이는 여러 사람의 재판하기 전 미리 감정하기를 부탁한 문적이러라. 또 한 사람은 추포주의(麤布紬衣)106)를 입고 죽립(竹笠)을 썼는데 둥근 얼굴에 단소(短小)한 남자이니 이는 송군서라. 사오 년 전부터 하상천의 집 식객이 되었더니, 근일에 스스로 대언인 사무에 종사할 새 항상 하상천의 지휘를 받아 분주하더라.

이때 하상천이 송 교관을 대하여 말하되,

"바둑을 두고 나면 너무 더워 견디지 못하겠으니 좀 쉬어서 두어 보세. 그러나 여보게 송 교관, 그 일은 매우 잘 되지 아니하였는가. 나도 독립회 연설장에서 그 여자를 만난 후로부터 매우 유의하여 수소문을 하여 보고 영어학당에 다니는 것을 알았더니, 다행히 그대의 매씨(妹氏)107)와 함께 그 학교에서 공부하므로 나의 사정을 그대

---

104) 정자관 : 말총으로 짜거나 떠서 만든 유생의 관.
105) 생주주의 : 생사(生絲)로 짠 명주 옷.
106) 추포주의 : 발이 굵고 거칠게 짠 베옷.

에게 부탁하여 그 근지(根地)[108]를 알아본즉 부모도 형제도 없다 하기에 으레 될 줄로 생각하였더니, 여자가 당초에 계약한 남자를 기다리고 있기로 아무리 권면(勸勉)하여도 따르지 아니한다는 말을 듣고 다시는 생의도 못할 줄로 알았더니, 마침 권 첨사가 채전(債錢)에 못 견디어 그대를 소개하여 나에게 타첩(妥帖)[109]할 방책을 묻지 아니하였나. 그래 내가 자세히 탐지하여 본즉 그 여자의 집문서를 모르게 전당 잡힌 곡절일세그려. 만일 이 일을 그 여자가 알고 보면 그외의 맡은 돈 사용한 것까지 발각이 될 사세기로 곤란함을 면치 못하겠다고 좋은 방침을 지시하여 달라기로, 나의 소망을 말하여 그 여자와 결혼시켜 주면 천금으로 보수하여 그 채전을 청장(淸帳)[110]하게 하여 주마 하였더니 권 첨사는 응낙을 하였으나, 다만 그 여자가 출가할 마음이 없으니 권 첨사는 주선할 도리가 어디 있나. 할 수 없이 권 첨사더러 그 여자의 부친 도장 찍힌 휴지를 얻어 보라 하였더니 일이 되느라고 마침 적당한 것을 가져왔기로 여차여차하게 유서를 꾸며 낸 것은 진실로 신기한 묘산(妙算)이 아닌가. 일전에 권 첨사가 그 유서를 보이고 출가함을 강권하였더니 그 여자도 하릴없이 허락을 하더라니 외양 형편으로 보면 거의 될 듯하나, 그러나 그대가 다시 힘을 다하지 아니하면 되지 못할지니 나의 소망을 저버리

---

107) 매씨 : 남의 누이를 높여 부르는 말.
108) 근지 : 자라온 환경과 경력.
109) 타첩 : 별 사고 없이 일이 끝남.
110) 청장 : 빚 등을 다 갚아 셈을 밝힘.

지 말지어다."

송 교관이 대답하되,

"전일에 선생의 부탁을 들은 고로 고향에 돌아가 있는 누이의 전하는 말이 있다 칭탁하고 그 여자의 눈치를 보러 갔더니 그 여자가 여러 말끝에 묻기를, 그대는 대언인이 되신 터이니 이러한 일을 아실 터이어니와 여자라도 부모의 재산을 상속한 지 이삼 년이 지났는데 살림 뒷배 보는 사람이 졸지에 부친의 유서가 있다 칭하고 별로 양자를 데려오고 그 여자를 쫓아내는 일이 법률 규정에 있나이까 하기로, 나는 그 이허(裏許)를 짐작하나 짐짓 알지 못하는 체하고 어떠한 법률은 현란한 사건도 있기로 용이히 판단하기 어렵거니와, 우리 나라에서 현행하는 법률은 서양 각국과 같지 아니하여 재판소에서는 무슨 일이든지 종물권을 시행한다 대답하였은즉 그 여자가 아무리 영악하여도 하릴없이 권 첨사의 지휘를 쫓으려니와, 그러나 선생같이 규모 있는 터에 아무리 일대 절색이요, 학문이 있다 한들 천원이나 되는 전재를 허비하려 함은 무슨 생각인지 나는 조금도 알지 못하는 바이라."

하상천이 수염을 쓰다듬으며 가로되,

"이는 두루 생각하는 바이 있음이니 정실(正室)은 부모가 주혼(主婚)하신 바이로되 그 용모가 험악할 뿐 아니라 마음에 합당치 못한 일이 많은 고로 본가로 쫓아 보내고 그 후에 전주집을 데려왔더니 자식까지 낳았기로 오래도록 같이 지낼 줄 알았더니 그 역시 불합할 뿐더러 근래 사회의 풍조가 변하여 오므로 차차 부인들도 공회 같은

데 참례하는 일이 있으니 아직은 경장(更張)하던 처음이라. 사녀(士女)[111]의 품행이 문란한 결과를 인하여 행실이 없는 부녀라도 함부로 귀부인 좌석에 섞이는 일이 있으되, 멀지 아니하여 필경 서양 풍속을 본받아 품행이 단정치 못한 부녀는 상등 사회에서 받지 아니하리니 창기(娼妓)의 무리로 가속을 삼는 것은 창피할지라. 우리도 타일에 뜻을 얻어 내외 신사를 교제하려 한즉 아무쪼록 사세에 합당한 부인을 취하지 않으면 불가할지라. 그 여자는 인물도 불조치 아니하고 학문도 있으며 영서도 능통한다 하니 아내를 삼아도 부끄럽지 아니할 바요, 그 외의 재산도 있다 하니 우리 나라는 부부간에 재물을 각각 구별하는 법률이 확정치 아니하였은즉 한번 혼례하면 그 여자의 재산이 모두 나의 차지 될지요, 성사한 후에는 천 원 돈도 허비할 필요가 없으니 다만 입으로 말만 하여 증거가 없을 뿐 아니라, 권 첨사도 남의 유서를 위조하였다 하는 밑 구린 일이 있으니 어찌 능히 나를 정소(呈訴)[112]하여 재판을 청하리오."

송 교관이 그 말을 듣고,

"선생의 묘산은 진실로 귀신도 측량치 못할 바이어니와, 그러하나 잘못하면 여의치 못할까 하나니 별로이 주의치 아니하면 불가하리로다."

하상천이 묻되,

---

111) 사녀 : 선비와 부인.
112) 정소 : 소장을 관부에 냄.

"무슨 일을 이름이뇨?"

송 교관이 가로되,

"근일에 풍편(風便)으로 들으니, 그 여자가 이태순과 벌써 언약을 굳게 하였다 하니, 선생은 알아서 주선할지어다."

하상천이 의외에 이 말을 들으매 기가 막혀 이윽토록 손끝을 비비며 생각하더니 홀연히 무릎을 치고 웃으며 가로되,

"한낱 우직한 이태순과 암약(暗躍)[113]한 여자를 어찌 처치할 도리가 없으리오."

하면서 입을 송 교관의 귀에 대고 여차여차 하라 하니 송 교관이,

"옳지, 그 신문 기자는 선생과 친분도 있을 뿐 아니라 사람을 비방하기 좋아하느니, 부탁만 하면 아니 될 이치가 없으니 지금 가는 길에 말하여 보리로다."

하상천이 또 송 교관더러,

"여보게, 그리하고 또 여차여차하게."

송 교관이 고개를 끄덕이며,

"옳지, 그렇지. 꼭 될 일이지."

하상천이 또 말하되,

"그리하고 그 부비는 여차여차하게."

---

113) 암약 : 세상에 알려지지 않도록 이면에서 책동함.

제 13 회

한 쌍의 청조(靑鳥)가 매화가지 위에서 꽃을 희롱하니 향기 가지에 가득하도다.

"나는 청조 되고 너는 매화 되어 나래가 향기 꽃에 떠나지 말고지고. 여보게 옥도씨, 노래나 좀 부르게. 임 주사, 술 한 잔 더 자시게." 하며 너스레를 늘어놓는 사람은 송 교관이요, 단아한 모양으로 권하는 술을 사양하며 별로 말도 아니하고 웃지도 아니하는 사람은 이태순이라. 송 교관이 태순더러,

"내가 노형의 입성하심을 듣고 반가이 말씀도 하고 누설의 욕보시던 일도 위로할 차로 오늘 이곳으로 감히 오시라 함이어늘, 술도 아니 자시고 담화도 아니하시니 도리어 섭섭하여이다."

태순이 강잉(强仍)[114]히 웃으며 대답하되,

"이처럼 부르신 성의는 그지없이 감사하거니와 소제(少弟)는 본래 고지식한 성미라 질탕(跌宕)[115]히 수작을 못하니 형의 뜻을 저버림 같아 심히 불안하도다."

곁에 있는 임 주사는 송 교관의 친구라. 술잔을 들어 태순에게 권하며 말하되,

"선생이 근일에 산수(山水) 좋은 곳에 유람하셨다 하오니 어디 경

---

114) 강잉 : 부득이 그대로 함.
115) 질탕 : 놀음 놀이 등이 지나쳐서 방탕에 가까움.

치가 가장 아름답더뇨?"

태순이 대답하되,

"별로 여러 곳도 가지 못하였고 또 행색이 총총하여 경치를 구경치 못하였으나, 일산에서 문전철이라 하는 친구와 그 외 유지인 수인을 만나 수일 두류하였는데 수석이 매우 절승하더이다."

송 교관이 말을 무지르며,[116]

"여보, 절에 가면 중 이야기하고 촌에 가면 속인 이야기한다고, 오늘 밤 이 좌석에서는 술이나 먹고 옥도나 데리고 놀아 봅시다."
하며 옥도에게 곁눈질을 하니, 옥도가 연해 태순의 눈을 맞추며 술을 부어 들고 온갖 아양을 모두 부리나, 태순은 조금도 요동치 아니하고 있다가 송 교관을 돌아보며,

"이 동안 전성조도 평안하며 어느 곳에 머무느뇨?"

송 교관이 대답하되,

"형은 아직 그 소문을 듣지 못하였도다. 성조가 형을 모함한 죄로 반좌율(反坐律)[117]을 당하여 지금까지 감옥서에 있거니와, 성조와 형이 무슨 큰 혐의가 있기로 그런 흉칙한 마음을 먹었느뇨?"

태순이 탄식하되,

"그 사람이 나를 모함함은 그 뜻을 모르거니와 평일에 교분이 가까워 별로 감정이 없노라."

---

116) 무지르며 : 물건의 한 부분을 잘라 버린다는 뜻으로 중간에 말을 끊어버림.
117) 반좌율 : 거짓 고자질한 사람을 같은 죄로 벌하는 형률.

송 교관이 웃으며,

"형이 나를 속이는도다. 나는 전설(前說)로 들으매 성조와 친밀히 지내는 여자가 형과 가까워 형의 여비까지 담당하여 준 일을 알고 시기하여 그리함이라 하더이다."

태순이 정색하여 발명하고 내심으로는 의혹이 자심한데, 임 주사가 신문 한 장을 들고 차례로 보아 내려가다가 어느 여자의 이야기를 보는 모양이더니 박장대소(拍掌大笑)하며 송 교관을 바라보거늘 송 교관이 묻되,

"무슨 말이 있나? 여럿이 듣도록 크게 읽어 보게."

임 주사가 소리를 높여 가로되,

"남촌 근처인데 골목 이름과 통호수는 자세치 못하나 면담에 석회칠하고 수목이 울밀한 중에 후원 초당 있는 집이요, 그 이름은 매화라 하던지 매향이라 하던지 하는 여자인데, 그 자색(姿色)이 뛰어나서 달이 시기하고 꽃이 부끄러워하는 듯할 뿐 아니라, 개명(開明)한 학문도 있기로 근처에 소문이 유명하여 사람마다 흠모하는 바이더니, 청보(靑褓)에 개똥을 쌌다는 말과 같이 그 여자가 음란한 행실이 한두 번 아니라 일전에도 신병(身病)이 있어 피접[118]간다 청탁하고 북한사에 가 있더니."

하며 자주 곁눈질을 하며 태순을 흘금흘금 보니, 태순의 안색이 자연 불안하더라. 임 주사가 소리를 돋우어 또 보되,

---

118) 비접. 병중에 자리를 옮겨 요양함.

"그 절에서 어느 남자를 또 사귀었던지 돌아오는 길에 그 소년을 보고 남이 부끄러운 줄 모르고 교중(僑中)[119]에서 은밀한 약조를 정한 후 경성으로 돌아왔다 하니, 아무리 인물이 절색이요, 학문이 고명하다 할지라도 이러한 행실이 있을진대 그 이름을 매선이라 함이 부끄럽도다. 매화라 하는 것은 절개가 높은 꽃이니 어찌 음행이 저러한 여자의 비할 바요. 이는 진실로 매화를 욕되게 함이로다."

보기를 마치매 신문을 무릎 위에 놓고 송 교관을 보며 말하되,

"남촌 근처 있다 하니 일전에 말하던 그 여자가 아닌가?"

송 교관이 가로되,

"전후의 사정을 생각하여 보면 알 듯한 일이 아닌가. 대저 은밀한 일은 소문나기가 쉬운 법이니."

옥도가 옆에서 말하되,

"어느 곳 사람인지는 모르나 그러한 일까지 신문에 오르니 견딜 수 없으리로다."

송 교관이 웃으며,

"너의 일도 자주 신문에 나기로 이른바 과부 설움은 동무 과부가 안다 하더니, 너를 두고 하는 말이로다."

태순이 넋을 잃은 듯이 듣고 있더니 별안간 안색이 불쾌하여 송 교관을 보며,

"그대는 그 신문에 게재된 여자를 일찍이 아는 사람인가?"

---

119) 교중 : 객중(客中). 객지에 있는 동안.

송 교관이 대답하되,

"나의 누이와 한가지로 학교에 다니는 여자인 고로 자세히 아노니 용모는 그다지 추물은 아니요, 재주도 있으나, 계집아이로서 연설장으로나 쫓아다니고 그 외 행실이 괴악하여 조금 마음에 있는 남자를 보면 각색 천한 행동으로 그 정신을 미혹하여 전재를 빼앗다가 그 남자가 저의 욕심대로 주지 아니하면 즉시 거절하고 또 다른 남자를 친하기로 이번까지 몇 번이나 신문에 나는지 모르겠으니, 대저 여자라 하는 것은 외양으로만 보고 알지 못할 것이어늘, 그러한 계집에게 속는 남자야 일개 천치라 말할 것 없나니라."

하면서 무심히 하는 말같이,

"노형, 그 사이 북한사에 유람하셨다 하니 그 여자를 혹 만나지 못하였는가?"

태순이 알지 못하는 모양으로 대답하되,

"그러한 여자를 어디서 보았으리요."

입으로 대답은 하면서 마음에는 심히 불평하더라.

아무리 태순같이 재덕이 겸비한 사람이라도 이때까지 매선과 깊은 교제가 없고 다만 일차 담화를 들은 후로 재색을 흠선(欽羨)할 뿐이요, 그 사람됨은 자세히 알지 못할 터이라.

옛적에 증자(曾子)120)의 어머니 같은 이도 그 아들이 살인하였다 함을 세 번째 듣고서는 베틀 위에서 짜던 북을 던지고 달아났다 하

---

120) 증자 : 중국 춘추 시대 노(魯)나라의 사상가.

는 말도 있으니 십벌지목(十伐之木)[121]은 자고로 없는지라. 일전에 일산에서 두 서생의 말을 듣고 의심하던 중 이번 신문 게재된 일을 보고 또 송 교관이 그 소행을 자세히 알아 신문과 조금도 다르지 아니한즉 스스로 의심을 풀지 못하여 불쾌한 감정이 불 일 듯하되 사색을 남에게 알림은 불가한 고로 짐짓 다른 이야기도 하며 억지로 진정코자 하나 도저히 어려운지라, 옥도의 권하는 술을 못 이기는 체하고 오륙 배를 마시니, 본래 주량이 크지 못한 사람으로 자연 대취(大醉)하여 정신이 몽롱하더라.

제 14 회

동창에 해가 비치고 문 외에 거마가 분분한데 방문 밖에서 인적이 있더니,

"서방님, 기침(起枕)하여 계시니까?"

태순이 이불 속에서 머리를 들고 창을 밀치니 금년이 웃음을 머금고 묻되,

"어젯밤에 매우 취하신 듯하옵더니 곤뇌하지 아니하시니까?"

태순이 가로되,

"먹을 줄 모르는 술을 과음하여 정신없이 취하였더니 두통도 나

---

121) 십벌지목 : 열 번 찍어서 아니 넘어가는 나무가 없음의 뜻.

고 목이 말라 견딜 수 없으니 냉수 한 그릇 가져오기를 청하노라. 그러나 내가 어느 때에 주인집에 돌아왔느뇨. 아주 기억치 못하겠도다. 무슨 실수나 아니하였는가?"

금년이 가로되,

"밤이 너무 늦었으되 오시지 아니하시기로 주인 서방님께서 염려하시고 인력거를 데리고 가시더니 새로 두 점 가량은 되어 모시고 오셨나이다. 서방님은 평생에 조심을 하시고 술을 과음하지 아니하시더니 이번에는 이상한 일이라고 여러분이 말씀하셨나이다."

하며 일봉 서간을 허리춤에서 내어 드리는데, 피봉의 필적이 전자의 무명씨 돈 보내던 편지와 흡사하거늘, 태순이 떼어 보니 한 장 청첩이라. 사연에 하였으되,

'노상에서 잠시 말씀함은 여자의 행실이 아니온 듯 부끄럽고 창피하옴을 이기지 못하오며, 존가(尊家)[122]가 입성하심을 듣고 구의봉 구름을 헤쳐 만리 앞길을 열고자 하오나 여자의 몸이 되어 먼저 탑하에 나가지 못하옵고 두어 줄 글월을 부치노니, 외람타 마시고 쑥문으로 하여금 빛이 나게 하심을 바라나이다.'

태순이 보기를 마치매 작야[123]에 보던 신문과 송 교관의 말이 문득 생각이 나며, 그 편지 보기도 가기 몸을 더럽힐 듯하여 쭉쭉 찢어 화로에 떨어뜨리고 정대(正大)한 말로 금년이더러 이르되,

---

122) 존가 : 상대편의 경칭.
123) 작야 : 어젯밤.

"이 다음에는 이 같은 서간(書簡)이 오거든 받아들이지 말지어다."

금년이 무료히 섰다가 가로되,

"소녀가 서방님을 여러 달 모시고 지내매 범절(凡節)이 인후(仁厚)하여 박행(薄行)하심을 뵈옵지 못하였더니, 오늘 하시는 거조(擧措)는 실로 생각던 바 아니로소이다."

태순이 잠잠히 있거늘 금년이 또 말하되,

"소녀가 열인(閱人)[124]은 많이 못하였사오나 이 아가씨같이 무던하신 이는 다시 못 보았고, 또 서방님께 향하여 마음쓰심이 실로 범연치 아니하시거늘, 오늘날 이같이 냉각하심은 어떤 연고니이까?"

태순이 의아하여 재삼 생각하다 가로되,

"그 여자를 네 어찌 그같이 자세 알며 내게 향한 마음이 무엇이 있느뇨?"

금년이 대답하되,

"그 아씨는 권 첨사 댁 작은아씨인데 수차 부르시기에 가 뵈왔삽거니와 인품도 좋으시고 재질도 좋으서 평생에 서책을 많이 보아 학문이 유여하신데, 행실도 단정하실 뿐 아니라 비복(婢僕)[125]들에게도 은애(恩愛)로 무마하시므로 칭찬 아니하는 사람이 없사오며, 의로 맺은 숙부에게도 지성으로 봉양하시는 것을 보오면 어느 누가 감동치 아니하오리까. 먼젓번에 서방님께 식비 보내시던 이름 없는 편지

---

124) 열인 : 다수인을 겪어 봄.
125) 비복 : 계집종과 사내종.

도 어디서 온 것인지 몰랐더니, 이 동안 알아본즉 그 아씨께서 유지하신 양반의 곤란 겪으심을 애석히 여겨 보내신 것이라 하더이다."

태순이 고개를 숙이고 있다가 가로되,

"네 말과 같을진대 가히 아름다운 여자라 하겠으나, 그러나 괴이한 소문이 신문상에 올라 세상에 낭자함은 어쩐 연고인지 모르리로다."

금년이 크게 놀라 소리 높여 가로되,

"서방님께서는 그런 말을 곧이들으시고 이같이 말씀하시니 진실로 한심하여이다. 근일 신문에 해괴한 말을 기재하여 사람의 이목을 의혹케 함은 정녕히 심사 불량한 권 첨사 영감과 어느 양반이라던지 성명은 잊었사오나, 그 아씨를 욕심내어 백 가지로 결혼하기를 꾀하다가 뜻과 같지 못하여 함혐(含嫌)[126]하고 있는 자가 흉측한 계교로 욕설을 주작(做作)[127]하여 신문에 낸 것인 듯하오니, 바라건대 서방님은 소인의 참소(讒訴)[128]로 옥 같은 아씨를 의심치 말으소서."

태순이 이리저리 생각하다가 금년의 말을 들으니 사리(事理)가 그러할 듯하고, 또 간밤에 신문 보던 임 주사라 하는 자의 얼굴이 일산서 목욕하며 이야기하던 사람과 비슷함을 의아하였더니 비로소 짐작이 나서는지라. 필연을 내어놓고 답서(答書)를 써 금년을 주고 즉시 전함을 부탁한 후 홀로 앉아 탄식하되,

"북한사 노파로 하여금 나에게 전케 한 글을 생각건대 족히 그

---

126) 함혐 : 싫어하는 마음을 품음.
127) 주작 : 없는 사실을 꾸며 만듦.
128) 참소 : 남을 헐뜯어 없는 죄를 있는 것처럼 꾸며서 고해 바침.

여자의 일정한 뜻과 인심의 파측(叵測)할 것을 알 것이요, 또 송 교관은 본래 빈한한 사람으로 다수한 전재를 허비하여 가당치 아니한 대탁(大卓)을 차림은 이상할 뿐더러 조좌(稠座)[129] 중에 신문을 낭독하며 그 여자의 흠언(欠言)을 널리 알리고, 또 옥도로 하여금 술을 강권하여 나의 대취함을 주선함은 모두 무슨 사단(事端)이 있음이어늘, 전후 사정을 생각지 아니하고 사람의 선동한 바 되어 일시의 분으로써 은의 있는 여자를 불평히 여김은 나의 몰각(沒覺)함이로다. 국가의 경륜을 품고 복잡한 사회에 나와 사업을 이루고자 하면서 부정한 무리의 농락에 빠지고 어찌 세상의 유명한 정치가가 되기를 기약하리오. 이는 지금까지 글만 읽고 앉아서 정신을 허비하여 세태와 인정을 살피지 못한 소치라. 아무리 서적을 박람하였을지라도 경력이 부족하면 수다한 사람을 접제하여 정치상에 힘을 다하지 못하리로다.”

하여 마음을 분발하니, 이는 장차 태순이 세상에 입신하여 유명한 정치가로 전정(前程)을 담당할 만한 소년의 기상이러라.

　태순이 소세를 마친 후 의관을 정제하고 권 첨사 집으로 향하려 할 새 금년이 밖에서 쫓아 들어오며 조용히 고하되,

　“서방님께서 지금 권 첨사 댁으로 행차하시려 하시나이까. 그 댁 작은아씨께서 당부하시기를, 오늘 오후에 권 첨사 내외분이 남문 밖 일가댁에 가실 터이니 그 승시(乘時)[130]하여 오시면 이목이 번다(煩

---

129) 조좌 : 조인광좌의 준말. 여러 사람이 모인 자리.

多)치 아니할 듯하다 하시더이다."

태순이 그 말을 듣고 오후가 되기를 기다려 남촌으로 찾아가니, 중문을 적적히 닫고 사람의 자취가 고요한데 다만 삽살개 한 마리가 문 앞에 누워 졸 뿐이라. 태순이 한참 방황 주저하다가 기침을 이삼 차 하니 안에서 계집 하인이 나와 태순을 보고 명함 한 장을 달래 가지고 들어가더니 즉시 다시 나오며 앞을 인도하여 후원 별당으로 들어가는데, 좌우를 살펴보니 집이 별로 크지는 아니하나 군신좌사가 분명하고 주련부벽(柱聯付壁)131)이 시속누태(時俗陋態)132)는 하나 없이 청아한 글 뜻을 취하려 붙였으며, 괴석과 화초도 번화함을 버리고 담박하기로 위주하였는데, 당상에 교의 삼사 개를 놓고 그 곁 고족상(高足床)133) 위에 차제구(茶諸具)를 벌여놓았으니 그 아담한 운치가 비할 데 없고, 방 안의 문방 제구도 한 가지 시속 부인의 거처하는 곳 같지 아니하여 연상문갑(硯床文匣)을 운치 차려 그 위에 만국 서책을 정돈하였더라.

---

130) 승시 : 때를 탐. 기회를 얻음.
131) 주련부벽 : 기둥이나 바람벽에 장식으로 그림이나 글씨를 써넣어 걸치는 물건.
132) 시속누태 : 당시 풍속의 보기 흉한 꼴.
133) 고족상 : 잔치 때 쓰는 다리가 높은 상.

제 15 회

세상에 사람이 나서 무엇이 그 중 기껍고 무엇이 그 중 원하는 바이냐 하면, 귀천 부귀를 물론하고 마음과 뜻이 서로 같아 서로 나무랄 데 없는 지기(知己)를 만남에서 더 지날 것이 없느니, 가령 원앙이 비취(翡翠)[134]에 대하여서도 기꺼울 것도 없고 원하는 바도 아니며, 비취가 원앙에 대하여서도 기꺼울 것도 없고 원하는 바도 아니라. 천생으로 원앙은 원앙과 만나고, 비취는 비취와 만난 연후에야 비로소 소원이 성취되어 한없이 기껍다 함과 일반으로, 숙녀는 군자의 좋은 짝이라 결단코 용렬한 지아비는 원하고 기꺼워하지 아니하리로다.

매선이 태순의 이름을 보고 반가운 낯빛으로 마루 아래 내려 맞아 들어가 빈주(賓主)의 좌를 정한 후 매선이 차를 내와 단정히 말하되,

"한낱 규중(閨中) 천품이 당돌히 고명하신 대인으로 욕림(辱臨)하심을 청하였사오니 송황(悚惶)[135]한 마음을 둘 곳이 없사오나 사정의 절박함이 있어 짐짓 과실을 범하였사오니 용서하시기를 바라나이다."

태순이 고쳐 앉으며 대답하되,

"문산포 노중에서 밝게 가르침을 입은 후 산두(山頭)같이 우러름을

---

134) 비취 : 물총새.
135) 송황 : 송구스럽고 황공스러움.

마지 못하옵더니 더러이 여기지 아니시고 이같이 부르시니 실로 미물(微物)의 고기가 용문(龍門)에 오름을 얻음 같사오이다."

말을 마치며 벽상(壁上)을 우연히 바라보니, 금식으로 꾸민 틀에 사진 한 장을 걸었는데 자기의 얼굴과 흡사한지라. 마음에 경아(驚訝)하여 앞으로 가까이 가 본즉 분명 자기의 사진이요, 그 밑에 한 귀글을 썼으되, '금석같이 무거운 언약이여, 죽기를 한하고 저버리지 못하리로다' 하였거늘 태순이 더욱 괴이히 여겨 물어 가로되,

"사진은 내가 처음으로 경성에 올라오던 해에 박인 바이어늘 어찌하여 귀댁에 있으며, 또 그 밑에 있는 글은 무엇을 가르침인지 해득키 어렵나이다."

매선이 수삽(羞澁)한 얼굴을 강잉히 들어 대답하되,

"그 사진이 공자 같으시면 어찌하여 성씨가 상차(相差) 되나이까?"

태순이 옷깃을 여미고 대답하되,

"문산포 노상에서 행색이 심히 총총하시므로 묻자오시는 말씀을 미처 대답치 못하와 지금껏 불안하거니와, 소생이 십삼 세 시에 공부함이 필요한 줄만 알고 불초한 행동으로 부모께 고(告)치 아니하고, 경성으로 올라와 혹 종적이 탄로될까 염려하여 잠시 권도(權道)136)로 심가라 변성(變姓)하온 일이 있사오나 낭자가 어디로 좇아 아시나니까."

매선이 자취 없는 눈물로 옷깃을 적시며 가로되,

---

136) 권도 : 목적달성을 위해 임기 응변으로 취하는 방편.

"박명(薄命)한 첩의 엄친 재세시(在世時)에 공자의 사진을 주시며 이르시되, 이는 곧 너의 백 년 언약을 정한 바 심랑이라, 나 죽은 후라도 부디 신(信)을 지키어 나의 부탁을 저버리지 말라 하심이 있삽기로, 영정(零丁)[137]한 신세로 비상히 곤란을 겪사오며 군자의 종적을 탐문코자 하오나 강근(强近)[138]한 친족도 없사와 누구로 더불어 의논할 곳도 없사오니 구구히 적은 예절을 지키다가는 일생을 그르칠 뿐 아니라, 선친의 유언을 거역하와 세상에 용납치 못할 불효 죄명을 면키 어려울까 하여 부끄러움을 무릅쓰고 여학교에 들어 일변 학문도 연구하고, 일변 군자의 성식(聲息)을 알고자 하여 앞서 독립관 연설장에까지 가서 두루 살피옵다가 천행으로 군자의 연설하심을 뵈왔사오나 성씨가 이씨라 하오니 바라던 마음이 땅에 떨어져 창연(愴然)[139]히 집으로 돌아왔삽더니, 다시 들은즉 군자가 식비로 군색하시다 하기로 약소한 전량[140]을 부끄럼 무릅쓰고 받들어 보냈삽고, 그 후 북한사에서 잠시 지나가심을 뵈왔사오나 노파를 반련하여 존성(尊姓)을 묻자올까 하였더니, 숙모의 재촉하심으로 겨를을 도모치 못하고 그곳서 떠날 새 용렬한 글 한 수를 군자에게 드리라 노파더러 부탁하고 문산포로 갔삽더니 천만 뜻밖에 노중에서 뵈옵고 당돌히 말씀을 묻자온 일은 여자의 행실이 아니오나 박부득이(迫不得已)

---

137) 영정 : 외로운 몸이 되어 의지할 데가 없음.
138) 강근 : 친척과의 촌수가 아주 가까운.
139) 창연 : 몹시 슬픔.
140) 전량 : 돈.

한 사정이 있사와 남의 웃음을 돌아보지 못함이로다."

태순이 이윽히 생각하다가 가로되,

"그러하오면 존성이 장씨가 아니시오니까?"

매선이 대답하되,

"그러 하나이다."

태순이 탄식하여 가로되,

"영존(令尊)[141]이 소생의 용우(庸愚)함을 살피지 못하시고 정혼함을 말씀하신 일이 과연 있사오나 그때 소생의 연치가 어리고 행실이 경박하여 등한히 잊고 다시 기억도 아니하였사오니, 오늘날 낭자의 고초 겪으신 일은 모두 소생의 불민한 죄로소이다. 그러나 박부득이한 사정이 있다 하시나 소생으로 인연하여 무슨 관계가 있나이까?"

매선이 한숨을 깊이 쉬며 가로되,

"첩의 명도(命途)[142] 기박하와 일찍이 천지가 무너지고 다만 의로 정한 숙부 권 첨사를 의지하여 가산을 정리케 하옵고, 아무 때든지 군자를 기다리려 하였삽더니, 재정 출납을 일절 속일 뿐더러 선친의 유서를 위조하여 첩을 축출하려는 음모를 포장하고 백 가지로 운동하는 중 하상천의 지촉[143]을 청종(聽從)[144]하고 첩의 정한 마음을 억지로 빼앗으려 하나 종시 청종치 아니하온즉, 하상천이 저의 문인

---

141) 영존 : 남의 아버지의 존칭.
142) 명도 : 운명과 재수.
143) 지촉 : 지척(指斥). 웃어른의 언행을 지적하여 탓함.
144) 청종 : 이르는 대로 잘 들어 좇음.

송 교관을 소개하여 혹 위협도 하며 혹 달래기도 하다가 심지어 입에 담지 못할 욕설로 신문에 게재까지 하였으니, 이는 첩의 명예를 없도록 하여 군자로 하여금 침 뱉고 돌아보지 아니하게 하고 저의 계교(計巧)[145]를 성취코자 함이요, 또 묻지도 않는 말로 군자가 은일(隱逸)에 주색에 빠져 옥도라 하는 기생과 백 년 금실을 맺었다 하여 첩의 단망(斷望)하기를 도모하더이다."

하고 오열히 우는지라.

태순이 듣기를 다하매 매선의 지낸 역사는 신고(辛苦)[146] 처량하여 대장부로 하여금 더운 눈물이 절로 떨어질 듯하고, 하상천의 행한 간계는 음흉 극악하여 당사자로 하여금 모골이 자연 송연(竦然)한지라. 이윽히 생각하다가 매선을 위로하여 가로되,

"한 번 이지러지면 한 번 둥근 것은 천리에 소소한지라. 선분의 고초(苦楚)는 후분의 안락될 장본이니 조금도 비상(悲傷)[147]치 말으시고 전후 방침을 도모하사이다. 소생이 처음에 입성하여 구두쇠 여관에 있삽더니 뜻밖 송 교관이 요리점으로 청하여 비상히 접대하며 옥도로 하여금 먹지 못하는 술을 강권하나 소생이 연전에 취중에 실수한 일이 있은 고로 맹세코 과음치 아니하옵더니, 어리석은 위인이 상천의 계교에 빠질 바 되어 신문에 기재한 욕설과 송 교관의 험언(險言)을 곧이듣고 흠모하던 마음이 땅에 떨어지매 불운한 회포

---

145) 계교 : 요리조리 생각하여 짜낸 꾀.
146) 신고 : 어려운 일을 당하여 몹시 애씀. 또, 그 고생.
147) 비상 : 슬프고 마음 아파하다.

(懷抱)를 금치 못하여 다시 사양치 아니하고 권하는 술을 마시고 정신없이 혼도(昏倒)하였더니, 주인 구두쇠가 전재에는 인색하나 사람은 직심(直心)이라 소생이 밤들도록 아니 돌아옴을 보고 요리점으로 찾아와 옥도의 만집(挽執)[148]함을 배각(排却)[149]하고 인력거에 실어 돌아오므로 다행히 흉계에 빠지지 아니하였소이다. 그 자들의 소위를 생각하면 강경한 수단으로 통쾌히 설욕함이 마땅하오나 옛말에, '사람은 나를 저버릴지언정 나는 사람을 저버리지 말라' 하였으니, 하·송 양인은 다시 말할 것 없거니와, 권 첨사는 남에게 팔린 바 되어 이익을 희망하던 자라 그 뜻을 깊이 연구하면 도리어 불쌍한 인류니 이왕 흠축(欠縮)[150]한 재산 문부를 저 보는 데 충화하여 광탕(廣蕩)한 뜻을 베풀면 저도 필연 감격히 여길까 하나이다."

매선이 고쳐 앉으며 공경히 대답하되,

"천려(淺慮)에도 이같이 생각하였삽던 차 밝히 가르치심을 입사오니 어찌 봉행치 아니하오리까."

하며 상 위의 시계를 보더니,

"벌써 하오 네 시가 되어 숙부의 돌아올 시간이 멀지 아니하였사오니 오래 이곳에 지체하심이 불가할 듯하여이다."

태순이 급히 일어 작별할 새 매파(媒婆)를 보내어 정식으로 혼인을 정한 후 택일 세례함을 약조하고 주인집으로 돌아가니라.

---

148) 만집 : 붙들어 말림. 만류.
149) 배각 : 밀어내어 물리침. 물리쳐 버림.
150) 흠축 : 일정한 수효에서 부족함이 생김.

권 첨사 내외는 비루한 사람이라 범포(犯逋)151)한 채장(債帳)152)을 일체 탕감함을 보고 한없이 기뻐하여 하상천의 꾀임으로 유서 위조하던 일을 절절 자복하며, 태순의 매파가 다녀간 후로 혼수를 성비(盛備)153)하여 길일(吉日) 되기를 고대하더라.

---

151) 범포 : 국고(國庫)에 바칠 전곡(錢穀)을 다 써버림.
152) 채장 : 남에게 빌어 쓴 돈머리를 적는 장부. 채권.
153) 성비 : 성설(盛設). 성대하게 차림. 잔치를 크게 베풂.

작품 해설 · 작가 연보

안국선 / 이해조 / 최찬식 / 구연학

작품 해설

신소설에 나타난 신新시대의 이념

신소설은 1906년에 발표된 이인직의 「혈의 누」를 선두로 해서 1917년 이광수의 「무정」이 발표될 때까지 1910년을 전후한 시기에 집중적으로 생산된 소설을 말한다. 우리는 신소설의 출현 배경을 살펴보면서 시대와 문학과의 관계를 고찰해 볼 수 있다. 신소설의 신(新)은 새롭다는 뜻으로써, 이는 종래의 고대소설인 구(舊)소설에 대비되는 새로운 형식의 소설이라는 뜻으로 사용된 것이다. 신소설은 서구문화 유입에 수반되어 생산된 새로운 소설양식을 뜻하는 말이다.

본격적인 개화운동이 진행되던 이때는 신(新)이라는 개념 하에 서구의 문화가 무조건적으로 추종되던 시기였다. 이른바, 새로운 소설형식으로 나타난 신소설은 종래의 고대소설과 분리되는 시대적 분기점을 이루는 것이면서 동시에 근대소설로 나아가는 서문 격에 해당하는 것이었다. 이러한 관점에서 신소설은 신(新)·구(舊)의 문화가 함께한 시기인 과도기의 서사문학이라 할 수 있다. 과도기라는 것은 현실의 실세(實勢)를 잃어가는 낡은 규범과 밀려 들어오는 새로운 규범 사이의 간극을 나타내는 말이다.

　이러한 시대적 배경을 바탕으로 산출된 신소설은 다른 시대의 소설과는 달리 평자(評者)들에게 과거의 구소설이 답습된 상태에서 새로운 형식의 소설로 이전되어 가는 미완성의 양식으로 보는 관점에 위치하고 있다. 여기에서 미완성의 양식이라는 말은 근대 소설이 가지고 있는 내용·형식면에서 불완전한 면을 보여주고 있다는 뜻을 내포하는 것이다. 이처럼 신소설은 시대를 구분 짓는 개념의 구실을 할 뿐만 아니라, 개화기 시대의식을 보유한 역사적 산물로 평가되어 소설 미학적 연구방법보다 역사주의적 연구방법이 선행되고 있다.

신소설의 주제

　신소설의 내용을 이루는 일관된 주제는 애국계몽사상이다. 그 내용은 서구를 위시한 신문명의 적극적인 수용, 즉 자유연애와 신식 교육을 통한 근대화 이념이다. 개화기는 구시대의 틀 속에서 새시대의 이념이 부박하게 개진되고 있던 사회이다. 시대와 문학의 관계를 조응해 볼 때, 한 시대는 당대에 요구되는 이념을 민중적 정서로 확산시키기 위해 문학을 양산하게 되고, 이러한 시대의식에 부응하여 문학도 그 시대의 풍속이나 이념을 특징적으로 담아내기 마련이다.

이러한 불가분의 양자(兩者) 관계는 한 시대의 조류나 기운을 생활인으로 직접 호흡하고 있는 작가에 의해 연결된다.

개화기에 양산된 신소설은 새 시대가 부여한 '권신징구(勸新懲舊)'라는 선적(善的) 가치에 적극적으로 부응하고 있다. 권선징악(勸善懲惡)이 고대소설의 일관된 주제의식이라면 권신징구는 신소설의 일관된 주제의식이다. 신소설이라는 서사양식 자체가 새로운 문화양식의 영향을 받아 산출된 것이니 만큼, 권신징구는 신소설의 주제가 반드시 내포해야 할 역사적 소명의식이다. 권신징구는 과거의 것을 몰아내고 새로운 것을 받아들이자는 뜻을 내포하는 말이, 낡은 것을 보내고 새로운 것을 맞이해야 하는 시대에서 종래의 유교적 가치는 새로운 서구적 가치로 전도된다. 그러므로 신소설 작가에게는 신(新)이라는 새로운 문화 질서에 포섭되는 선구적 인물을 그리는 것이 관건이 된다. 민중을 계몽하는 차원에서 고대소설의 서술자나 신소설의 서술자는 동일한 자격을 가지고 있다.

소설 속에서 추구되는 국민 계몽의 선적(善的) 가치는 이야기를 전달하는 서술자에 의해 분명하게 노출되어 있다. 고대소설의 서술기법에서 미처 벗어나지 못한 신소설의 서술자는 새 시대의 이념을 전도(傳道)하기 위해 분명한 목소리를 낸다. 이러한 이유로 신소설에 나타난 신시대의 이념은 서술 맥락에서 현실의 구체성으로 반영되지 못하고 단지 이념성으로만 과도하게 표출되고 있는 특징을 보인다.

대부분의 소설에서 서사의 방향은 구시대적 환경에서 자란 무지

몽매한 인물이 신(新)교육을 받아 신(新)사회에 입사해 가는 과정을 나타내고 있는데, 정작 작중인물이 드러내는 성격화의 측면에서는 신(新)사회의 질서와 가치를 역설하는 이념적인 성향만을 평면적으로 드러내고 있다.

이러한 신소설의 구조는 인물전(人物傳)으로 일관되는 고대소설의 형식을 이어받고 있는 것으로 볼 수 있다. 인물전은 한 인물의 일대기를 일정한 관점에서 서술하는 양식으로, 신소설에서 일정한 관점이란 민족자강주의나 신교육 이념 같은 작가의 선험적인 의식이 개입되어 있는 상황을 의미한다.

그러므로 작가의 이념을 대변하는 인물인 주인공은 권신징구라는 선적(善的) 가치에 의해 인물성이 옹호되는 캐릭터로 일관된다. 똑같은 인물전의 형식으로 되어 있는 고대소설과의 차이를 찾는다면, 고대소설의 인물은 권선징악의 서사기획에 포섭되어 운명적으로 변화되어 가지만 신소설의 인물은 권신징구의 서사기획을 주체적으로 이끌어 가는 선구적인 모습을 강하게 드러내고 있다는 점이다. 즉, 고대소설의 인물은 운명의 기획에 포섭되는 순응적인 모습을 보이고 있지만, 신소설의 인물은 신시대 이념의 기획 속에서 스스로의 각성에 의해 주체화되는 특성을 보여준다.

이와 함께 고대소설의 인물은 권선징악의 세계에 운명적으로 조종당하고 있는 것에 비해서, 신소설 속의 인물은 새 시대의 이념이 제시하는 신(新), 즉 새로움의 메시지를 자신의 것으로 동일화시켜야만 비로소 완성된 주체로 설 수 있음을 알 수 있다.

다음의 네 가지 소설들은 각각 신소설의 여러 가지 특징들을 개성적으로 보여주고 있는 소설들이다. 우선 작품 형식면에서 애정소설, 동물우화소설, 번안소설, 토론체 소설 등으로 당시에 유행했던 신소설의 대표적 형식들을 살펴볼 수 있는 면모를 보여주고 있고, 내용면에서도 신소설이 추구하였던 현실 개혁과 근대화 의식을 강하게 드러내고 있는 점에서 일치하고 있다. 그러므로 각 작품들이 나타내고 있는 특징들을 면밀하게 검토해 보는 일은 신소설에 대한 전반적인 이해를 도모하는데 의의 있는 작업이 될 것이다.

이 글에서는 소설 형식과 그 내용에 따라 크게 두 가지 유형으로 나누어 보았다. 하나는 남녀의 결연(結緣)을 중심 소재로 한 애정소설이고, 다른 하나는 연설 목적을 강하게 띠고 있는 자유 토론체 정치소설이다. 전자에는 「추월색」과 「설중매」를, 후자에는 「자유종」과 「금수회의록」을 각각 대비(對比)하였다.

우리는 각각의 작품들을 통해 신소설이 추구하는 새 시대의 이념들을 세부적으로 확인해 볼 수 있다.

남녀 결연담 및 애정소설로서의 「추월색」

최찬식은 이인직, 이해조가 신소설을 문학사적 장르로 확립시킨 업적을 이어받아 신소설을 대중화시킨 점에 공로가 큰 작가이다. 최찬식의 「추월색」은 남녀의 결연(結緣)을 주제로 한 애정소설이다. 이 작품은 1912년 회동서관에서 출간된 이후 1921년까지 15판까지 낸 인기소설이었다. 이 소설의 대중적인 인기는 작가의 유려한 문장과 섬세한 필치, 그리고 당대의 중심 테마였던 문명한 개화의식을 남녀의 결연담(結緣談)으로 환치시켜 작중사건을 미스테리하게 추적해 나간 데에 기인한 것이다.

작가는 남녀의 만남과 이별에 대한 기구한 사연을 생생한 묘사를 통해 사실적으로 부각시켰으며, 또한 결혼에 대한 기성세대의 관습과 이에 저항하는 새 시대의식을 대조시켜 세간의 흥미를 불러 일으켰다.

이 작품은 앞에서 제기한 바 있는 인물전(人物傳)의 특성을 보여주고 있는 소설이다. 우리는 이 소설이 보여주는 남녀의 결연담(結緣談)에 우선 주목할 필요가 있다. 부모에 의해 어릴 적에 가연(佳緣)을 맺은 남녀가 강압적인 외부 현실에 의해 헤어졌다가 우여곡절 끝에 상봉하게 된다는 이야기 구조는 고대소설에서부터 있어 왔다.

고대소설의 인물전에서는 작중인물의 일생이 순차적 시간의 순서를 밟아 기술된다. 이것은 연대기적 시간이다. 그러나 신소설에서는 연대기적인 시간이 사건을 구성하는 서술적 시간에 재배열된다. 작가가 사건 진행의 계기가 될 한 시점을 소설 서두에 끌어당겨 놓음으로써, 인물의 연대기적 시간은 사건의 서술시간으로 재배열되는 것이다.

이 소설의 서두는 이정임의 어린 시절부터 차근히 순차적으로 서술되어 있는 것이 아니라, 도일(渡日)한 이정임이 성숙한 여학생으로 변모해 있는 시점부터 기술된다. 소설의 서두는 이정임의 과거 시간을 뛰어넘어 의미 있는 사건이 취급되고 있는 현재의 상황을 전달하고 있다. 소설은 서두부터 김영창과의 운명적인 만남을 취급하고 있어 뒤따라오는 과거의 사실들은 현재의 사건을 설명하는 역할만을 수행하는 것일 뿐이다.

여주인공을 중심으로 한 남녀의 결연담에는 필연적으로 위기의 순간이 삽입되어 있다. 고전적 플롯에서 볼 때, 여주인공에게 닥치는 위기의 사건은 곧 정절을 유린당하는 순간이다. 이정임이 강한영에게 봉변당하는 위기의 순간에 구원자로 나타나는 사람은 정혼자인 김영창이다. 남녀의 만남은 이렇게 지극히 우발적이고 우연적인 낭만성을 드러내고 있는데, 이것은 의기(義氣)에 찬 용감한 기사가 출현하여 연인을 돕는 서구의 로망스와 흡사한 구조를 보인다. 이정임이라는 여주인공이 마음속의 연인, 즉 정혼자인 영창을 찾아 떠나는 모험과 낭만의 여로(旅路)는 결국 천우신조의 만남으로 진행되어 가는 예정된 기획 속에 있는 것이다. 그러므로 위기의 사건은 곧 얽혀 있던 운명의 실타래를 풀어주는 역할로 전환되는 의미를 가지는 것이다.

주제의식 면에서 볼 때, 이 소설의 서사구조에는 두 개의 상이한 이념이 대립되어 있다. 이 시종의 무남독녀인 정임과 김 승지의 외아들인 영창이 어릴 때에 정혼한 사이라는 점은 작중서사의 배경을 이루고 있는 과거 사실이다.

영창과의 정혼 사실은 민란에 의해 객관적 가치를 상실했지만 정임의 마음속에는 주관적인 신의로 자리잡고 있다. 행방불명된 정혼자에 연연하여 혼기를 놓치지 말고 다른 인물을 만나라고 권유하는 아버지인 이 시종은 근대적인 개화의식을 가진 인물로 볼 수 있다. 그러나 이 시종은 딸의 의사(意思)를 고려치 않고 부모로서의 강권을 사용한다. 이러한 부모의 강권이 구시대적 유습으로 상징된다. 결국 이정임은 조선의 구시대적 유습에서 벗어나 일본으로 향하여 자신의 의식을 객관화하는 과정으로 들어가게 된다.

아버지인 이 시종에게는 구도덕관을, 이정임에게는 신사고관을 각각 대립시켜 보았을 때는 의미의 혼선이 일어난다. 이정임은 불경이부(不敬二夫)라는 유교적 덕목을 가지고 있고, 오히려 그에 반(反)하는 신식 사고관을 가진 인물은 이 시종으로 나타나 있기 때문이다. 그러므로 이정임이 고수하는 정절의식은 과거 정혼의 약속을 지키는 것에 있는 것이 아니라, 자신의 마음속에 간직하고 있는 정인(情人)에 대한 신의를 지키는 것으로 풀이해야 한다.

이와 같이 신소설 주인공의 주체인식은 새 시대의 현실을 인식하고 행동에 옮겨 스스로 모범적 행동을 보이는 것으로 나타난다. 그러므로 신소설의 주인공은 각성된 의식을 지닌 행동하는 인물이어야 한다. 민중을 계몽하여야 할 주인공은 새 시대에 요구되는 여러 제도와 사상을 자신의 행동 속에 내면화한 인물로 성장해야 하는 것이다. 그리고 그것은 누구의 강요나 요구에 의해 행해지는 것이 아니고 전적으로 자신의 결정과 선택에 달려 있는 것임을 드러낸다. 그러므로 이정임이 스스로 작정하여 마음 속 연인을 찾아 나서는 가출은 적극적이고 주체적인 성격화에 기여하고 있는 것이다.

이정임은 자신의 사랑을 지키는 일에 가치지향점을 두고 있다. 자신의 가치지향점이 좌절되는 위기에 직면한 여주인공이 취하는 행동은 그 상황으로부터 도피해 달아나는 것이다. 아버지의 법으로 대표되는 외부현실과 연인에 대한 신의를 지키려는 자아의 대립이 긴장된 구도를 이루고 있다. 여기에서 주인공은 대립되는 두 개의 가치, 즉 부모에 의한 타의적인 결혼과 자유연애 사상에 입각해 있는 자율적 결혼이라는 두 이데올로기 사이에서 하나를 선택해야 하는 입장에 서게 된다. 결국 정임의 가출은 근대적 여성으로 입사(入社)하기 위한 동기로 작용해 있지만, 이면적으로는 정절의식이라는 구시대적 가치에 자유결혼이라는 신시대적 이념이 개입되어 있는 것으로 볼 수 있다. 차후의 사건들은 신사고(新思考)라는 의미화의 과정을 거치지 못한 채, 다만 독자의 흥미를 돋우기 위해 산발적으로 진행되는 것들일 뿐이다. 그러므로 이정임과 김영창이 만나게 되는 사건도 지극히 우연적이고 우발적인 서사기획에 의존하게 되는 것이다.

서두의 환상적 서사는 세 개의 이념적 가치, 즉 사회적 자아실현을 한 성숙한 숙녀에 대한 찬미와 정혼자에 대한 일편단심을 지키고자 하는 지조와 스스로의 결정을 따르고 행동하는 주체적 사상을 동시에 드러내고 있다. 그러므로 이정임의 입사는 한 남성에 대한 순정과 여성의 정체성 추구라는 두 개의 가치를 안고, 어릴 적 연인과의 운명적 만남과 자율적 혼인의 성공이라는 낭만적 서사를 부각시키고 있는 것이다.

남녀 결연담 및 번안소설로서의 「설중매」

남녀의 결연을 모티프로 하고 있는 「추월색」의 서사구조와 주제의식은 다음 소설 「설중매」와 비교해 볼 수 있다. 구연학의 「설중매(雪中梅)」(회동서관 1908),는 번안소설(翻案小說)이다. 이 소설은 일본 스에히로 뎃죠의 「설중매」를 번안한 것이다. 번안소설은 원작의 줄거리는 그대로 옮기고 인명(人名)이나 지명(地名) 정도를 바꾸어 자국(自國)의 사회적 풍속에 맞게 각색한 소설이다. 신소설에서 번안소설은 「설중매」 이외에도 프랑스 베르너의 「철세계」를 번안한 공상과학소설인 이해조의 「철세계(鐵世界)」(1908)와 일본 오자끼의 「금색야차(金色夜叉)」를 번안한 애정소설인 조중환의 「장한몽(長恨夢)」(1913)이 있다. 「장한몽」은 「이수일과 심순애」로 연희(演戲)되어 세간에 널리 알려지게 된 소설이다. 조중환은 「장한몽」 이전에도 도쿠토미 로카의 「불여귀」를 「불여귀」(1912)로 번안한 바 있다. 또한 A. 뒤마의 「몽테크리스토 백작」을 일본의 구로이와 루이코가 「암굴왕(巖窟王)」으로 번안한 것을 이상협이 1916년에 「해왕성」으로 다시 번안하였다. 이와 같이 번안소설은 외국문물의 수용에 적극적이었던 개화기에 유행했던 소설의 한 형태로 볼 수 있다.

「설중매」는 상·하 구분 없이 전15회로 되어 있는 장회소설(章回小說)이다. 원작과의 차이점을 설명하자면, 원작은 상·하편으로 두 권 나누어져 있고, 속편인 「화간앵」 3권까지 발간되어 전체 5권의 분량으로 되어 있다. 원작은 양적으로도 방대하고, 정치소설로서 작중인물의 소신 있는 정견(政見)과 이후 미래사회로의 발전적 전망까지 제시하고 있다.

구연학의 「설중매」는 이인직의 「은세계」와 이해조의 「자유종」과 함께 개화기 3대 정치소설로 평가를 받고 있다. 그러나 작품 내적으로 살펴보면, 근대적 민주정치를 주장하는 작중인물들이 등장하고 있는데도, 현실을 개혁하는 대안과 나아가 신사회를 건설하는 구체적 전망까지는 제시하지 못해 정치소설로서는 미흡한 점을 보이고 있다. 오히려 어느 재능 있는 정치가 지망생과 재덕과 미모를 겸비한 처자의 운명적 결합이라는 애정 소설적 측면을 강하게 드러내고 있다.

정치소설은 정치개혁을 이루는 일련의 과정들이 서사의 중심에 드러나 있어야 한다. 그러나 이 소설에는 남녀가 결연하게 되는 과정이 전체적 틀거리를 이루고 있고, 그 속에 작중인물의 정치의식이 단면적으로 드러나 있을 뿐이다.

이 소설은 남녀 만남의 이합구조(離合構造)를 이루는 애정 소설적 측면에서 「추월색」과 유사한 구조를 보인다. 이 두 소설은 모두 행방이 묘연한 정인(情人)을 찾아 고독한 여행을 하는 여인의 의지를 보여주고 있다. 부모에 의해 정혼한 남녀가 우여곡절 끝에 상봉하게 되어 결혼에 이르게 된다는 점에서 유사하지만, 「추월색」보다는 다양한 사건의 전개와 우연과 필연을 맞춘 플롯이 돋보인다.

여주인공 장매선은 어릴 적 정혼남인 심랑(沈郞)을 마음속에 정인(情人)으로 간직하고 있다. 그러나 어른으로 성장한 후에, 심랑의 행방은 묘연해지고 게다가 부모까지 잃어 의탁할 곳 없는 고아 신세가 된다. 장매선에게는 부모로부터 전해 받은 심랑의 어릴 적 사진이 전부이다. 그러므로 사진 속의 심랑이 어떤 인물로 성장하였는지는 알 길이 없다. 장매선에게 제한된 정보는 독자에게도 제한된 방식으로 진행되어 사건 진행이 긴장감을 유지하고 있다.

다음 두 소설이 사건 구조를 미스테리한 상황으로 연출하고 있는 기법을 비교해 보자.

「추월색」의 서술자는 서두에 이정임이라는 호칭을 쓰지 않고 '일개 청년 여학생'이라고 익명으로 언급하고 있다. 서술자는 작중인물에 대한 정보를 최대한 지연시키면서 사건의 미스테리한 상황을 연출하고 있다. 어느 여학생과 어느 남학생의 우연한 만남을 서술해 나가다가 위기의 순간을 던져 놓아 독자의 궁금증을 유발시켜 놓고, 다음 장에 가서는 앞장의 인물과 사건에 관한 상세한 설명을 덧붙인다. 과거의 소급제시는 이정임과 김영창의 정혼관계를 독자에게 주지시키며, 울적한 심회에 빠진 이정임의 사연에 대한 독자의 궁금증을 비로소 풀어주는 역할을 한다. 그러므로 현재의 시점에서 역전되는 과거의 사건들은 궁금증을 해결하는 방식으로 구성되어 있고, 따라서 소설의 단락은 각 인물들의 과거 행적에 따라 구분되어 있다.

플롯의 구조는 이정임의 봉변사건→이정임과 김영창의 정혼 이야기→이정임의 가출이야기→김영창의 유학이야기→김 승지 내외 (內外) 상봉 순으로 각 장을 이루며, 각 장면들은 사건에 묻혀 있던 인물들의 묘연한 행방을 좇아 순차적으로 기술된다.

결론적으로 과거를 설명하는 각 장들은 서두에 종속적으로 배열되어 있는 방식으로 나타나 있다. 이러한 서술방식은 작가의 논평을 과다하게 개입시키는 요인으로 작용하고 있어, 전체 서사적 긴장을 떨어뜨리고 있다.

이에 비해서 전15회로 나누어진 「설중매」의 각 장(章)은 작중인물들이 만나는 장면에 따라 분절되어 있어, 각각의 단일한 장면들이 모여 전체 서사구조를 이루고 있는 형식을 취하고 있다. 각 장의 분량은 짧고, 연속적으로 이어져 있는 구성을 보인다.

「설중매」의 서두인 제1회의 첫 장(章)은 장매선의 어머니가 병이 위중한 상태에서 홀로 남겨질 딸을 근심하는 말로 시작된다. 소설의 서두는 과거의 이야기를 생략하고 고독하고 불행한 처지에 놓인 장매선의 현재 상황으로부터 출발한다. 제3회부터는 이태순의 이야기가 중심이 되어 장매선의 이야기는 그 사이사이에 신원을 알 수 없는 익명의 신분으로 삽입되어 있다. 이태순이 북한사에서 묘령의 처자를 만나게 되는 제7회부터는 둘 사이의 숨바꼭질이 시작된다. 장매선은 품에 넣고 다니던 심랑의 사진과 이태선의 용모가 비슷한 것을 의심하여 이태순에게 말을 걸게 되고, 이태순은 세 번이나 우연히 마주친 장매선에게 연정을 품게 된다. 그러다가 제11회에서 의숙인 권 첨사가 매선에게 다른 남자와 혼인하기를 강권하여 장매선은 위기의 순간을 맞게 된다. 「추월색」에서처럼 혼인의 강권이 여주인공에게 닥친 최대 위기의 순간으로 나타난다. 이로써 서로의 묘연한 행방을 좇아 헤매던 두 사람의 긴 여로(旅路)는 끝을 맺는다.

「추월색」에서는 이 시종이 정임을 다른 남자와 강제 혼인을 시키려는 위기의 순간이 정임을 도일(渡日)하게 만들어 결국 영창을 만나게 하는 매개 역할을 하고 있고,「설중매」에서는 권 첨사가 장매선에게 정략결혼을 강권하는 위기의 순간이 장매선과 이태순을 결합시키는 계기로 작용하고 있다.

이 후부터는 권 첨지를 중심으로 한 주변 사람들의 모략(謀略)이 이야기의 중심이 되고, 결국 의탁할 이 없는 장매선은 이태순에게 도움을 요청하게 되는 것이다. 결국 이태순이 심랑과 동일인이라는 사실은 과거에 찍은 사진에 의해 밝혀진다. 정혼했던 과거의 사실이 밝혀지기 전에도 두 사람은 서로에게 알 수 없는 연정(戀情)의 감정을 가지고 있었다. 결말에 와서 두 사람의 과거 사실이 밝혀질 때, 심랑의 사진 밑에 쓰여 있는 '금석같이 무거운 언약이여 죽기를 한하고 저버리지 못하리로다'라는 글귀가 독자에게 감동적으로 전달된다.

소설 제명인 설중매(雪中梅)는 여주인공 장매선의 절개를 비유하는 것이다. 여인의 절개의식이나 우여곡절 끝에 만나 일가를 이루게 된다는 이야기는 고전적 플롯에 해당되는 것이지만, 전후 사정을 작가 논평으로 설명하지 않고 인물의 대화와 사건의 전개에 의해 진행하는 것은 근대 소설적 성격에 해당된다.

근대화의 이념

다음은 작품에 나타난 근대화 이념에 대해 살펴보기로 하자. 「추월색」에서 영창은 단지 신교육을 받은 남자로 나오지만, 「설중매」의 이태순은 정치연설을 하는 애국청년으로 나온다.

「추월색」에서는 사건의 배후에 있는 저간의 사정은 작가의 말로 설명되고 있으나 「설중매」에서는 작중인물의 대화 내용으로 처리되고 있다. 「추월색」이 작가의 일방적인 전단 설명으로 무비판적인 친일 경향을 띠고 있는 데 반해, 「설중매」는 작중인물의 정치활동을 바탕으로 일본 경찰과의 긴장관계를 이루며 보다 현실적인 시각으로 민족주체의식을 고양시키고 있다.

「설중매」에서 작가가 시국에 대한 의견을 표명하고 있는 장(章)은 다섯 곳을 들 수 있다. 첫째, 독립회관 연설회 장면. 둘째, 감옥에 갇힌 이태순이 감옥의 구조와 죄인을 다루는 형법을 개량할 것을 언급한 것. 셋째, 이태순이 친구들과 지회설립과 시국을 논하고 여자가 신교육을 받는 것은 곧 사회의 행복이라 말한 것. 넷째, 연희(演戲)를 개량할 것을 주장한 것. 다섯째, 자유연애 결혼 사상이 그것이다. 이 가운데 대표적으로 풍속개량에 대한 내용을 짚어 보자.

제10회에는 이태순과 친구들의 토론 장면이 나오는데, 그 내용은 다음과 같다. 풍속개량은 학교가 제일이지만, 효험의 빠름으로 보면 연설이 학교보다 앞서고, 소설이 연설보다 앞서며, 또한 소설보다 앞서는 것은 연희이다. 우리 나라의 연희는 이십 년 전 구풍(舊風)으로 압제정치만 알던 시대의 사상을 숭상하여 「춘향전」의 잡설과 「꼭두각시」타령 등의 유희로 부랑자의 도회장이 되어 있다. 근대화된 연희는 역사의 선악(善惡)과 시세(時勢)의 가부(可否)를 재미있게 형용해야 한다. 이 장면은 시대와 문학과의 관계를 소설 스스로 해명해 주고 있는 부분이다.

신소설이 신시대의 이념을 고취시키기 위한 민중교화의 목적성을 강하게 띠고 있는 것은 이러한 작가의식 때문이다. 「추월색」에서는 비주체적인 일본 문화 추수(追隨) 경향을 드러내 보여준다. 주인공인 이정임이나 김영창은 일본 혹은 구미에서 신교육을 받아 민족을 계몽할 지식인으로 성장한 캐릭터를 가지고 있을 뿐이다. 「설중매」에서는 정치의식을 가진 작중인물의 설정으로 인해, 작가의 현실비판 의식이 근대화 이념으로 일목요연하게 개진되고 있음을 알 수 있다.

위의 두 소설에서 살펴보았듯이, 신소설은 역사와 현실을 개진하는 소명의식을 가진 작가의 자아가 충실히 반영된 서사 양식이다. 그러므로 신소설에는 작가의 이상과 지식의 영역과 도덕적 관점이 어리어 있지 않을 수 없다. 작중인물이란 작가의 사상을 대변하는 인물이며, 신시대의 성격과 교양과 사유(思惟)와 행동의 모든 것을 위임받은 선구적 인물이다. 그러므로 근대적 이념을 지향하는 사회적, 정치적 담론들의 긴장관계 속에서 생겨난 작중인물에게 부여된 의무는 크지 않을 수 없다. 등장인물은 한 시대에 종속된 문제적 개인이라기보다는 문제적 사회에 직면해 있는 선구적 개인으로서의 면모를 가진다. 신사회는 구사회를 떠나는 인물에게 기회를 주고, 떠났던 인물은 다시 구사회에 돌아와 변혁의 기회를 주는 연쇄식 반응을 한다. 그래서 작중인물은 신사회의 이념과 제도에 대한 각성된 의식을 띨 수밖에 없다.

이들 작품의 의미는 역시 작중인물이 구세계와의 대립을 극복하고 새로운 세계의 질서에 편입되어 나아가는 고난극복의 순간들에 주어져 있다. 신소설은 영웅소설에 나타나는 이합구조(離合構造)를 답습하여 고난을 맞은 주인공이 위기를 극복하여 비범한 인물로 성장하는 것으로 되어 있다. 개화기시대에 있어 영웅의 자태는 신출귀몰한 재능을 가진 귀공자가 아니라, 주로 신풍속의 중심에 서 있는 교육받은 신여성이다. 이 두 소설의 공통점은 여주인공들이 교육을 받은 명민한 신여성이라서 자신의 신변에 닥친 위기와 고난을 슬기롭게 극복하는 점을 강조하고 있다는 것이다.

자유 토론체 정치소설로서의 「자유종」

이해조는 신소설 작가 중 가장 많은 수의 작품을 남긴 작가이며, 그의 소설 「자유종(自由鐘)」은 신소설 중 가장 정치성이 강한 작품으로 평가받고 있다. 「자유종」은 한일합방 되던 해인 1910년 광학서관에서 출간되어 1913년 발매금지 처분을 받은 이해조의 대표적인 정치소설이다.

이 소설은 작중인물들이 한 자리에 모여 각자의 의견을 주고받는 문답형식인 토론체 형식이 두드러져 있다. 우선 대표자가 나와 토론 취지를 설명하고, 본격적인 토론내용이 전개되며, 마지막 결론에서는 본문에서 전개되었던 내용들을 꿈 이야기로 수렴하여 마무리하는 논설조의 3단 구성을 취하고 있다. 그러므로 소설 형식에서 요구되는 기본 조건, 즉 인물과 사건을 구성하는 서사적 줄거리보다 몇 가지 정치 토론 주제를 놓고 이야기를 이끌어 가는 연설조의 형식이 우선되고 있다.

이런 독특한 형식은 위에서 살펴보았던 「추월색」과 「설중매」에 비해 서사성이 현격히 떨어지고 있다는 사실을 미루어 짐작할 수 있다. 이와 같이 일정한 플롯 전개가 없고 단순히 문답식 서술만이 진행되어 소설 범주에 따른 논란의 여지가 있을 수 있지만, 이 글에서는 신소설의 한 유형으로 인정하고 그 특징을 소략하게 살펴보고자 한다. 신소설 중에서 문답식 대화를 통한 토론체 소설로는 「쇼경과 안즘방이 문답」(1905), 「차부오해(車夫誤解)」(1906) 등이 있다.

이 소설은 토론체 형식을 취한 만큼 당대에 처한 모순된 사회적 현실과 더불어 그 대안으로 미래의 이상(理想) 사회에 대한 한 모범을 제시하고 있다. 토론에 참가한 인물들은 구시대의 사회적 유습을 체험하고 자란 여성들이며, 그러므로 토론내용들은 여성의 인종(忍從)을 강요하는 유교사회에 대한 강한 현실비판의식을 드러내고 있다. 「추월색」에서도 구사회의 폐습 속에서 자란 여성이 남성의 강권에 불복하여 자신의 삶을 개척해 나가는 신여성의 면모를 보여주었다. 남녀평등과 자유연애사상에 기초한 새 시대의 이념은 남성보다 여성에게 더 많은 자기변화를 요구하고 있는 것이다.

「자유종」에서는 여성의 문제를 더욱 심도 있고 신랄하게 파고든다. 인물과 사건에 의해 전개되는 서사구조나 작품의 미적 형상화 측면에서보다는 주제의식면에서 두드러진 특징을 나타내고 있다. 토론에 참가하고 있는 각각의 인물들은 개인적인 의견을 자유롭게 개진하는 자주정신을 강하게 드러내고 있다. 이 소설에 등장하는 인물들은 토론을 이끄는 사회자격인 신설헌과 생일을 맞아 손님들을 초대한 집주인 이매경, 그리고 홍국란과 강금운 등 네 사람이다. 토론이 이루어지는 계기는 '가련한 민족이 된', '수참하고 통곡할 시대'의 의식에서 출발한다. 토론 내용은 전체 15개의 대화단락으로 나뉘어져 있다.

세부 토론내용은 크게 ① 남성의 압제에서 벗어나는 여성의 자유를 역설함. ② 집안에 종속된 여성의 신분을 반성하고, 무지(無知)에서 탈피하기를 역설함. ③ 여성단체조직 활성화와 여권신장을 역설함. ④ 중국 문화에 의존적인 사대주의(事大主義) 교육을 비판함. ⑤ 한문 폐지를 주장하고 몇 편의 국문 고대소설을 국문악서(國文惡書)로 규정함. ⑥ 태교부터 시작하는 자녀교육법의 중요성을 역설함. ⑦ 계급타파·적서차별 폐지를 주장함 등으로 나누어 볼 수 있다.

이 항목들을 다시 주제별로 분류해 보면, ①②③은 여권신장을, ④는 교육 개선을 통한 자주정신의 확립을, 그리고 ⑤⑦은 건전한 사회풍토 조성을, ⑥은 자녀중심교육론을 주장하고 있는 것으로 나타난다. 이러한 현실비판의식들은 최종적으로 각자의 꿈 이야기를 통한 미래사회에의 전망으로 수렴된다. 본문에서 진행되었던 토론 내용들에 비해 다소 공상적인 성향을 드러내는 꿈 이야기는 조선조 몽유록계 소설의 잔재(殘在)를 보여주고 있다. 꿈은 조선이 자주 독립 하는 염원을 표현하는 것으로서, 그 내용은 독립할 사회의 정치구조 를 설명하는 것이다. 토론자들이 말한 각자의 꿈 내용들은 다음과 같다.

① 신설헌 — 민족자주권을 회복하여 교육제도를 확장하고 상공 을 연구하는 자활당의 정치의식을 역설함.

② 이매경 — 여러 가지 부정부패를 각 개인의 병환에 비유하여, 온 나라가 환자로 넘치게 되니, 한 명의(名醫)가 각 개인의 죄과를 나타내는 화제를 써서 돌려 병이 낫게 됨을 말함.

③ 강금운 — 쓰러져도 중심을 잡고 일어서는 오뚝이를 나 오(吾), 홀로 독(獨), 설 립(立)의 오독립(吾獨立)으로 풀어 쓰고, 온 국민이 오 뚝이 정신을 가질 것을 역설함.

④ 홍국란 — 부모에 효도하고, 형제에 우애하며, 투기하지 아니하 고, 무당을 멀리하고, 학교와 사회에 공헌하기를 말함.

위와 같이 꿈 내용들은 신랄한 정치비판에서부터 소박한 아녀자 의 행실까지 폭넓게 포함하고 있다.

「자유종」의 내용을 이루는 세목들을 살펴보면, 신소설이 가지고 있는 계몽사상 전반을 포괄하는 것으로 광범위하고 또한 구체적이 다.

작가 이해조는 자신의 정치사상을 토론체 소설 형식을 빌어 자유스럽게 개진하고 있는 것으로 보인다. 개화기의 당면과제인 반봉건과 근대화, 반외세와 자주독립의 이념은 민족정신이라는 동일한 지점에서 출발하고 있으면서도, 반면 서로가 부합될 수 없는 이율배반적인 면을 가지고 있다. 여기에는 조선의 개화가 스스로의 힘을 통하지 않고 일본을 통하여 진행되었기 때문에 겪는 민족 주체성의 문제가 복잡하게 얽혀 있는 점에 원인이 있다. 앞선 「추월색」에서도 보았듯이, 개화는 곧 일본화(日本化)를 상징하는 것으로 나타나 있다. 이미 조선은 자국 문화의 힘을 상실해 버린 시점에 봉착해 있는 것이다. 그러므로 우리는 신소설이 나타내는 신시대의 이념이라는 것이 생경한 계몽적 이념에 불과한 사실을 지적하지 않을 수 없다.

「추월색」에서 보듯이, 본국에서 이산되었던 가족들은 외국에서 아무런 필연적 계기 없이 조우하게 되며, 전란이나 구습의 작폐는 작중인물에게 조선을 떠나 외국으로 공부하러 가는 계기를 부여해 주는데 그치고 있다.

그러나 「자유종」은 정치 토론체 소설인 만큼 주체적 민족의식을 강하게 드러내고 있다. 「자유종」에서는 이율배반적인 두 개의 가치, 즉 근대화와 자주독립이 알맞게 절충되어 있다. 작금(昨今)의 조선 현실을 중심으로 개진되는 정치 소견들은 보다 실제적이고 객관적인 시각을 보여준다. 그리고 이 소설의 가치는 그 동안 정치와 사회면에 소외되어 있었던 여성이 참정권의 권리를 스스로 자각하고 사회 참여의식을 밝혀 놓은 점이라고 하겠다.

동물우화소설로서의 「금수회의록」

안국선의 「금수회의록(禽獸會議錄)」(1908, 황성서적업 조합)은 동물
우화소설(寓話小說)이다. 우화소설은 조선조 후기부터 성행해 왔던
소설 형식이다. 이 소설에서는 두 가지 면을 살펴본다. 하나는 동물
의인화 수법이 드러내는 현실 우화적 측면의 고찰이고, 다른 하나는
꿈을 매개로 펼쳐지는 서사구조의 특징을 살펴보는 것이다.

이 두 가지는 「자유종」과 비교해서 살펴볼 수 있다. 우선 동물을
의인화하여 인간사회를 신랄하게 풍자한 우화소설은 당대 사회에
대한 비판의식이 강한 정치소설에 속한다. 동물들을 내세워 인간사
회를 풍자하고 있다는 점에서 「금수회의록」은 「자유종」보다 간접적
이고 우회적인 기법을 사용하고 있다. 「금수회의록」은 조선 후기에
성행했던 동물우화소설의 맥을 잇고 있지만, 이전 시대와는 다른 형
태를 띠고 있다. 과거 시대에 보였던 서사기능은 축소되고 반면 연
설조의 서술기능만이 강화되어 있는 점은 개화기 시대에 토론과 시
국연설이 성행했음을 보여주는 실례(實例)라 할 수 있다.

소설의 서두는 난세(亂世)의 시국을 걱정하고 한탄하는 1인칭 서술
자의 변(辯)으로부터 시작된다. 그리고 서술자는 꿈을 통해 동물들이
사는 세계로 들어간다. 동물들의 토론 장소는 <금수회의소>이고,
토론 주제는 <인류를 논박할 일>이다. 우화소설은 등장한 동물을
비유적으로 희화화하여 그와 흡사한 유형의 인간상을 부여한다. 그
러므로 각각의 동물들은 자신의 형상과 특징에 결부되는 인간상을

논박하게 된다. 이 소설은 회의 형식을 엄격히 준수하여 논의를 진행하는 구조를 가지고 있다. 처음에 회장이 나와 다음과 같은 안건들, 즉 '제1, 사람된 자의 책임을 의논함. 제2, 사람의 행위를 들어 옳고 그름을 의논함. 제3, 현세의 사람 중에 인류 자격이 있는 자와 없는 자를 조사함.'을 제시한다.

이에 동물들이 성토하는 내용들은,

① 까마귀 — 반포지효(反哺之孝)를 내세워 인간의 불효를 논박함.

② 여우 — 호가호위(狐假虎威), 외세에 의존하려는 기회주의적 행동을 논박함.

③ 개구리 — 정와어해(井蛙語海), 바깥 세상의 빠른 정세에 어두운 무지한 인간을 논박함.

④ 벌 — 구밀복검(口蜜腹劍), 말과 마음이 서로 다른 인간의 부정직하고 이중적인 행실을 논박함.

⑤ 게 — 무장공자(無腸公子), 남의 압제를 받아도 자유를 찾아 항거할 줄 모르는, 창자가 다 썩어 버려 주체성과 자존의식을 상실한 인간을 논박함.

⑥ 파리 — 영영지극(營營之極), 개인의 이익을 추구하기에 혈안이 되어 동포애를 상실한 인간, 즉 골육상쟁을 일삼는 인간을 논박함.

⑦ 호랑이 — 가정맹어호(苛政猛於虎)를 들어 포악한 정치를 논박함.

⑧ 원앙새 — 쌍거쌍래(雙去雙來), 부부가 원앙새처럼 지조를 지키며 화락(和樂)하지 못하고 각자가 부정(不淨)하고 음란한 욕정을 가지

고 있음을 논박함 등으로 요약된다.

마지막으로 회장이 나와 만물의 영장이라는 인간의 품격이 무도 (無道)하기 그지없음을 다시 한 번 말하고 폐회를 선언한다. 끝으로 서술자는 인간으로서의 부끄러움을 실감하고 인간 사회에 회개와 반성을 촉구한다. 그리고 기독교의 교리를 통한 구원을 얻게 되기를 희망하며 끝을 맺는다.

우화소설은 인간 현실을 우의(寓意)하는 알레고리(allegory)로서, 그 자체에 이미 목적성을 강하게 띠고 있는 소설이다. 본문의 내용을 보면, 동물들이 인간의 심성과 행실을 윤리적 차원에서 논박하는 것으로 나타나 있다. 그 내용들은 조선의 인륜과 풍속이 폐습으로 밀려나고 있는 개화기의 혼탁한 정치·사회 현실을 우의(寓意)하는 것으로 볼 수 있다. 1인칭 관찰자인 '나'는 서언(序言)에서 자연은 변함이 없는데 인간사는 고금(古今)이 다르다고 하며, 지금 세상은 인문 (人文)이 결딴나서 도덕이 없어졌다고 한탄한다. 그러면서 성현의 글을 본받아야 할 덕목으로 내세우고 있다. 사람이 사람다운 노릇을 못하는 것은 본받아 행해야 할 인륜의 규범이 가치를 잃어버린 시세 (時勢) 탓이다. 이런 이유로 동물들의 성토는 자신의 형상에 맞는 유교적 덕목이나 고사성어들을 바탕으로 전개된다.

특히 제2석의 여우의 말은 개화기 정치현실을 신랄하게 비판하는 것으로, 이 소설의 주제를 나타내고 있다. 작가는 '외국의 세력을 빌어 의뢰하여 몸을 보전하고 벼슬을 얻으려 하며, 타국 사람을 부동하여 제 나라를 망하고 제 동포를 압박하는' 세태를 개탄하는 것이다. 각 동물들이 나와 자기의 의견을 성토하는 것은, 「설중매」나 「자유종」에서와 마찬가지로, 민족의 주체의식을 상실해 가는 혼탁한 세태 속에서 어느 때보다 정치 연설이 성행했던 개화기 당시의 상황을 보여주는 것이다.

또한 이 소설은 정치현실을 꿈이라는 무의식적 통로를 통해 간접적으로 우의(寓意)하는 조선조 몽유록계 소설의 형식을 띠고 있다. 몽유록 소설의 특징은 입몽(入夢)→꿈의 세계→각몽(覺夢)의 과정으로 전개되는데, 이것은 서술자가 현실을 개탄하다가 잠이 들어, 꿈속에서 현실을 비유하는 딴 세상에서 놀다가 잠이 깨어 꿈의 교훈을 되새겨 보는 형식이다.

그러므로 이 소설은 현실과 꿈을 경계로 한 내화(內話)와 외화(外話)로 구분되어 있는 액자 구성을 이루고 있다. 꿈속의 세계는 내용의 대부분을 차지하고 있고, 꿈 밖의 구조는 처음과 끝 부분에 해당하는 것이어서, 현실은 액자구성의 형식적인 틀로 작용하고 있을 뿐이다. 이 소설은 토론형식이 선명하고 정교하게 짜여져 있어 그 나름의 논리적 구조를 가지고는 있으나, 마지막 부분에 와서 기독교적 구원이라는 특정 종교로 귀속시키고 있는 점에서는 사상성의 한계를 보이고 있다. 즉, 전래의 유교적 생활 규범을 되살리자는 뜻에서 민족주체의식을 고양시키고는 있으나 종국에는 개화기에 밀려들어온 외래 종교에 의존하고 있는 모순을 드러내고 있는 것이다.

각 동물들을 내세워 인간의 인륜을 강조하는 면에서는 전통적인 유교적 윤리관을 보여주는 것이며, 마지막에 인류적 구원을 호소하는 장면은 기독교적 윤리관으로 수렴되는 것이다. 그러므로 이 작품은 인간이 지켜야할 기본 덕목을 유교적 가치에 두고, 그것의 부활을 기독교적 구원으로 수렴함으로써 두 가지 사상이 혼합되어 있는 양상을 보여주고 있는 것이다. 이 점은 전통사상과 외래 사상이 혼재되어 있는 개화기시대의 사회 모습을 보여주는 면이기도 하다.

위 두 작품에서 살펴보았듯이, 정치소설은 등장인물들의 정치사상이 서사구조에 지배적인 역할을 하고 있는 소설이다. 이렇게 정치성이 농후한 작품들은 서사구조가 토론 내용을 중심으로 진행되고 있는 특징을 보여준다. 그러므로 토론체 소설은 토론 자체가 사건을 진행시키거나 변화시키는 구실로서 작용하는 것이 아니고, 작중인물의 의견을 단순히 나열한 것에 불과하여 소설 형식의 한 파격(破格)을 이루고 있다. 그런 이유로 소설 자체에 국민의 정치의식의 계몽을 유도하거나 작가 개인의 신랄한 정견(政見) 발표를 위주로 하고 있는 목적성을 강하게 드러내고 있다. 그러므로 본문에서 작가는 작중의 논지(論旨)를 대중에게 호소력 있게 전달하기 위해 동서고금의 다양한 실례들과 고사성어 등을 삽입하여 자신의 박학다식한 면을 부각시키고 있다. 이러한 토론체 정치소설의 특징은 앞선 애정소설과 비교해 볼 때 차이점을 선명하게 드러낸다. 그것은 토론체 정치소설이 소설 미학적 측면에서 그 형상화의 기법이 현저히 떨어지고 있는 점이다. 「설중매」처럼, 정치연설이 서사구조 내에 하나의 사건으로 삽입되어 있는 형태가 아니고, 정치연설이 서사구조의 전면을 지배하고 있는 것이다. 그러나 한편, 소설 사회학적인 측면에서 볼 때는, 당시의 혼란한 시국에 대한 비판적 시각을 여실히 드러내고 있고, 개화기 시대 정치인들의 무능과 세간(世間)의 부도덕을 한 치의 가감(加減) 없이 풍자하고 있다는 점에서 사실주의적인 성격을 강하게 드러내고 있다.

우리는 이러한 토론체 정치소설을 통해 개화기 시대를 휩쓸었던 세태의 한 풍경을 여실히 목도할 수 있는 것이다.

신소설에 나타난 신시대의 이념

이상으로 네 소설들이 가지고 있는 특징들을 면밀히 살펴보았다. 서론에서 밝혔듯이, 이 소설들을 크게 애정소설과 정치소설로 분류해보면, 전자에 「추월색」과 「설중매」를, 후자에 「자유종」과 「금수회의록」을 묶을 수 있다. 애정소설인 「추월색」과 「설중매」에서는 남녀의 만남과 고난을 줄거리로 삼고, 그 밑바탕에 작가의 친일(親日) 성향의 정치의식이나 개화된 사회의식을 내보이고 있다. 바꿔 말하면, 애정소설은 신소설의 기본 전제로 출발된 정치의식이나 사회의식을 남녀의 애정 모티프를 근간으로 하여 보여주고 있는 것이다.

이 소설들은 여주인공이 행방불명된 연인을 찾아 떠도는 여로형(旅路型) 형식을 취하고 있다. 신소설에서 주인공이 신학문을 익히러 떠나는 곳은 일본이나 만주, 영국이나 미국에 이르기까지 넓게 확산된다. 주인공이 여러 곳을 떠도는 것은 현실의 고난을 비의(秘意)하는 것이며, 만남과 헤어짐의 긴장관계를 연속시키는 구실을 한다. 그리고 외국에서 신학문도 배우고 사랑도 성취한 주인공들은 민중을 계몽할 의무를 짊어진 지식인으로 전형화(典型化)된다. 이러한 만남의 형태를 개화기식(開化期式)의 결연담이라 할 수 있다.

이에 비해 토론체 정치소설인 「자유종」이나 「금수회의록」은 현실 비판적인 정치·사회의식의 토로(吐露)를 목적으로 하여 쓰여진 소설이다. 그러므로 소설의 허구성은 축소되고 주제의 이념성은 강화되어 있는 독특한 형태를 보이고 있다. 남녀의 결연을 소재로 대중의 흥미를 불러일으키는 애정소설은 서사기획의 치밀성을 보이는 반면, 대중의 각성을 목적으로 하는 정치소설에서는 전달내용의 서술성만이 강화되어 나타나고 있음을 알 수 있다.

부언하지만, 신소설은 개화라는 당면과제를 안고 출발한 역사적 과도기의 서사양식이다. 위에서 살펴보았듯이, 신소설은 소설형식과 유형에 따라 번안소설, 풍자우화소설, 토론문답체 소설, 애정소설, 이외에도 역사전기소설, 신단공안소설, 몽유록계 소설 등 여러 가지로 분류된다. 이들 소설 유형들은 모두 일반 대중들에게 신시대의 이념을 고취하고자 목적을 둔 계몽주의 소설이다. 원래 서구의 계몽주의 소설은 냉철한 인간의 이성을 바탕으로 하여 현실과 인생의 문제를 해결하려는 의도를 두고 있다.

그러나 개화기의 작가들은 서구 계몽주의를 조선현실을 개혁하는 대안으로 수용한 목적 의식을 강하게 드러내고 있다. 그들은 식민지 조선의 현실보다는 유교적 폐습과 낙후된 생활환경, 혹은 남녀의 불평등한 윤리의 문제에만 천착하였다. 그들은 아직 개화하지 못한 미개하고 무지한 조선의 현실만을 문제의식으로 삼았을 뿐이며, 식민지의 역사적 상황에 정면으로 대응하지 못하고 친일 일변도의 색채를 드러내는 한계점을 보이기도 했다.

결론적으로 신소설에 나타난 신시대의 이념이라는 것은 과거 낙후된 유교사회를 정면으로 공박할 수 있는 강력한 외래사상이었다. 실제로 소설 기법 측면에서도 낙후성을 면치 못해, 애정소설에서는 남녀의 인연이 서사적 필연성에 의하지 않고 지극히 우발적이고 우연적인 요소를 내포하고 있다.

이러한 점은 아직 고대소설 기법의 잔재가 청산되지 못한 상황을 드러내는 것이다. 또한 정치소설에서는 문학의 효율성만 강화되어 있는 경우를 드러낸다. 그럼으로 해서 소설의 기본 골격인 플롯에 의한 사건 전개에 대한 중요성을 간과한 채, 작중인물의 정치·사회 의식을 통해 토론의 쟁점이나 연설의 내용만을 부각시켰다. 애정소설에서도 정혼의 문제가 신교육 문제로 급선회되는 경직된 사상성을 드러내고 있다.

소설은 허구성뿐만 아니라 논리성도 갖추어야 하는 양식이다. 이 두 가지 요소가 평형을 잃는다면 그것은 한낱 기형적인 서사양식일 뿐이다. 우리는 이러한 문제의식을 신소설이라는 과도기적 양식을 통해 확인해 볼 수 있는 것이다.

✎ 생각하는 갈대

「금수회의록」
- 이 소설의 서언(序言)에서 서술자가 개탄하고 있는 작금의 형편을 써 보자.
- 고사성어인 호가호위(狐假虎威)의 뜻을 쓰고, 여우는 그것을 어떤 상황에 빗대어 말하고 있는지를 써 보자.
- 나머지 동물들이 상징하는 고사성어의 뜻을 각각 찾아 써 보자.
- 게는 어떤 면에서 조선 민족을 창자도 없는 사람들이라고 비꼬았는지 써 보자.
- 개구리와 호랑이가 한 말의 요점을 각각 써 보자.

  개구리→

  호랑이→

「자유종」
- 소설 서두에서 신설헌이 말하는 토론 취지를 약술해 보자.
- 홍국란이 말한 국문소설 견해와 한문 폐지론의 요점을 써 보자.
- 신설헌이 말한 자식 교육론의 요점을 써 보자.
- 이매경이 말한 신분철폐론의 요점을 써 보자.
- 네 부인들의 토론에 중심을 이루고 있는 주제를 몇 가지 골라 보자.

「추월색」

• 이 소설의 제명(題名)인 '추월색'은 어느 장면에서 따온 것인가.
• 정임이 가출하게 된 동기를 이루는 장면의 내용을 써 보자.
• 소설 서두에 묘사된 정임의 울적한 심사의 이유를 써 보자.
• 김 승지가 있던 초산에서 민요가 일어나게 된 원인을 써 보자.
• 도쿄에 있는 정임이 부모에게 부친 편지의 요점을 간략히 서술해 보자.

「설중매」

• 제2회에서 이태순이 연설한 내용의 요점을 간략히 서술해 보자.
• 이태순이 친구에게 부친 편지에서 문제가 된 것이 희미하게 지워서 고친 단어 때문이다. 그 두 개의 단어를 써 보자.

         (   ) → (   )

• 이태순과 이정임이 시(詩)로 화답했던 절은 어디인가.
• 제3회에서 이태순이 친구인 전성조와 토론하는 장면이 나온다. 부모와 자식간의 관계에 대한 이태순의 의견을 써 보자.
• 심랑과 연락이 끊기게 되었던 이유는 무엇인가.

작가 연보

1878(1 세)   안성군 고산면 봉산리에서 안직수의 장남으로 출생. 호
            는 천강(天江). 필명은 농구자(弄球子).

1895(18세)   관비유학생으로 일본 경응의숙 보통과 입학.

1896(19세)   경응의숙 졸업. 와세다 대학 전신(前身)인 도쿄전문학교
            방어정치과 입학.

1899(22세)   도쿄전문학교 졸업. 귀국. 박영효 사건에 연루되어 경무
            청에 체포됨.

1904(27세)   만 4년 간 구금된 후, 종신형 언도 받음. 기독교 신앙을
            가지게 됨.

1906(29세)   석방됨. 이씨와 결혼. 돈명의숙 교사.

1907(30세)   『정치원론』(연설법방), 『외교통의』, 『비율빈전사』(보성
            관) 출간. 외국학문 소개 기관 <보성관> 번역원. 광신상
            업학교 교사. 제실재산정리국 사무관. 재일 유학생 단체
            <대한학회> 발기인.

1908(31세)   『금수회의록』(황성서적조합) 출간. 황성기독교청년회
            활동. 대한중앙학회 평의원. 기호흥학회 월보 저술원. 소
            년동지회 실업부장. 이재국 감독과장.

1909(32세)   이재국 국고과장. 『상업경영』 출간.

1910(33세)   조선총독부 군수.

1912(35세)   친일문예단체 <신해음사> 기관지에 한시(漢詩) 기고.

1913(36세)   군수 해임. 상경.

1915(38세)   단편집 『공진회』 출간. 법학학회 회원. 금광, 주식, 미두
             등 사업 실패.

1919(42세)   민족개량주의 단체 조선경제회 상무이사.

1920(43세)   해동은행 심사과장. 신민일보 발기인.

1921(44세)   친일단체 유민회, 조선인 산업대회 간부. 박영효의 친일
             타협적인 민족개량주의 노선에 동참. 경제연설로 강연
             을 다님.

1922(45세)   병고(病苦), 궁핍한 생활고, 기독교에 심취.

1926(49세)   서울에서 사망.

작가 연보

1869(1세)   2월 27일 포천에서 이철용과 청풍 김씨 사이에 장남으로
           출생. 인조의 아들인 인평대군의 10대손. 조부 이재만이
           대원군의 측근으로 활동.

1883(15세) 대원군 실각. 조부 김재만 숙청됨.

1906(38세) 부친 이철용 포천에 화야의숙 건립. 이해조 ≪소년 한반
           도≫에 백화체 한문 소설 「잠상태」 연재.

1907(39세) 제국신문 입사. 대한협회 교육부 사무장. 이종일, 양기탁,
           이준, 주시경 등 44명과 광무사 발기인으로 참여함. ≪제
           국신문≫에 「고목화」, 「빈상설」 발표.

1908(40세) 기호흥학회 평의원. 기호학교 교감. ≪기호흥학회월보≫
           에 「윤리학」 연재. 『철세계』, 『화성돈전』(회동서관), 『홍
           도화』(유일서관), 『구마검』(대한서림), 『빈상설』(광학서
           포), 『고목화』(박문서관) 출간.

1909(41세) ≪대한민보≫에 「현미경」, 「원앙도」(중앙서림), ≪기호
           흥학회 월보≫에 「학계의 건망증」 발표.

1910(42세) 매일신보 입사. ≪대한민보≫에 「박정화」, ≪매일신보≫
           에 「화세계」 발표. 『자유종』(광학서포), 『만월대』(동양서
           원), 『홍도화』(유일서관) 출간. 친일 문예단체 신해음사

발기인.

1911(43세)　≪매일신보≫에 「소양정」, 「월하가인」, 「구의 산」, 「화의 혈」 발표. 『모란병』(박문서관), 『쌍옥적』(보급서관) 출간.

1912(44세)　≪매일신보≫에 「옥중화」, 「탄금대」, 「춘외춘」, 「강상련」, 「소학령」, 「연의 각」, 「토의 간」, 「봉선화」, 「비파성」 연재. 『만월대』, 『강상기우』, 『추풍감수록』(동양서원), 「박정화」→「산천초목」 개제(改題) (보급서관) 출간.

1913(45세)　≪매일신보≫ 퇴사. 『누구의 죄』(보급서관), 『우중기록』 (신구서림) 출간. 「우중행인」 ≪매일신보≫ 연재.

1914(46세)　『정선조선가곡』(신구서림) 출간.

1918(50세)　『한씨보응록』, 『홍장군전』(오거서창) 출간.

1919(51세)　부친 상(喪).

1920(52세)　친일유생 단체인 대동사문회 참여.

1921(53세)　친일유생단체 유도진흥회 기관지 ≪유도≫ 창간호 「온고이지신」 발표.

1922(54세)　『구미호』(덕흥서림), 『홍장군전』 출간.

1925(57세)　『강명화실기』(회동서관) 출간.

1927(59세)　포천에서 사망.

작가 연보

1881(1세)   8월 16일 경기도 광주 출생. 본관은 경주. 자는 찬옥. 호는
            동초(東樵), 동초생(東樵生), 해동초인(海東樵人). 父는 언론
            인 김영년 母는 청송 심씨. 광주 사숙에서 한학 공부.

1897(17세)   아버지가 설립한 광주 시흥학교 입학. 이후, 상경하여
            한성중학교에서 수학.

1907(27세)   중국 상해에서 출간된 소설집『설부총서(說部叢書)』를 번
            역. 이후 신소설 창작.

1910(30세)   인천의 ≪조선신문≫ 초대 편집부장 겸 사회부장인 형
            최원식과 같이 활동함. 학예부 기자 생활.

1912(32세)   「추월색」(회동서관) 발표.

1914(34세)   「해안」(우리의 가뎡), 「금강문」(동미서시), 「안의 성」(박
            문서관) 발표.

1916(36세)   「도화원」(박문서관) 발표.

1917(37세)   「종소리」(반도시론) 발표.

1918(38세)   「삼강문」(덕흥서림), 「능라도」(조선서적) 발표.

1921(41세)   「동정의 눈물」(신민공론) 발표.

1924(44세)   「춘몽」(박문서관) 발표.

1926(46세)   「용정촌」, 「자작부인」(조선도서) 발표.

1951(71세)   1월 10일 1·4 후퇴 때 사망.
1984(33주기) 소설집『추월색』(범우사) 출간.

구연학 ──────────────────────────────

　생몰연대(生沒年代) 밝혀지지 않음.

무정 이광수 지음

근대 문학사상 최초의 장편소설로 평가되고 있는 무정은 1918년 당시 최고의 시대적 선(善)이었던 계몽사상을 현실성 있게 묘사하고 있다. 우리 문학을 이해하고 문학과 시대의 관계를 이해하는데 '첫 발' 이 되는 작품이다.

… 288쪽 값 5,000원

베스트셀러한국문학선 10

동백꽃 김유정 지음

우리 문학사에서 고전의 골계미 전통을 1930년대에 현대적 기법으로 소화시켜 창조적으로 계승한 김유정의 해학미
넘치는 작품이다. 촌스러움과 순박성의 그 특유의 토속어로, 김유정 문학의 진수를 맛볼 수 있다. 〈금따는 콩밭〉,
〈봄봄〉 등 14편이 수록되었다. ···216쪽 값 4,500원

베스트셀러한국문학선 28

진달래꽃

김소월 지음

우리나라의 국민 시인 김소월이 생전에 남긴 시를 모아 엮었다. 소월의 시에 가장 많이 쓰인 낱말이 '임'과 '집'과 '길'이다. 임 없음과 집 없음과 길 막혔음을 지칠 줄 모르고 노래한 그의 시는 충족 속에 여물어 보지 못한 전통적인 한(恨)이 묻어난다. 짧은 서른 생의 주옥 같은 파편들을 만날 수 있을 것이다. … 276쪽 값 4,500원

베스트셀러한국문학선 29

하늘과 바람과 별과 시

윤동주 지음

〈서시〉, 〈참회록〉, 〈십자가〉 등 윤동주의 시는 어두운 시대를 살면서도 자신의 명령하는 바에 따라 순수하게 살아
가고자 하는 내면의 의지를 노래하였다. 자신의 개인적 체험을 역사적 국면의 경험으로 확장함으로써 한 시대의
삶과 의식을 노래하고 있다. … 202쪽 값 4,000원

베스트셀러한국문학선 30

님의 침묵

한용운 지음

우리를 일깨우는 민족의 종, 역사의 종, 자유의 종으로 상징되는 만해의 시 90여 편을 모았다. 만해의 시에 나타나는 이별은 만남에 이르는 방법적인 원리이면서 사랑을 완성하는 자율적인 법칙이다. 이러한 만해의 시는 험난한 역사를 살아가는 예지와 용기를 가르쳐주며 현실적인 생의 어려움을 극복할 수 있는 신념과 희망을 불러일으켜 준다. … 168쪽 값 4,000원